오늘의 슬픔을 가볍게, 나는 춤추러 간다

오늘의
슬픔을
가볍게,

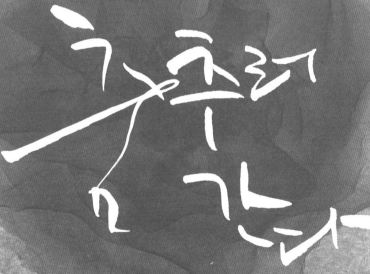

나는

방현희 춤 에세이 • 댄스 스포츠에 빠진 사람들의 이야기

춤추러
간다

민음인

서문 ······ *6*

우리는 왜 춤을 추는가

1. 슬픔을 그대 품 안에 *룸바* ······*9*

매혹, 설산을 오르게 하는

매혹은 나이를 가리지 않는다

아무도 모르는 이별

사랑! 그 터무니없는 요구

2. 불꽃처럼 살다 가고 싶어 *탱고* ······*41*

춤을 만난 건 내 인생 최대의 행운

3. 내 인생의 터닝 포인트 *왈츠* ······*63*

이 지상에서 새처럼 날고 싶어

내 어머니의 모든 것: 세상의 모든 고통을 저 강물에 실어

4. 때로는 고양이처럼, 때로는 강아지처럼 *차차차* ······*93*

이렇게 좋은 날!

5. 유쾌한 탈출 *자이브* ······*127*
  질주하다. 생의 어떤 계기

6. 색다른 길을 떠나 보실래요? *삼바* ······*161*
  내가 만드는 내 생의 축제: 당신을 영화제에 초대합니다
  축제에는 샐비어를 꽂으세요: 나의 낮은 당신의 밤

7. 무너진 사랑 *파소 도블레* ······*185*
  두엔데, 옷을 찢고 울부짖게 하는
  내 인생의 마타도어
  어느 날, 그대 가슴에 피가 흐르고

8. 이별을 준비하며 *폭스 트롯* ······*211*
  내 팔에 안긴 그대

9. 나와 함께 춤추실래요? *댄싱 위드 더 스타* ······*227*

  마치며 ······*240*
  그 남자, 그 여자에게로의 여행

우리는 왜 춤을 추는가

우리가 춤에 열정을 바치는 이유는 뭘까. 함께 춤을 추는 몇 사람이 모여 앉아 이야기를 나눴다. 과연 춤이란 무엇일까. 우리는 각자가 춤을 추는 이유에 대해 말하기 시작했다. 각자 춤에서 얻는 것과 춤을 통해 무엇에서 벗어나고자 하는지 가벼운 이야기를 하는 가운데 한 친구가 이런 말을 했다.

"나에게 춤이란 슬픈 거예요. 내가 갖고 싶은 것, 아주 소중한 것을 갖지 못했기 때문에 춤으로 그것을 대신해요."

그 말을 듣고 나는 몹시도 가슴이 아팠다. 그녀는 이어서 말했다.

"나는 아기를 가질 수 없어요, 내 나이 또래의 친구들이 아기를 안고 젖을 주고 기저귀를 갈아 주는 시간에 나는 나와서 춤을 추어요. 아기를 안고 아주 행복한 미소를 지으며 빙글빙글 춤을 추는 상상을 하면서 말이에요."

나는 먹먹한 가슴을 부여안고 한참 동안 말을 하지 못하고 고개만 끄덕였다. 그 자리에 함께 있던 친구들 모두 잠시 아무 말도 하지 못했다. 우리는 너 나 할 것 없이 쉽게 말 할 수 없는 각자의 사연을 홀로 새겼으리라.

누구나 자기 삶에서 이루고 싶은 것들이 있었을 것이다. 어떤 이들은 이루었을 것이고, 어떤 이들은 이루지 못한 그 무엇에 대한 갈망 때문에 다른 대상에 열정을 쏟아붓기도 한다.

내가 춤을 추는 이유는 뭘까.

춤이란 다른 무엇도 아닌 내 몸으로 하는 것이고, 내 삶은 다른 무엇도 아닌 나 자신의 '몸'에 새겨진, 새겨지고 있는, 앞으로도 무수히 새겨질 것이기 때문이다. 내 몸에 새겨진 고통, 기쁨, 슬픔, 환희. 그것들을 곧 몸으로 풀어내고 있는 것이 아닐까.

내가 춤을 추는 이유는,

삶의 애증과 우여곡절을 훈련을 통해 몸으로 표현할 수 있다는 것.

글과 말로 설명하지 않고

몸의 움직임만으로도 충분히 표현 가능하다는 것 때문이다.

나는 글쟁이인 까닭에 간혹 선생님들이 강습 중에 하는 특별한 표현에 눈이 번쩍 뜨이곤 하는데 어느 날 선생님이 "몸의 모서리로 찌르듯 파고들어라!"라고 했다. 나는 그 순간 마치 정수리에 번개를 맞은 듯 전율을 느꼈다.

몸에 모서리가 있다!

모서리란 부딪치기 쉽고, 남에게 상처 입히기 쉽고, 스스로 깨지기 쉽고, 걸리적거리기 쉽다는 의미를 내포하는 게 아닌가. 내 몸에 모서리가 있었다. 살아가면서 얼마나 그런 일이 많았던가. 내 뜻을 관철시키기 위해, 그저 내가 편해서, 또는 내가 상처 입지 않기 위해서 타인에게 무수히 모서리를 들이댔던 삶이 아니던가.

나는 춤에서도 그런 것들을 표현하고 싶었다. 선수가 될 것도 아니고, 남의 이목을 끌 것도 아니고, 그저 음악으로부터 촉발된 감정을 오직 나만의 몸으로 표현하고 싶었다. 춤을 추는 동안에 나는 오직 내 안에 몰입한다. 남의 가십거리를 생각하지도 않고, 내 골치를 아프게 하는 문젯거리도 생각하지 않고, 지금 내 앞에서 춤을 추는 사람이 잘 추는지 못 추는지 아무것도 판단하지 않는다. 다만, 혼란스러운 내 몸에서 그 음악이 끌어내는 그 순간의 명징한 감정에 충실히 나를 쏟아붓는다.

슬픔을 그대 품 안에 룸바

나는 룸바를 추면서 내 모든 슬픔을 춤에 싣는다.
푹 젖어들어 춤 한 곡을 느릿느릿 추다 보면 땀에 흠뻑 젖고
눈물은 누관을 타고 식도 저 뒤쪽으로 흘러내린다.

Rumba

춤에서 오직 즐거움만을 맛보는가. 춤을 오랫동안, 열정적으로, 체계적으로 훈련한 사람이라면 고개를 가로저을 것이다. 그 어떤 취미생활도 어느 정도의 수준에 이르기 위해서는 즐거움만을 주지는 않으며 춤 또한 마찬가지다.

지금까지 여러 장르의 춤 공연을 보아 왔지만, 그 어느 것 하나 인생의 고통과 슬픔, 기쁨이 배제된 것이 없었다.

지금까지 기억이 생생한 무용수들의 표정이 여럿 있다. 아직도 가슴 아린 그 얼굴들을 떠올리면 내가 춤을 통해 표출하는 것이 바로 그것들이라는 것을 깨닫는다. 그들은 삶의 어떤 고비를 춤으로 풀어내고 있을까.

춤이 마냥 즐겁기만 한 것이라면 내가 과연 이토록 오랫동안, 아니

앞으로도 평생 춤을 출 수 있을까. 아니라고, 나는 말할 수 있다. 어떤 춤이든, 춤을 제대로 익히려면 굉장히 오랜 시간과 열정을 바쳐 훈련을 해야 한다. 훈련을 하는 동안 성취감을 맛보기도 하고 아무리 열심히 해도 잘 안 되는 부분에서 좌절감을 맛보기도 하고, 때로는 이렇게 열심히 한다고 해서 선수가 될 것도 아닌데 여기서 그만둘까 싶기도 하다. 그래도 다시 플로어에 와서 기본을 다듬는 훈련을 한다. 이렇게 기꺼이 훈련을 하는 이유는, 그것을 통해 꼭 어떤 결과를 얻기 위해서만이 아니라 훈련하는 과정 자체를 즐기기 때문이라고 말할 수 있다.

삶의 애환이 유독 진하게 담겨 있는 춤이 있다고들 말한다. 세계적으로는 아르젠틴 탱고나 플라멩코가 단일 장르로 그렇다고 하고, 우리나라의 살풀이 같은 춤 역시 아무 정보 없이 보기만 해도 전달되는 감정을 그대로 느낄 수 있다.

탱고의 특징적인 음색은 반도네온이라는 악기가 빚어내는 것인데 그것은 바로 깊은 한숨과, 절망적인 낮은 음과, 길게 끌고 올라가는 울음 섞인 희열을 마치 바로 명치 끝에서 들려주는 것처럼 가슴을 후비고 파고든다. 댄스 스포츠에서도 스탠더드 탱고의 음악이 특히 그렇다.

우리는 대부분의 관계에서 자신의 모든 감정을 있는 그대로 표출하지 못한다. 그래서는 안 되는 것이기도 하고, 순간순간 나도 내 감정을 모르는 경우가 많기 때문이기도 하다. 그러나 춤을 추면서 그 음악과 춤이 빚어내는 분위기에 젖어들면 우리는 그 속에서 자신의 감정을 실컷 표출하게 된다.

룸바Rumba는 쿠바의 룸바라는 춤이 정형화된 것이다. 쿠바의 룸바는 남아메리카에 팔려 온 흑인 노예들의 춤에서 비롯되었다. 흑인 노예들은 발목에 쇠사슬을 찬 채로 밭을 갈고 사탕수수를 베었으며 요리를 하고 바닥을 걸레질하고 심지어 사랑을 나눴다. 그리고 어스름 녘이면 그 모든 고단함과 고통을 아프리카에서 가져온 북과 하늘이 내려 준 목청과 타고난 유연한 몸으로 풀어냈다. 쇠사슬을 끌고 말이다. 그래서 룸바는 발끝으로 할 수 있는 한 무겁게 땅을 누르면서 움직여야 한다. 발끝을 땅에 대었다고 해서 룸바의 워크walk가 완성되는 게 아니다. 자기의 모든 체중을 엄지발가락에 실어야 한다. 그리고 춤을 추는 내내 바닥에서 발끝을 떼면 안 된다. 그래서 룸바는 가장 느린 춤이다.

나는 룸바를 추면서 내 모든 슬픔을 춤에 싣는다. 푹 젖어들어 춤 한 곡을 느릿느릿 추다 보면 땀에 흠뻑 젖고 눈물은 누관을 타고 식도 저 뒤쪽으로 흘러내린다. 나는 마치 석양 아래서 실컷 통곡을 하고 난 뒤처럼 개운해진다.

그러면 일주일분의 슬픔은 해결된다. 나는 이젠 웃고 싶어진다. 그래서 춤이 끝나고 나면 제일 먼저 활짝 웃는다.

댄스 스포츠는 다양한 민속춤을 체계를 세워 규격화한 것이라서 조금은 객관적인 면이 있다. 하지만 각각의 춤은 각각의 고유한 감정과 역사를 거의 원형 그대로 남겨 두었고, 선수들은 테크닉을 강화하여 표현한다.

룸바의 루틴 중에서 오픈 힙 트위스트, 슬라이딩 도어스, 쿠카라차를 연습하고 있다.

매혹, 설산을 오르게 하는

어느 날, 나는 신문에 실린 짧은 글을 읽고 망연자실 멍해져서 들고 있던 신문을 툭 떨어뜨렸다. 이름이 그리 알려지지 않은 어느 산악인이 크레바스에 빠져 간신히 죽음의 고비를 넘기고 동상에 걸린 손가락 여덟 개를 잃었다는 것이다. 그런데 두 개 남은 손가락으로 다시 그 설산을 향해 떠날 준비를 하고 있다는 것이 아닌가. 거기 버려두고 온, 아니 다시 와서 찾아가리라 마음먹었던, 여행의 기록을 담은 소지품들을 찾으러 가겠다는 것이다. 그가 진정 찾아가려고 하는 것은 단지 그 소지품일까. 도대체 그는 손가락을 여덟 개나 앗아 간 그 지옥 같은 설산에 왜 다시 가려는 것일까.

매혹은, 이렇게 합리적 사고가 미치지 못하는 곳에서 꽃피운다. 두 개 남은 손가락으로 도대체 어떻게 그곳에 다시 가겠다는 것인지. 매혹이란 바로 그 지점에서 사람을 옴짝달싹 못하게 한다.

매혹은 그렇게 수많은 사람들을 저기 보이는 저곳을 향해 아침이면 벌떡 일어나 얼굴이 팅팅 부었는지, 아침밥을 든든히 챙겨먹었는지, 구두끈을 제대로 맸는지, 이렇게 몸을 돌보지 않고 미쳐 가면 언젠가는 심장이 더 이상 일을 안 하겠다고 덜컥 멈춰 버리지 않을까, 간덩이를 송두리째 스트레스에 바치게 되지 않을까 걱정할 겨를도 없이 허겁지겁 뛰어가게 한다. 내가 잡고 싶은 그 무엇이 항상 한발 앞에서 아른거린다.

엊그제 우스운 이야기를 들었다. 같은 클래스에서 강습을 받는 후배

김광훈은 모 증권회사의 부동산 투자 부문에서 일을 한다. 그는 필리핀
의 수도에 랜드마크를 세우는 일을 자신이 맡게 되기를 간절히 바라 왔
다. 그동안의 능력을 인정받아 팀장으로 발탁되자 꼼꼼히 준비해서 마
침내 그 나라로 출장을 가게 되었고, 성공적인 결과를 얻었고, 잘 돌아
왔다는 것이다. 앞으로도 사오 년은 그 일을 온전히 맡아서 진행해야 할
중차대한 역할을 맡게 된 것이다. 그런데 집에 와서 신발을 벗어 놓고
보니 왼쪽은 갈색 구두, 오른쪽은 검정 구두가 아닌가. 그는 출장지 어
디선가 구두를 바꿔 신은 줄 알고 순식간에 식은땀이 솟았다. 그런데 선
뜻 의심이 갈 만한 일이 생각나지 않았다. 한국처럼 신발을 벗고 식당에
들어가는 것도 아니어서 구두를 바꿔 신을 만한 상황 자체가 거의 없었
던 것이다. 게다가 한 번도 남의 구두를 신었다는 이물감 없이 잘도 걸
어 다녔던 것이다.

  같은 검정색 구두를 짝짝이로 신은 것도 아니고, 분명히 색깔이 다른
것을 태연하게 신고 다녔다니. 한참 동안 현관에서 주춤거리던 그는 에
라 모르겠다 하고 그냥 거실로 들어왔다. 밥상을 차려 놓고 현관에 부려
놓은 남편의 여행 가방을 챙기러 갔던 아내가 크게 웃음을 터트렸다.
  "당신, 이 짝짝이 신고 열흘이나 돌아다녔어?"
  그는 변명할 말을 궁리하느라 뺨을 긁적이며 어슬렁어슬렁 현관 쪽
으로 걸어갔다. 아내가 웃음을 그치지 않으며 신발장을 열더니 또 다른
짝짝이를 꺼내 보였다. 이게 어찌된 일인가. 똑같은 구두가 한쪽씩 신발
장에서 빼꼼히 얼굴을 내보였다.

"설마 구두를 새로 사 신었을 줄 알았지, 그걸 그냥 신고 다니리라곤 생각도 못했네."

아내는 식탁에서도 웃음을 그치지 않았다. 그리고 덧붙였다.

"뇌신경 검사해 봐야 하는 거 아니야?"

그는 가슴을 쓸어내림과 동시에 고개를 갸웃거려야 했다. 어떻게 열흘 동안이나 색깔이 완연히 다른 짝짝이 구두를 알아채지 못했던 것이란 말이냐. 호텔에서 수없이 벗었다 신었다 했는데 벗을 때는 몰랐다 해도 아침에 신고 나갈 때는 어찌 됐건 발을 꿰어야 하니 신발을 보지 않을 수 없었을 테고, 그 수많은 미팅에서 매끄러운 프레젠테이션을 하면서 발에는 짝짝이 구두를 신었는데 상대 회사의 사장도, 그 나라에서 가장 크다는 은행의 사장도, 아무도 열흘 동안 그가 구두를 무엇을 신었는지는 보지도 못했다는 말이었다. 심지어 같이 움직였던 동료 직원조차 몰랐다니, 다들 제정신이 아니긴 아니었던가 보다며 아직도 납득할 수 없어 했다.

그 이야기를 듣는 우리 모두는 각자 신발을 남의 것 신고 왔던 얘기, 술을 마시면 꼭 남의 웃옷을 가져가는 사람 이야기를 하며 웃음을 그치지 않았다. 술을 마시고 그런 실수를 하는 일은 흔하다. 그런데 김광훈의 경우는 전혀 다른 경우였다. 매혹, 그것 아니고는 그 실수를 설명할 수가 없다.

나는 그가 열정적으로 프레젠테이션을 할 때 그의 얼굴이 얼마나 빛이 났을지, 그 앞에 있던 그 누구도 그 얼굴에서 눈을 떼지 못했을지 짐작이 가고도 남았다.

그는 강습 시간에도 아주 열성적이다. 타고난 성격이 그런 것인지 유달리 자기가 좋아하는 것에 열심인 사람인지, 척추를 똑바로 세우고 결기마저 서린 눈빛을 빛내고 선생님이 하는 말을 한 가지도 놓치지 않고 귀담아 들으며 발끝을 움직이고 그 움직임이 머리끝까지 따라 올라가도록 집중한다. 그의 모습은 정권을 수련하는 사람과 다름없어 보인다. 그는 가끔 말한다.

"춤추는 것도 내가 살아가는 모습과 다르지 않은 것 같아요. 이 부분에서는 몸을 유연하게 써야 하구요, 저 부분에서는 강하게 나가야 해요."

그 사람 속에서는 매일 아침 다른 사람과는 다른 태양이 뜨는 것이다. 매혹된 삶. 우리가 모두 꿈꾸는 것 아니던가.

라틴 음악은 우리 주변에서 흔히 들을 수 있는 음색이 아니다. 그것은 훨씬 더 굵직하고 진한 굴곡을 가지고 있다. 좀 더 살과 피와 뼈가 느껴지는 끈끈한 음악이다. 처음, 넓고 환한 플로어에 섰을 때 그 넓은 공간을 두드리며 내 살갗으로 달려들어 단숨에 나를 꿰뚫던 강렬한 리듬을 기억한다.

룸바의 루틴 중 오픈 힙 트위스트와 뉴욕, 펜싱 라인, 코카 롤라를 하고 있다.

무척이나 낯설지만 온몸을 휘감아 올 때는 더없이 익숙하고 친근한 팔 같은 느낌, 나는 순식간에 아주 생생한 삶을 사는 것 같은 느낌을 받았다. 뇌수를 뒤흔들어 놓고 내장을 출렁이게 만든 음악은 내가 잊고 있던 것을 깨닫게 해주었다. 열정, 바로 그것.

나는 내 꿈을 서른이 훌쩍 넘어간 시점에 이루게 되었다. 나약한 글쟁이들의 험한 세상에 첫발을 내딛은 것이다. 그때까지 단 한순간도 소설가가 되겠다는 결심을 잃은 적이 없지만, 나 자신이 누군가에 의지해 살고 있을 때는 내가 원하는 것을 주장할 수 없다고 생각하고 살아온 사람인지라 오직 소설만 쓰며 살아가겠다고 결심하기까지는 참으로 어려웠다. 나는 현실을 감당해야 했고 현실을 감당하지 못하는 무능력한 소설가로 살아가는 것을 아무도 원치 않았기 때문이었다.

나는 언제나 내 생활에 충실했지만 충분히 만족하지 못했다.

내가 원하는 것은 두 가지인데 그것은 사랑과 소설이었다. 사랑을 하고, 사랑을 받고 싶은 상황은 내가 소설을 쓰지 못하게 만들었던 것이다. 그것이 사이좋게 나란히 갈 수 있었다면 갈등할 일이 없었겠지만, 불행히도 그렇지 못했다. 내가 원하는 것과 가족들이 내게 원하는 것의 충돌이 나를 아무것도 못하게 하고 있었다.

그 두 가지는 똑같은 힘을 가지고 이리 잡아당겼다가 저리 잡아당겼다 하며 나를 놓아주지 않았다. 아니, 아주 오랫동안 내가 그 두 가지를 놓지 못했다. 그러다가 어느 날 깨달은 것이다. 어느 것 한 가지가 월등한 힘으로 잡아당기지 않는 한, 나는 평생 똑같은 갈망과 똑같은 불만

속에서 이리저리 끌려다닐 뿐일 것이라는 것을. 원래 나약한 성품으로 태어났으니 그냥 이대로 있으면서 나도 모르는 새에 강력한 에너지를 얻는 일은 있을 수 없다는 것을. 고만고만한 열망 중 어느 한쪽으로 힘을 몰아줘야 한다는 것을.

나는 아주 어릴 때부터 소설을 쓰고 싶어 했다. 단 하루도 손에서 책을 떼고 잠들어 본 적이 없었고, 상상을 멈춘 날이 없었다. 우리 형제와 부모님은 내가 소설가가 되고 싶어 한다는 것을 잘 알고 있었다. 그러나 천성이 나약하고 겁이 많아서 혼자서는 버스를 타고 몇 정거장도 가지 못하고, 새로운 사람에게 말 한번 건네 보지 못하는 데다, 낯선 곳에는 절대로 혼자 가지 못하는, 그래서 생생한 경험을 하지 못할 게 분명한 내게 형제들은 그렇게 해서는 뜬구름 잡는 글을 쓸 뿐이라고 말해 주었다. 그러니 내게 어쩔 수 없이 다양한 사람들을 겪는 직업을 가지라고 했다. 그렇게 가지게 된 직업은 실제로 글을 쓰는 데 큰 도움이 되었다.

어릴 때 선생님들은 나에게 시장을 자주 다니라는 조언을 하곤 했었다. 나는 지금도 그렇거니와 시장이라는 곳을 아주 싫어한다. 남들은 구경하는 것을 즐기는 장터조차 좋아하지 않는다. 그 장터가 삶의 현장이라고 생각되면 나는 맘 편히 구경할 수가 없다. 늙고 주름진 할머니에게 나는 값을 흥정하지도, 더 달라는 말을 하지도 못한다. 더 받아야 한다는 생각조차 하지 못한다. 옷을 여러 번 입어 보고 그냥 나오지도 못한다. 그래서 그래야 하는 시장이라는 곳을 아주 싫어한다.

적정 가격이 적혀 있고 그것을 지불하고 물건을 가져오는 마켓을 선호하고 요즘엔 사람을 보지 않고 쇼핑해도 되는 인터넷 마켓을 아주 좋아한다. 나는 시장이 아니라도 살아가는 가운데 시장 속 같은 일을 충분히 겪으리라고 생각했고 실제로 그랬다. 나는 바로 나의 삶에서 시장에 적응하지 못하는 나약한 사람으로서의 삶을 지긋지긋하게 겪었다.

아이를 키워야 해서 안정적인 직장을 그만둔 뒤로 나는 수많은 아르바이트를 했다. 내 노동의 대가를 제대로 받은 적이 없었고, 안 주겠다는 돈을 받기 위해 제대로 목소리 한번 높여 보지도 못했다. 단 한순간도 즐겁지 않은 일을 해야 한다는 것, 오직 돈을 위해서, 그것도 많지 않은 돈을 위해서.

주로 아이들을 가르치는 일을 했는데, 나는 그 일을 하면서 좌절을 더욱 깊이 겪었다. 글쓰기에 재주가 없는 아이들에게 글을 쓰게 하는 일은, 정말이지 못할 노릇이었다. 책을 한 줄도 읽기 싫은 아이에게 책을 읽게 하고 글을 쓰게 해야 한다니. 나는 소질 없는 일을 억지로 시켜야 한다고는 결단코 생각하지 않는 사람이다. 아이들은 너무나 다양했다. 수학을 잘하는 어떤 아이는 글을 읽고 쓰기 싫어했다. 물론 수학을 잘하면서 다른 과목에도 의욕을 가진 아이가 있긴 했다. 그러나 그 아이는 의욕이 있을 뿐, 창의력은 없었다. 그런 아이에게 기본적인 구성과 문장 훈련만 시켜야 하는 현실이 정말 견디기 어려웠다. 그 다양한 아이들에게 한 가지 길만을 제시하고 채찍질해야 하는 짓, 나는 할 수가 없었다. 나는 내 아이에게도 그렇게 할 수 없는 인간인데 말이다.

그러니 나로서는 내키지가 않았고, 열정이 없는 것은 당연하고 전혀 즐겁지 않으니 일을 열심히 할 수도 없었고, 오히려 일을 열심히 하고 나면 전혀 차도가 없는 아이들을 보며 허탈해서 죽을 것만 같았다. 그 일 아니라도 이것저것 해 보려고는 했지만 결정적으로 잘할 수 있는 일이 하나도 없었다.

게다가 사랑만 믿고 살아왔던 이십 대를 지나고 삼십 대에 이르자 현실이 받쳐 주지 못하는 사랑이 해 줄 수 있는 것이 많지 않다는 것을 지독하게 깨달아 가던 참이었다. 공부를 계속하고 있는 남편 역시 사랑만 알지 생활은 전혀 모르는 사람이었다. 사랑이 생활이 되고 생활이 어려워지면서 사랑은 감쪽같이 사라지고, 사랑 때문에 소통했던 모든 것들이 자취를 감췄다. 나는 사랑을 위해서라면 목숨도 버릴 수 있었지만 생활을 위해서는 뭘 어떻게 해야 하는지 몰랐다. 나와 남편은 사랑으로 밥을 먹지 않고도 살 수 있을 줄 알았지만 사랑은 그저 사랑일 뿐이었다.

그런데 도저히 숨을 쉬고 살 수가 없는 시점이 왔다. 나는 갇혀 있었다. 내가 소통할 수 있는 사람이라곤 단 한 사람도 없었다. 나는 소설로 세상과 소통하지 않으면 견딜 수가 없는 상황에 놓인 것을 알았다. 그래서 글을 쓰기 시작했다. 나는 선언했다. 내가 원하는 것을 통해 돈을 벌겠다고, 그것으로 내 생활의 몫을 책임지겠다고.

내가 살아온 그때까지의 삶이 내 소설의 자양분이 되어 주었다. 나를 던져서 이루고 지켜 왔던 사랑이 내 소설의 큰 기반이 되었다. 그것은 내 삶의 가장 큰 부분이었으므로 내게 가르쳐 주고 깨닫게 한 것이 아주 많았다.

글을 쓰는 그 시간만큼 행복한 시간은 단언컨대, 없다. 사람들은 내게 묻곤 한다. 글을 쓰는 게 고통스럽지 않나요? 나는 웃음을 참지 못한다. 얼마나 많은 작가들이 글을 쓰는 게 고통스럽다고 엄살을 부렸던가. 글을 쓰는 게 고통스러우면 거기서 벗어나려고 발버둥칠 것이지, 왜 그것을 붙잡고 씨름하고 있겠나. 물론, 나도 괴로울 때가 있다.

아무것도 상상할 수 없을 때, 앞으로도 영영 아무것도 상상할 수 없을지도 모른다는 불안감이 엄습할 때, 그러면 나는 앞으로 어떤 기쁨도 누리지 못할지 모른다는 생각에 고통스러워진다. 상상력이 없는 사람이 소설 쓰겠다는 욕망만 강하면 남의 것을 훔쳐 오기 십상이다. 그것은 차라리 아무것도 쓰지 않음만 못하다. 그런데 내가 그 상태가 된다면, 그것은 내 삶의 끝인 것이다. 그러니 글을 쓰지 못해서 고통스러운 것이지, 글을 쓰면서 고통스러운 것이 아닌 것이다.

그런 불안감 속에서도 생각하고 또 생각하다 보면 탁 트이는 시기를 만난다. 정말 구원의 빛이라 아니 할 수 없다. 바로 그때, 나는 내가 알지 못했던 또 다른 세계를 만난다. 밤새워 쓰고자 했던 이야기를 생각하고 또 생각하며, 죽어라 책을 읽어 대고, 춤추는 날이 오면 나가서 오직 춤에 집중하며 땀을 쏟고, 사람들과 만나 그들의 세계에 스며들고, 세계 곳곳에서 찍은 영화를 섭렵하고, 조용한 시간에 홀로 그것들을 저 먼 곳으로 떠나보내는 어느 순간, 그 모든 것이 하나로 모여 벽력처럼 나를 덮친다.

그때 나는 하나의 문장을 얻는다. 하나의 물꼬를 만난다. 이제부터 며

칠 동안은 나 혼자만의 세계에 몰입하여 글을 쓰게 된다. 그때의 행복
감. 그때의 엑스터시. 그것은 무엇과도 바꿀 수 없다.

그 뒤로 나는 지금까지 단 하루도 한 문장도 생각하지 않고 살아온
날이 없다. 실토하자면 소설을 채울 한 문장을 생각해 내기 위해 몰입해
있는 그 날들이 나를 지금까지 살아 있게 해 줬다는 생각을 한다. 이런
삶이 고통스럽지 않느냐고? 나는 크게 웃는다. 겪어 보라! 매혹된 삶은
아주 생생한 기쁨을 준다.

스티브 잡스가 했다는 말을 떠올린다. 늘 갈망하고 우직하게 나아가
라. Stay hungry, Stay foolish! 스티브 잡스가 아니라도, 우리는 안다. 늘 갈망하
고 우직하게 나아가는 자를 당할 사람은 아무도 없다는 것을.

매혹은 나이를 가리지 않는다

이번 연말 파티에는 일흔아홉의 할머니와 여든하나 되신 할아버지
부부가 호텔 그랜드 볼룸 무대에 서신다고 한다. 나와 같은 클래스에서
수업을 받는 분들이시다. 나는 그 두 분에게서 진정 노년의 아름다움이
란 무엇인가를 본다. 그분들이 춤을 추기 시작하신 건 한 이삼 년 전부
터였던 것 같다. 은퇴하시고, 자식들은 다 출가시키고, 다정하게 손을
잡고 춤을 추러 오셨다. 상당히 열심히 연습하시는 걸로 봐서 아마 수많
은 시간을 연습실에서 보내셨을 것이다. 언제 봐도 말끔하게 단장하시

파티에서 신형순, 민규희 부부가 왈츠 추는 모습이다. 긴 강을 건너온 두 분의 표정이 무척 아름답다.

고, 항상 부드럽고 따스한 웃음을 짓고 나이 어린 사람에게도 언제나 춤을 추기 전후 고개를 숙여 예의를 보여 주시는 두 분. 서로 호흡을 맞추기 위해 함께 춤을 추다가도 떨어져서 수십 번, 수백 번, 서로 다른 의견을 나누었을 테지만 공공연한 장소에서 낯빛을 붉히는 일이 없으신 두 분.

그분들이 그 오랜 세월을 어떻게 살아오셨을지 다 알 수는 없겠지만, 적어도 춤을 함께 추기 위해 그토록 많은 의견을 나누듯이 일상도 그렇게 지켜 오셨을 거라, 짐작할 수 있다. 그 연세에 넓은 플로어에서 두 분이 서로의 몸에 서로를 의지하고 춤을 추는 모습을 보면 이런 노년의 행복은 필시 하늘이 주신 게 아닐까 싶을 정도이다. 이 두 분이 눈부신 설산에 매혹되어 산을 오르고 있는 게 아니라면 달리 뭐라 할 수 있을까.

그분들은 매혹되어 있어서, 열정을 불태우고 있어서 아름답다, 그래서 젊다. 누가 뭐래도 내 눈에는 그분들이 꽃같이 아름답다.

아무도 모르는 이별

사람들은 누구나, 가슴 깊은 곳에 오랜 슬픔이 고여 있는 것을 가끔 확인하게 된다. 슬픔은 가장 인간적인 감정인 듯하다. 그러니까 본질적이라고 할 수 있다.

분노와 기쁨, 불안 같은 것은 동물들도 비슷하게 다 느낀다. 인간과 오랜 시간 함께 살아오면서 인간의 섬세한 감정을 나누고 살아온 반려동물들도 슬픔을 겪는다고 한다. 물론 우울이라고 하지만, 그것이 인간의 것과 닮은 것인지는 아직 확실하지는 않다. 그렇다고 해도 동물들의 우울은 대체로 애정을 나누던 사람과의 단절과 배신으로부터 오는 것이기 때문에 인간이 느끼는 본원적 슬픔과는 조금 다를 수밖에 없을 것이다.

이별을 안 해 본 사람은 없을 것이다. 인간은 태어나는 순간 모태와 결별함으로써 긴 이별의 여정을 걷도록 운명 지워졌으니까. 다행히 아직 충격적인 이별을 겪지 않은 행운아가 있다면 결코 마음 놓을 일이 아니다. 그의 생 앞에는 숱한 이별이 도사리고 있을 테니.

사람은 아주 어릴 때부터 까닭 없이 슬픔을 느끼곤 한다. 나만 해도 참 울 일이 많았다. 엄마에게 혼나고 울고, 언니들에게 혼나고 울고, 억울해서 울고, 할 말을 못해서 울고, 나를 이해하지 못하는 사람들이 원망스러워 울고, 나를 놀리는 친구들이 야속해서 울고.

이런 것들이 아니라도 어스름 녘이 되면 아무 이유 없이 울음이 나곤 했다.

폐부가 찢어지도록 아플 만큼 울어 봤는지? 나는 어렸을 적부터 걸핏하면 울음을 터트렸고 한번 울음이 터지면 몇 시간 동안 이불을 뒤집어쓰고 격렬하게 울곤 했다. 아무도 말릴 수 없고, 그치고 싶다고 해서 그쳐지지도 않았다. 어린애들을 보면 떼를 쓰고 울다가 결국 헐떡거리게 되는데, 격렬하게 울다 보면 숨을 마구 토하게 되고 들이쉬는 숨은 짧고

얕아진다. 그게 길어지면 심장과 폐부에 산소가 부족하게 되어서 산소 결핍이 되기 마련이다. 그쯤 되면 정말로 가슴이 찢어지게 아프게 된다. 상징으로서의 가슴이 아니라 실제 육체의 가슴이 찢어지게 아프다. 과호흡을 하게 되면 결국 숨을 들이쉬지 못하게 되어서 탈진하기 때문에 억지로라도 심호흡을 해서 산소 부족 상태에서 벗어나야 한다. 나는 한나절 내내 울다가 가슴이 찢어지는 아픔을 한참 겪고 나서야 반듯이 누워 심호흡을 해서 그 증상들을 가라앉히곤 했다.

나는 이별을 참 어려워하는 편이다. 사소하고, 별 의미를 붙일 필요가 없는 이별에서부터 실제로 가슴이 찢어지는 아픔을 겪을 만큼 아픈 이별까지. 그리고 이별하고 싶지 않지만 억지로 해야 하는 이별과, 가슴속에 깊이 묻어 둬야 하는 이별과, 반복적으로 겪는 고통을 줄이기 위해 환부를 칼로 도려내듯 이별을 해야 하는 경우까지 이별의 경우는 아주 많을 것이다.

나는 이별하기 어려워서 사소한 관계부터 어려운 관계까지 그냥 견디면서 유지하는 편이었다. 하지만 얼마 전부터는 내가 먼저 이별을 해줘야 할 필요가 있다는 것을 깨닫고 있다. 꼭 그렇게 갈등을 겪으면서까지 유지할 필요가 없는 관계는 과감히 정리해야 스스로도 고통에서 벗어날 수가 있다. 고요히 눈을 감고 주변을 잘 살펴보면 좋은 관계를 유지할 수 있는 사람과 그렇지 않은 사람과의 경계가 명확해진다.

특별한 관계가 아닌데도 괜히 신경을 갉작이는 사람이 있고, 본인 역시 이상하게도 그 사람에게는 신경을 곤두세우며 맞서게 되는 경우가 의외로 많다는 것을 알 수 있다. 서로에게 상처를 줄 뿐, 아무런 도움도 되지 않는 경우에는 되도록 빨리 정리하는 편이 좋을 것이다.

그러나, 이별이 쉽지 않은 경우가 있고 그것이 우리를 슬프게 한다.

오랜 결속, 지나친 밀착, 너무 깊은 교감, 그것들이 절정에서 차차 내려와 서로를 구속하고 책임만 남게 되었을 때, 그 관계의 더할 수 없는 무거움으로부터 떠나고 싶어질 때, 너른 들판으로 뛰쳐나가 가슴이 텅 빌 때까지 달리고 싶을 때가 있다.

나는 버지니아 울프가 레너드를 떠나고 싶어 했던 심정을 이해한다. 너무 사랑한 나머지 버지니아가 잘못되지 못하도록 감시하고 보호하는 행위가 영혼마저 꽁꽁 묶어 두는 것임을 레너드는 알지 못했다. 책임감 때문에 떠나고 싶어도 떠나지 못한 사람은 쉽게 놔 버린 사람보다 훨씬 슬픔이 많다.

나는 한 친구가 했던 말을 기억한다. 이 친구는 남편과 단 둘이 오랫동안 살아왔고, 세상과 교류가 그다지 많지 않은 편이었다. 비교적 적막한 생활을 즐기던 사람들이었고, 그리고 그런 적막한 생활이 자신들에게 가장 적합한 생활 양식임을 잘 알고 있고, 앞으로도 그렇게 살아갈 사람이었다.

그런 사람이 어느 날 이렇게 말하는 게 아닌가.

"그 사람과 평생 이렇게 늙어 갈 것을 생각하니, 미칠 것 같아. 두 사람만이 있는 이 세상, 두 사람만 이해하는 이 좁은 세상, 고독한 내 집이 너무 무서워. 내가 먼저 죽고 싶어도 그 사람이 혼자 될 것을 생각하니

슬픔을
그대 품 안에
룸바   Rumba

너무 고통스러워. 그 사람이 먼저 죽었으면 좋겠어. 그럼 난 좀 자유로
워질 것 같아."

　이런 생각은 보통 사람들에게는 좀처럼 이해하기 힘든 일일지도 모
른다. 그러나 영혼마저 구속되는 결속력 강한 사랑이라는 것이 때로 얼
마나 버거운 것인지 모른다. 상대방이 구속해서가 아니라 자기 자신이
스스로 예속되어 있는 상태가 견디기 어려운 것이다. 그것은 너와 나 외
의 세상 모든 것에 대한 불안과 두려움이 서로를 결속하고 있음을 뜻하
기 때문이다. 세상에 대한 과도한 두려움, 그것이 지나친 구속의 실체인
것이다.

　이런 예도 있다. 노년에 가족에 대한 책임으로부터 벗어나 자유롭게
살아가고 싶은데 은퇴한 남편이 꼼짝도 못하게 하면서 사소한 것까지
수발을 들게 한다며 이젠 좀 벗어나고 싶다고 하는 경우. 요즘에는 이런
경우를 두고 온갖 농담이 만들어지고 있다. 그리고 부부간에도 공공연
하게 이런 농담을 주고받는다. 서로에게 오랫동안 헌신했으면 어느 시
점부터는 서로를 당기는 끈을 조금은 느슨하게 풀어 줘도 좋지 않을까.

　영혼마저 구속하는 것은 비단 사람만이 아니다. 우리의 생활, 나를 얽
어맨 모든 현실, 삶 자체의 무거움이 있다.

　해 질 녘, 그 모든 예속에서 놓여나야 할 즈음, 또 다른 예속이 우리를
기다리고 있다. 무거움의 반복이 계속되면 마침내 그 모든 무거움이 진
저리 나게 싫어지는 시점이 오고 만다.

　그럴 때 나는 가장 슬픈 음악을 들으며 실컷 그 슬픔 속에 빠져 보라

고 권하고 싶다. 세상에서 가장 슬프다는 룸바 음악에 빠져 느리지만 온 몸의 근육을 하나 남김 없이 섬세하게 사용하여 춤을 추다 보면 슬픔이 뼛속까지 스며들어 온몸이 눈물을 흘리듯 땀을 흘리게 된다.

명치 끝에서부터 아릿아릿하게 적시기 시작한 슬픔은 갈비뼈 속을 헤집고 오슬오슬 시리게 만든 다음, 온몸으로 번져 나간다. 뱃구레에서 는 아주 오래된 가슴 아픈 기억이 살금살금 피어오르고, 옆구리를 타고 겨드랑이로 올라와 달콤했던 기억과 섞이며 더욱 가슴을 후벼 놓는다. 목덜미에서는 어느 긴장감이 감돌던 순간에 배어 나오던 진땀이 송글 송글 맺히고, 허벅지는 저릿저릿해진다. 오금을 타고 발끝으로 슬픈 혈 액이 천천히 흘러내려 간다.

룸바는 라틴 댄스의 가장 기본이 되는 종목이다. 룸바는 '몸 만들기', '룸바 베이직'이라는 특별한 수업을 따로 만들 정도로 라틴 댄스의 특 징적인 몸 쓰기를 배우는 과정을 중시한다. 모든 춤이 다 그렇지만 댄스 스포츠 역시 발끝이 가장 중요하다. 발끝이 얼마나 제대로 움직이느냐 에 따라 훈련이 잘된 사람과 그렇지 않은 사람을 구분할 수 있다. 룸바 는 4분의 4박자이며 쿠바에서 시작된 춤인데 특이하게도 첫 번째 박자 는 쉬고 두 번째 박자부터 시작한다. 그래서 엇박자의 느낌을 자아내는 데 음악을 익히는 것만도 상당한 어려움이 있다.

발끝, 그 한 점의 움직임이 종아리를 타고 올라가, 허벅지 뒷부분과 골반에서 단단히 조여진 다음, 단전에서 중심을 잡고 척추를 타고 올라 가 손끝과 머리끝까지 아름다운 선으로 피어난다.

느린 선율을 따라 엄지발가락 끝을 하나하나 꾹꾹 눌러 주다 보면 어느새 격렬하면서도 처연한 선율 위에 몸이 얹히고 내 몸이 곧 음악이 된다. 누구든 룸바를 추는 사람을 보면 듣지 않아도 가슴을 두드리며 와락 달려드는 음악이 있을 것이다.

온몸에 슬픈 음악이 서리서리 스며들면 아주 천천히 발끝을 움직이고 다리를 옮기고 허리를 비틀어 가장 부드러운 곡선을 만들어 낸다. 가슴과 엉덩이는 정반대 방향으로 움직이면서 마치 서로 다른 사람을, 서로 다른 세상을 그리워하는 듯 안타까워한다.

관능이 없는 춤은 없고, 관능은 생명을 이어 가게 하는 자연의 힘이다. 깊은 슬픔 속에서도 또다시 생을 이어 가는 것은 몸속의 피가 만들어 내는 관능 때문이다.

음악 한 곡이 다 흐르고 문득 정신을 차리면, 플로어에 혼자 있는 듯한 기분에 소스라치게 놀란다. 마치 독한 감기를 앓느라 땀으로 뒤범벅된 혼곤한 잠에서 깨어났을 때, 문득 영혼이 아주 맑아진 듯한 느낌을 받듯이, 그렇게 온몸으로 울고 난 듯 맑고 가벼워진다.

눈물을 흘리는 것이 힘들다는 사람도 참 많다. 괜히 혼자 울고 나면 자괴감만 더 든다는 사람들도 많다. 여자들은 대부분 영화를 보거나 드라마를 보면서 울곤 한다. 그런데 남자들은 그것조차 어려워한다. 그런 남자들에게도 이 방법을 권해 본다.

춤을 추면서 온전히 자신의 슬픔에 빠져 보세요.

내가 겪은 박탈감, 내가 겪은 상실, 내가 겪은 이별, 텅 빈 두 손이 느껴질 때, 룸바를 춰 보세요. 어느새 나 자신과 가장 가깝고, 나를 가장 잘 알며, 나를 가장 잘 위로해 줄 단 한 사람을 만나게 될 겁니다. 바로 당신이라는 단 한 사람을.

사랑! 그 터무니없는 요구

풀 한 포기 보이지 않는 거친 바위산에서 허겁지겁 나타나 서로를 끌어안고 주변을 두리번거리며 바위 아래로 발을 딛는 두 남녀가 등장한 첫 장면을 보자마자 나는 금세 두 사람이 금지된 사랑을 하고 있으며 바로 그들 앞에 잔혹한 삶이 닥칠 것을 예감한다.

아니, 그러기 전에 두 사람이 만나는 그 순간 그들에게서 거칠지만 강렬하게 뿜어 나오는 에너지를 느끼고 내 가슴은 터질 듯이 벅차오른다. 그들은 커다란 바위를 돌아 내려가자마자 그들이 도망칠 것을 알고 미리 숨어서 감시하고 있던 여자의 오빠에게 들키고 만다. 오빠는 남자가 몸을 돌릴 틈도 주지 않고 총을 쏴서 죽여 버리고 만다. 여자는 눈앞에서 사랑하는 남자가 오빠의 손에 죽는 것을 본다. 요즘 내가 골라 보는 이슬람권 영화 중 『그을린 사랑』이라는 영화의 도입부다.

『비포 더 레인』, 『이제는 떠나야 할 때』, 『천국의 가장자리』, 『미치고 싶을 때』 등은 무슬림 여인들의 삶과 사랑을 그린 영화들이다. 나는 달달한 로맨틱 코미디보다는 죽음을 담보할 정도의 치열한 삶과 사랑에 관심을 갖는 편이라 대체로 지독한 영화를 즐겨 본다.

금기가 엄격한 사회에서조차, 잡히면 곧바로 죽임을 당할 것을 알면서도 남자와 여자는 사랑에 빠진다. 그것은 어떤 강제로도 막을 수가 없다. 그런 험난한 삶을 예상하면서도 그 길을 택한 젊은 남녀를 보면, 내가 예전에 선택했던 그 순간이 떠오르고 그들의 용감한 선택에 아직도 뼛속 깊이 감동하곤 한다.

그들을 보면 내 삶을 보는 것 같다. 아무 계산 없이 무거운 짐을 기꺼이 짊어지고 용감하게 발을 내딛었던 젊은 날의 나. 어느 날 사랑이 식어 그 무게를 감당할 수 없으리라고는 추호도 의심해 보지 않았던, 젊은 시절의 나. 사랑이 식으면 다른 것으로 허약한 관계를 받쳐야 한다는 것을 알지 못했던, 아니 내 사랑이 식을 수 있다는 것을 생각조차 하지 못했던, 그 시절.

아무것도 몰라서 아름다운 여자들. 아무것도 몰라서 기꺼이 험한 세상에 몸을 던지는 여자들. 세상이 얼마나, 아니, 세상까지 넓혀 보지 않아도 가까운 이들이 얼마나 잔혹해질 수 있으며 얼마나 비정해질 수 있는지 전혀 예상하지 않고 단 한 가지만 믿고 세상을 향해 거침없이 행동하는 여자들. 나는 그 여자들이 너무 아름다워 눈물을 흘린다.

사랑하는 사람. 그 사람만 있으면 세상 그 무엇도 두려울 게 없는 게 젊음 아닌가. 사람은 누구나 사랑에 빠지면 그 어떤 터무니없는 요구도 들어주겠다는 의욕으로 충만해진다. 그럼으로써 세포 하나하나가 생생하게 살아 움직이게 된다.

사랑에 빠진 남녀는 서로에게 가장 너그럽다. 사랑에 빠진 그 순간에는 아무리 터무니없는 요구라도 감히 요구할 수 있고, 그 요구가 들어질 것을 안다. 그때에는 알지 못한다. 상대가 터무니없는 요구를 들어줄 때는 바로 그 사람의 터무니없는 요구도 들어줘야 한다는 것을. 그런데 많은 사람들이 그것도 모르고 나를 사랑하는 저 사람은 내 요구를 한없이 다 들어줄 것이라 착각한다. 마치 귀중한 물건을 맡겨 놓고 필요할 때마다 찾아 쓰는 사람처럼 행동한다. 아, 그런 사람은 머잖아 반드시 사랑을 잃을 수밖에 없다.

사랑 속에 숨은 이기적 욕망을 깨닫지 못했던, 어려서 어리석었던, 내 육체가 원하는 것과 내 내면이 원하는 것을 알지 못하고 내 영혼이 원하는 것은 더더욱 알지 못했던, 나라는 존재가 무엇인지조차 알지 못했던, 그래서 나와 분리된 사랑이라는 절대적 존재를 믿었던 시절이 있었다.

상대방의 터무니없는 요구를 들어줄 수 있었던 것은 나 역시 그것이 들어질 것이라는 내 욕망을 숨기고 있다는 것을 깨닫지 못했다. 어느 날, 사랑이 그것을 들어줄 수 없다는 것을 알았다. 아무리 내가 열망해도 상대방으로부터 내가 가질 수 없는 것이 있다는 것을 깨달았는데, 그것은 상대방이 주기 싫어서 안 주는 것이 아니라 갖지 못해서 줄 수 없다는 것을 알았다. 나 역시 마찬가지였다. 나 역시 내가 갖지 못한 것을 줄 수가 없었다.

서로 본질이 다른 사람이기에 어쩔 수 없다는 것도 깨달았다. 어렸기 때문에 터무니없이 용감했던 그때는 내가 나약한 인간이라는 것을 알지 못했고, 이젠 그것이 나의 가장 큰 실수였다는 것도 안다. 나약한 인간이라는 것을 인정하기 싫어서 타인을 무작정 보듬고 품으려고 했던, 그러나 그것이 점점 너무나 버거워졌던, 나를 뒤늦게 깨달았다.

그래서 나는 지금은 영리한 여자들을 부러워한다. 일찍부터 자기에 대한 환상이 없이, 과도하게 높이 세운 자기 이미지 없이, 가장 냉정하게 자기가 무엇인지 깨닫고 자기가 무엇을 원하며 무엇 없이는 살 수 없는지 깨달은 여자를 나는 부러워한다.

사랑이 식으면 그 자리를 책임감이 메워야 하고, 아예 사랑보다는 책임감이 있는지 없는지를 타진해 보는, 그래서 그것을 스스로 갖고, 그것을 줄 수 있는 사람을 선택하기 위해 상대방을 짯짯이 살펴보고, 그것을 얻을 수 없다면 차라리 혼자 사는 것을 택하는 여자를, 지금 나는 부러워한다.

그러나, 나는 내가 다시 태어나도 나라는 본질을 바꾸어 태어나지 않는 한, 나는 다른 사람이 될 수 없다는 것을 안다. 그래서 나는 요즘 우스갯소리 삼아 "무조건 감수!"라는 말을 한다. 이유 달고, 토 달지 않고 감수하겠다는 뜻이다.

나는 이 사람이 필요 없으니 관계를 끊고 다른 사람과 관계를 맺겠다. 이 일이 싫으니 다른 일을 하겠다, 이 상황이 싫으니 싸움을 해서라도 이 상황에서 벗어나겠다고 할 수 없는 우유부단한 인간임을 인정한다. 그러나 때로 우유부단함이 아주 유용할 경우도 있다는 것을 나는 증

명할 수 있다. 처음 내가 선택했을 때의 상대방을 믿고 시간을 유예하는
것, 그 유예하는 시간이 필요한 경우가 있다.

우리 언니들이 이런 말을 했다. "인생에서는 결코 피할 수 없는 어려
움이 오는 때가 있다. 그것은 지금이 아니라면 그 어느 때인가는 반드시
나를 거쳐 간다. 그게 어릴 때일 수도 있고, 한창 때일 수도 있으며 다
늙어서일 수도 있다. 그것을 대비하며 살아가야 한다."라고 말이다.

큰언니가 올해 들어 유방암 수술을 했다. 아직 아무도 암 환자를 겪
은 적이 없는 우리 집에서는 대단히 큰일이었다. 큰언니는 형제들의 정
신적 기둥이었다. 물론 큰언니라고 해서 대단한 종갓집 며느리 상을 상
상하면 안 된다. 우리 언니는 다른 집 막내 같은 사람이니까. 하지만 그
막내 같은 사람이 알게 모르게 우리 집안의 여러 상황을 조율하고 감싸
안았으며 때로는 나서서 해결하곤 했다. 위아래 따지지 않고 권위적인
면이라곤 손톱만큼도 없는 성격에 자존심 싸움을 하는 사람도 아니었
고, 자신의 결점을 쉽게 인정하는 사람이어서 오히려 위화감 없이 형제
들 사이를 조율할 수 있었을 테지만 그렇게 되기까지는 큰형부의 역할
이 엄청나게 크게 작용했다.

큰형부는 아주 부드럽고도 강한 카리스마를 지닌 분인데 보기 드물
게 섬세한 이해심까지 갖춘, 자신의 삶에 책임감이 무척 강하신 분이다.
큰형부는 우리 집에서 맏이의 역할을 몸소 짊어지고 항상 적절한 조언
과 보살핌, 뒷받침을 해 주시곤 해서 우리 형제 모두가 존경해 마지않는
다. 한 사람 한 사람 큰 문제없이 잘 살고 있는지 깊이 살피고 어깨를 도

닥거리고 힘을 실어 주는, 세상에 보기 드문 사람이다.

그런데 어느 날, 형부가 말씀하시는 거다.

"언니가 요즘 굉장히 성급해졌어. 말이 다 끝나지도 않았는데 전화를 끊어."

언니가 말했다.

"첫마디 들으면 다 알아. 나는 이미 그 다음 상황으로 넘어가 있는 거야. 피곤하기 때문에 빨리 빨리 해결하고 쉬고 싶어서 그래. 이젠 너무나 쉽게 피곤해져. 말을 길게 할 수도 없을 정도로 피곤해."

언니는 유방암 수술을 하고 에스트로겐과 성장호르몬 차단 치료를 하면서 쉽게 피곤함을 느끼게 되었다. 활기차고 언제나 긍정적이며 화가 나도 삼 초 이상 간 적이 없을 정도로 낙천적이었던 사람이 쉬이 화를 내고 조급해졌고, 조금도 기다려 주지 못하는 사람이 되었다. 엄마의 건강도 비슷한 시기에 악화되었는데 형제들이 손발을 맞추듯 돌봐드리지 못한 것에 대해 화를 내기도 했다. 이전에는 전혀 그런 일이 없었던 언니가 마치 한순간 다른 사람이 된 듯했다. 사람은 참, 별거 아니었다. 하루 분비되는 양이 침보다도 적은, 극미량 생산되는 호르몬과 화학물질이 우리를 우울하게도 하고 기분 좋게도 하고, 행복하게도 하고, 좌절을 하게도 만든다.

한때 나쁜 여자가 되라는 말이 유행한 적이 있다. 화가 나면 화를 참지 말라고 하는 명사들도 많았다. 그들은 화가 나면 화를 내라고 주장했다. 너무 참으면 병이 된다. 그런데 지금은 이런 말을 한다. 너무 참는 사람은 암에 걸리고, 화를 잘 내는 사람은 심혈관 질환에 걸릴 우려가 있단다. 하지만 화를 내는 사람과 함께 사는 사람은 같이 싸우지 않기 위해 자신을 억압해서 암에 걸릴 텐데, 그 사람은 또 어찌하란 말인가.

암이 무서운지 뇌졸중이 더 무서운지는 각자가 알아서 판단할 일이라고 말하고 싶다. 화가 나면 화를 내지 말고 참지도 말고 잊어버리라고. 참는 것은 결코 없어지는 것이 아니니, 그저 어느 구석엔가 쌓여 있는 것뿐이고, 그것은 반드시 고개를 내밀 기회만 엿보고 있는 것이다.

그것이 고개를 내밀면 바로 독화살이 되어 상대방에게 상처를 입히고야 만다. 내 상처 때문에 기어코 남에게 상처를 입히는 꼴이다. 그렇게 되면 시원한가? 나는 묻고 싶다. 정말, 상대방에게 기어코 상처를 입혀야 시원하겠는가? 그렇다고 한다면 하는 수 없는 일이다.

그런데 내 생각으로는 화를 푸는 것은 꼭 화를 내야만 하는 것은 아니라는 것이다. 내가 겪어 봐서 알지만 화는 얼마든지 기쁨을 통해서 풀수 있다. 그리고 용서는 참는 것이 아니라 완전히 잊는 것이다. 그런 일이 있었던 사실조차 잊어야 비로소 용서라고 할 수 있는 것이다. 그러므로 함부로 용서하라는 말을 할 일이 아니지만, 잊어야 마음의 평화를 얻을 수 있다.

나와 의견이 다르고 내 맘대로 일이 진행 안 된다고 해서 일일이 성급하게 화를 내며 살 수는 없다. 아무 말 하지 않고 감수해야만 하는 일이 아주 많다.

그래서 나는 말한다.

"나는 삶이 내 맘대로 되지 않는다고 해서 일일이 화를 내야 한다고는 생각지 않아. 그냥 암말 말고 감수해야 하는 부분이 있다고 생각해."

이제 스무 살, 서른 살 시절의 나보다 훨씬 영리해진 지금에는 그 모든 터무니없는 요구와 간섭과 침해를 거부할 수 있는 방법을 찾아냈다. 그건 바로 '심리적 거리 두기'이다. 그리고 무조건 감수, 그리고 음악에 완전히 몰입하여 춤추기! 이것들이 내가 화에서 벗어나는 지름길이다.

나 역시 참을성이 없고, 나 역시 손해 보는 것이 싫으며, 내게 잘못한 사람에게는 똑같이 잘못하고 싶은 사람이지만 그렇게 사는 것 역시 내게는 맞지 않는다.

그래서 이렇게 영리해진 지금에 와서도 보듬고 품어야 하는 길을 결국 다시 택하게 된다. 나는 역시 파괴하는 것보다는 생산하는 게 어울려! 그것이 그 이유다.

나는 춤을 춘다. 춤에 몰입하는 그 시간 동안, 나는 나를 쥐어뜯는 골칫거리에서 완벽히 벗어나 있다. 음악과 춤이 내 가슴속으로 흘러들어와 내 심장을 쥐락펴락하고, 내 명치를 알 수 없는 그리움으로 간질이고, 내 뱃속에 꿈틀거리는 불덩이를 피우는, 온전히 나만의 시간 속으로 떠난다.

나는 남미의 파타고니아 해안 절벽 위에서 룸바를 추고 있다. 빙하가 녹은 짙푸른 바다가 룸바를 추는 내 발 아래에서 거칠게 파도친다. 무엇

보다 감미롭고 무엇보다 애달픈 룸바 음악이 사랑하는 사람처럼 내 몸을 휘감는다.

춤을 추는 것은 불을 안고 물처럼 멀리 흘러가는 것이다. 이만큼 살아오고 보니 나는 내가 태어난 때로부터, 내가 스무 살이었던 때로부터, 내가 마흔 살이었던 때로부터 이만치 흘러왔다. 나는 지금, 태어났던 때의 나와는 다르다. 스무 살이었던 때와는 더더구나 다르다. 나는 어제와도 다른 것이다.

나는 그렇게 불을 안고 물처럼 흘러가면서 내가 갖지 못하는 것은 갖지 않겠다고 선언했다. 가질 수 없는 것에 대한 미련을 버리지 못하고 불평하고 고통받는 시간에 가질 수 있는 것에 집중하여 그것으로 내 인생을 충분히 풍요롭게 만들 수 있다는 것을 깨달았기 때문이다.

나는 내가 가질 수 없는 것은 누구에게도 요구하지 않겠다. 그리고 내가 벗어날 수 없는 상황은 "무조건 감수!"하며 열정적으로 글을 쓰고, 열정적으로 인간을 사랑하며, 열정적으로 춤을 추련다.

불꽃처럼 살다 가고 싶어 **탱고**

열정적으로 갈망하라,
인생의 방점을 찍어라,
그리고 과감히 물줄기를 틀어라!

Tango

탱고

4분의 2박자 탱고 음악에 맞춰 추는
육감적이고도 낭만적인 춤이다.

인구 천만의 외로운 도시.

주변에 사람들은 항상 와글와글하지만 소통은 부재하고 외로움은 가슴을 베는 것 같다. 사적인 생활과는 적당히 거리를 두고 한 가지 공통된 관심사를 나누는 동호회는 나름 좋은 점이 있었다. 그게 무엇이든 새로운 취미에 맹렬히 빠져들 때 대부분의 사람들은 한동안 그것만 생각하게 된다. 그리고 그것이 소통을 용이하게 하고 서로에게 관심을 갖게 한다.

사람이 사랑 없이 살 수 있을까.

사랑하는 남자가 부르면 달려가 그의 무릎에 올라앉는 여자가 있다. 아무리 먼 곳에 있어도, 지금 한창 바쁜 일에 휘말려 있어도, 심지어 사랑하는 바로 그 사람 때문에 고통을 당하고 있어도 그랬다. 멕시코의 뜨거운 화가 프리다 칼로가 그랬고, 로댕의 연인 까미유 클로델이 그랬고, 김채원의 순미가 그렇다. 그 외에도 많은 여자들이 그리하고 싶어 했으며 그렇게 했다.

김채원은 『미친 사랑의 노래』에서 순미의 입을 빌려 말한다.

"나, 이런 얘기를 알고 있어. 어느 화가야. 젊은 시절 무지하게 방황했나 봐. 그런데 어떤 여자를 만나고부터 일체의 방랑기가 싹 가셨대. 그의 화실에 무시로 출입할 수 있는 것은 오직 이 여자뿐이었댄다. 그 여자는 아무 때나 화실로 달려가서 그 남자가 일하든 뭐하든 곧바로 그 무릎 위에 올라가 앉았대. 그런데 그 화가의 전기를 읽어 보면 그 여자 결국 정신병원에서 죽었어. 곧바로 달려가서 무릎에 앉을 수 있는 그런 일은, 일체의 방랑기를 끊게 하는 그런 힘은, 결국 그렇게 끝맺게 되는 걸까? 그런 열정, 열기, 솟구침 같은 것은…. 미쳐야만 되는 걸까?"

순미는 미친 남자를 사랑했다.

미친 남자가 오랫동안 그녀를 집요하게 사랑했기 때문이다. 그녀는 미친 남자와 살았던 일 년 동안 세상 사람 같지 않게 행복했다고 말했다. 행복에 대한 확신이 있어, 라고 그녀는 덧붙였다. 하지만 정상을 벗어난 남자의 모든 행동으로 인해 금세 지옥으로 변해 버렸고 목숨을 위협받다가 결국 도망쳐 나오고 말았다. 하지만 그와 살았던 일 년을 잊지 못했다.

삶에는 어떤 비밀이 있는 것일까.

미친 사람의 미친 구애를 다 알아차리는데 왜 자기만 못 알아차리고 일 년이나 살고 난 다음에 알아차리는지. 정상을 벗어난 남자의 모든 행동과 그로 인해 받은 모든 고통을 왜 사랑 때문이라고 여기게 되는지.

삶에는 어떤 비밀이 있는 걸까.

다 아는 사실을 왜 자기만 모르는 걸까. 아니, 다 알고 있었는데 사랑에 빠지는 순간 왜 깡그리 잊는 걸까. 남의 일이라면 티끌 하나도 알아차리는데 왜 자기 일이 되면 두 눈이 흐려지는 걸까. 사랑 때문이라면 미쳐도 좋다고 생각하는 건, 사랑이 엄청난 위험을 품고 있다는 것을 모르기 때문일까. 아니면 사랑이란 우리를 생생하게 살아 있게 하는 최소한의 어떤 것일까.

사람들은 그렇게 한번 미친 사랑을 경험하고 나면 다시 사랑하기가 두려워져서 고개를 절레절레 흔들 망정 마음 깊은 곳에서는 그 사랑을 몰래몰래 펼쳐 보는 것일 게다. 그러면서 나는 행복을 알아, 두려움도 알지, 그것은 태양에 가장 가까이 다가가 본 사람만이 아는 그런 것이야, 라고 말할 수 있게 되는 것인지도 모른다.

남자에게 달려가 곧바로 무릎에 올라앉는 그런 여자들은 불행이 오래입은 속옷 같아서 행복과 별 차이가 없다는 것을 아는 여자가 아닐까.

사람에게는 열렬한 사랑이 필요한 것일 게다. 하지만 대부분의 사람들은 그렇게 미친 사랑을 하지 못한다. 사랑을 하기를 원하건만, 그리고 과거에는 진심으로 사랑했노라고 말을 하지만 마음 한켠이 찜찜한 것은, 왜일까?

자신이 한 것은 사랑이 아니라 협상이었고 거래였으며 그래서 지금 이렇게 안전할 수 있는 것임을 마음 한구석에서 실토하고 있지는 않은가?

그래서 사람들은 말하는 것일 게다. 사랑은 미쳐야만 가능하다고, 그 말은 달리 말하면 정상적인 계산으로는 도저히 이루어질 수 없는 노릇이라는 말일 테고 그러니 계산하고자 하는 마음을 완전히 버려야만 가능하다는 얘기일 테다.

그래서 대부분의 우리는 이것 가리고 저것 가리느라 정작 사랑의 흔적만 붙잡고 있는 것이 아닐까?

우리는 새로운 사랑에 몸을 던지기보다는 예전에 했던 사랑의 흔적을 더듬으며 추억에 잠김으로써 안전하게 생활을 영위하려고 한다. 그리고 그렇게 하기에 적합한 대상을 여가 활동을 통해서 추구하려고 한다. 그러니까 사람에 대한 사랑보다는 취미 활동이나 여행, 레저 활동에 몰입하려고 하는 것이다. 거기에서 충만한 교감을 나누고 흡족한 상태로 일상으로 돌아오기를 원한다. 그러기에 댄스 스포츠는 아주 적합한 운동이 아닐 수 없다. 그런 감정을 가슴에 가득 품고 강습실로 뛰어나와 춤과 사랑에 빠질 수 있으니 말이다.

누군가는 골프와 사랑에 빠져 사철 들판이 푸르기를 바라고, 누군가는 암벽을 사랑해서 바위만 보면 오르고 싶어 하고, 누군가는 스노보드와 사랑에 빠져 눈이 오는 시즌만을 기다리며, 누군가는 요트를 타고 태평양을 건너는 꿈을 꾸며 요트 자격증을 따기 위해 손바닥이 벗겨지도록 돛의 밧줄을 잡아당긴다.

그리고 우리는 오직 춤을 추기 위해 비가 오나 눈이 오나 강습실로

탱고 루틴 중에서 오픈 프롬나드, 세임 풋 런지, 리버스 코르테를 연습하고 있다.

모여든다.

사랑에 빠지는 것은 사람마다 정도가 다르다. 이성, 직업, 취미 생활, 또는 다른 그 무엇이든. 댄스에 처음 발을 들인 사람들도 각양각색인데 각각의 성격에 따라 엄청나게 많은 시간을 단숨에 쏟아붓는 사람이 있고 적은 시간이지만 꾸준히 투자하는 사람이 있다. 그 어떤 성격이든 댄스와 사랑에 빠지게 되면 얻게 되는 것이 많다.

춤이라는 것은 커플로 추건 혼자 추건, 춤추는 것 자체가 에로티즘을 구현하는 행위이기에 본능의 어떤 결핍을 채워 준다는 장점이 있고 또 한 가지 바람직한 점이 있다. 그건 바로 담배를 피우던 사람들이 담배를 끊게 되는 것이다.

내가 보기에 두 가지 원인이 있는데 첫째는 담배를 피우고 커플 댄스를 하게 되면 상대방이 싫어한다는 점 때문에 매너를 강조하는 커플 댄스의 경우에는 억지로라도 끊는 경우가 있고, 둘째는 춤출 때 분비되는 엔도르핀이 담배를 피움으로써 얻는 것보다 더 큰 쾌감을 주기 때문에 자연스럽게 담배를 피우고 싶은 욕구가 사라지는 경우가 있다. 그래서 춤을 추는 사람들에게서는 담배 냄새가 나지 않고 간혹 카페를 빌려서 파티를 할 때 아무리 많은 사람들이 모여 있어도 담배를 피우지 않기 때문에 그 공간이 쾌적하다는 아주 좋은 점이 있다.

댄스 스포츠는 커플 댄스를 기본으로 한다. 왜 혼자서도 춤을 출 수 있는데 커플 댄스를 추는 것일까. 사람들 중에는 남녀가 손을 잡거나 몸을 맞대고 춤을 춘다는 것을 부정적으로 보는 사람도 있다. 그럼에도 사람들은 남녀가 추는 춤을 보고, 자신도 춘다. 샤리권 선생이 하는 말 속에 어느 정도 해답이 있다.

　에어로빅이나 발레, 탭댄스, 벨리댄스, 플라멩코, 삼바, 살풀이 같은 춤은 혼자 추는 경우가 주가 되거나 가끔 커플로 추거나, 군무를 추는 경우도 있다. 그런데 유독 댄스 스포츠는 처음부터 남녀 두 사람을 중심으로 짜여 있어서 혼자서는 출 수 없다.

　독무는 개인기가 중요시되고 군무는 전체적인 어울림에 중점을 두지만 두 사람이 추는 춤은 서로 간의 조화로움을 가장 중요시한다. 댄스 스포츠는 인생사와 같아서 상대를 필요로 하고, 그와 함께하는 호흡이 잘 맞아야 한다. 커플 댄스에 전 세계가 열광하는 이유는 역시 우리 삶이 기본적으로 남녀의 조화를 원하기 때문이라고 생각한다. 커플 댄스는 성숙한 사람들의 만남이다. 정신적으로든 육체적으로든 성숙한 상태에 이르지 않고서는 상대와 조화로운 춤을 출 수 없기 때문에 절대 일방적으로 출 수 없는 춤이 댄스 스포츠다.

　많은 남성들이 상대 여성을 힘으로 이끌려고 한다. 자신이 조금 많이 배웠다는 이유로 무조건 따라오기만 하면 된다는 생각을 가지고 있기 때문인데 춤의 세계에서는 통하지 않는다. 상대의 자존심을 상하게 해서도 안 되고, 기분을 무시해서도 안 된다. 조화로운 삶은 상대에 대한 배려에서 시작된다. 나를 주장하고 나를 꽃피우려면 상대에 대한 올바른 에티켓과 정확한 이해가 필요하다. 그런 면에서 댄스 스포츠를 배우는 과정이 조화로운 삶을 만드는 방법을 찾아가는 데 도움을 준다고 나는 믿는다.

두 사람이 호흡을 맞춘다는 것은 생각보다 아주 어렵다. 두 사람 다 기본적으로 섬세한 기법을 익혔어야 하고, 그 다음은 상대방에 대한 세심한 파악이 필요하기 때문이며, 서로를 도와 다음 동작을 하기 위한 커뮤니케이션이 있어야 하기 때문이다.

그래서 기본적으로 이런 마인드가 없는 사람은 아무리 춤을 추고 싶어해도 춤추는 사람들 사이에서 소외당하기 마련이다.

춤을 만난 건 내 인생 최대의 행운

샤리권, 열정을 불태우기 위해 태어난 여자.

나는 그녀를 만난 것을 행운이라 여긴다. 샘솟는 열정을 지닌 여자이며, 과감하게 앞으로 나갈 줄 아는 여자이며, 오늘의 고통을 가볍게 여기라고 외칠 줄 아는 여자이며, 혼자 힘으로 세상을 누빈 사람만이 가질 수 있는 통찰력을 지닌 여자이기 때문이다.

얼마 전 나는 그녀와 소파에 앉아 조용히 이야기할 기회를 가졌다. 이런저런 이야기를 하다가 그녀가 자신의 늦은 결혼에 대해 명쾌하게 말했다. 주위의 여러 사람들이 그녀의 결혼에 대해 반대를 하며 이런저런 조언과 충고를 했나 보다. 그 조언과 충고에는 그녀의 과감한 결정을 걱정하는 부분이 컸던 것 같다. 그때 그녀는 그들에게 말했다고 한다.

"나는 결혼생활의 행복을 맛보고 싶어요. 그것이 짧은 행복일지라도 나는 그것을 내 것으로 만들 거예요. 그것이 아무리 짧다 한들 나는 그 것을 선택한 것을 후회하지 않을 거예요."

그 말을 듣고 나는 진심으로 감동했다. 세상을 아직 모르는 어린 여자가 물정 모르고 하는 말이 아니라 세상의 아픔과 세상의 힘겨움과 세상의 기쁨을 겪을 만큼 겪은, 나이가 들 만큼 든 여자가 한 말이기에 나는 그녀를 믿을 수 있었다.

그런 말을 할 수 있다는 것은 무엇보다도 그녀 자신에 대한 믿음이 있다는 말이었다. 자신을 믿는 사람, 즉, 자신의 회복력, 자신의 능동성을 바탕으로 자신의 인생을 온전히 자기 것으로 만들 줄 아는 사람만이 할 수 있는 말인 것이다. 그리고 자신에 대한 깊은 믿음이 있는 사람 앞에서는 그 어떤 말도 부질없는 것이기 때문이다.

내 눈앞에는 열정과 관능을 불태우며 세상을 향해 과감히 자세를 취한 탱고 댄서가 화려한 조명을 받으며 춤추고 있었다. 눈부신 광휘가 그녀를 감싸고 휘돌았다. 나는 황홀하게 그녀를 바라본다. 늦었다지만 이렇게 강렬하게 찾아온 사랑을 왜 거부해야 한단 말인가.

그녀는 말한다. 욕망을 품었으나 행동이 없다면 성공할 수 없다. 행동할 수 있는 힘이 있다 해도 열정이 없다면 성공할 수 없고 당연히 전설이 될 수 없다. 화사한 욕망과 행동하는 힘을 뒷받침하는 것은 결국 열정이다.

그녀의 말은 공허하지 않다. 몸으로 살아 낸 결과이기 때문에. 그녀의 이야기를 들어 보자.

그녀는 논산의 한 세탁소집 딸로 태어나 큰 목표 없이 중소기업의 경리로 살아가고 있었다. 스물다섯 무렵, 운명적이라 해도 좋을 비디오를 한 편 보았다고 한다. 그녀는 세계 댄스 스포츠 챔피언 대회 장면을 담은 그 영상을 보는 순간, 온몸이 떨리고, 영혼이 흔들리는 감흥을 느꼈다. 엄청나게 넓은 댄스 홀, 위엄이 있으면서도 화려한 복장의 남녀, 춤추는 남녀가 움직일 때마다 따라다니는 조명, 그리고 가슴을 설레게 하는 음악이 한데 어울려 정신을 쏙 빼놓았다.

생전 처음 겪는 영혼의 떨림 속에서 그녀는 소심하고, 병약하고, 무료하게 시간을 보내고 있는 평범하기 이를 데 없는 논산 출신의 한 처녀의 인생을 돌아보았다. 그녀 자신이 댄스 드레스를 입고 춤에 빠지는 환영을 보았다. 그곳에는 외설도 부끄러움도 없었다. 아름다움이 흐르고 있었고 예술만이 존재했다. 망설일 필요가 없었다. 한국 최고의 댄서가 되겠다는 목표가 뿌리를 내리는 순간이었다. 아마도 무모한 도전은 그녀의 천성인가 보다. 당장 직장을 그만두고 유명한 선생님들을 찾아다녔다.

댄스 스포츠는 영국에서는 지금도 여전히 볼룸* 댄스Ballroom Dance라는 용어를 고집하고 있지만 1997년 국제 댄스 스포츠 연맹ISDF이 국제 올림픽 위원회IOC의 정식 가맹 단체가 되면서 '댄스 스포츠'라는 이름으

---

* **볼룸**Ballroom: 커다랗고 둥근 무도회장. 영국 귀족들의 사교를 위해 빙글빙글 돌아가며 춤을 출 수 있도록 만든 장소로 여기에서 볼룸 댄스라는 용어가 비롯했다.

로 굳어졌다. 하지만 권금순이라는 한 어린 처녀가 정식으로 춤을 배우려고 했을 당시 한국의 댄스계는 일반인들에게는 거의 불모지나 다름없었다. 일본이나 중국만 해도 벌써 댄스 스포츠가 국민 댄스로 자리를 잡고 있었지만 한국적 정서에서는 남녀가 어울려서 손잡고 춤추는 것 자체가 반감이 컸기 때문에 사교춤이라는 이름으로 음지에서 사교를 목적으로 하는 사람들이 가볍게 즐기는 상황이었다.

그녀는 척박한 환경에서도 댄스 스포츠를 정통으로 가르치고 있던 한국 무도 교육 협회라는 곳을 찾아갔다. 기본적인 스텝조차 모르면서 춤을 직업으로 삼고 싶다는 그녀의 강한 의욕을 높이 평가한 협회의 회장은 작은 학원의 조교로 추천해 주었고 그녀는 온갖 허드렛일을 하며 기본을 익히기 시작했다. 그리다가 회장님이 협회로 불러들여 춤을 정식으로 배우기 시작했다.

그런데 원래 몸치인데다 몸이 허약하고 흐느적거린다고 별명이 '올리브', '문어'였던 그녀로서는 만족스러울 만큼 실력이 좋아지지 않았다. 허약한 체질을 바꿔 보려고 체력 훈련을 시작했지만 당시에는 환경도 열악해서 발목과 무릎 골반의 충격을 흡수해 줄 마룻바닥이 깔려 있는 곳이 부족했고 의욕이 지나쳐 너무 무리를 한 탓에 골반과 무릎에 물이 차고 마침내 관절이 상하는 지경에 이르고 말았다. 한겨울에 퉁퉁 부은 무릎에 주사기를 꽂고 물을 빼내는 고통을 겪어야 했다.

그렇게까지 하면서 이 학원 저 학원을 옮겨 다녀 봤지만 그녀가 원하는 만큼 가르쳐 주는 곳이 없었다. 춤에 대한 갈급증은 점점 더 커져 갔지만 한국에서는 그 욕망을 채울 수가 없었다. 그녀는 호되게 가르쳐 주는 스승을 만나고 싶었다.

그 열망은 한국에서 일인자인 이춘식 선생님을 만나게 했고, 그와 파트너로 대회에 출전하면서 3등을 하기도 하고 한국과 중국의 댄스 대회에서는 2등을 하기도 했다. 1등은 당연히 중국 선수였고 말이다.

이런 저런 노력이 통했던지 그녀는 한국의 국가 대표 선수로 선발되어 1988년 일본 도쿄 돔에서 열리는 '마즈다 컵 세계 대회'에 한국 대표로 출전하게 되었다.

대회에 출전하기 위해 일본에 가서 본 댄스 스포츠의 환경은 우리나라와는 차원이 달랐다. 어마어마한 도쿄 돔을 비롯해서 대회 개최 규모부터 드넓게 펼쳐진 플로어와 좌중을 압도하는 조명과 음향 시설, 댄서들이 입은 화려한 의상, 그리고 도저히 흉내 내기도 어려운 참가자들의 댄스 실력 때문에 그녀는 기가 질려 버렸다. 당연하다는 듯 세계 대회 참가는 예선 탈락이었다.

그녀는 호텔방으로 돌아와 틀어박혔다. 세계의 벽은 상상할 수 없을 만큼 높았다. 은근히 품었던 국가 대표로서의 자부심은 바닥에 떨어졌다. 스스로의 무능에 가슴이 무너졌다. 허망함과 억울함이 겹쳐 참으려 해도 눈에서 눈물이 흘러넘쳤다. 패배를 인정하지 않을 수 없었다.

한국으로 돌아온 그녀는 마침내 일본 유학을 결심했다. 남성이 댄스 스포츠로 유학을 떠난다는 것도 생소하던 시절에 여성의 몸으로 춤을 배우러 외국으로 나간다니, 사회적 편견도 만만치 않아서 다들 그녀를 비웃었다. 하지만 그녀는 바로 다음 날부터 유학 준비를 했다.

일본말도 모르는 상태에서 그녀는 무작정 일본으로 떠났다. 믿는 데라고는 대회에서 만나 인사를 했을 때 전화번호를 적어 주었던 일본 선생님 한 분이 다였다. 그녀는 나만의 무대를 내 힘으로 만들겠다는 결심, 그것 하나로 배고프고 막막한 유학 생활을 시작했다.

오전에는 어학원을 다니면서 하라 선생의 댄스 스쿨에서 1시부터 10시까지 쉬지 않고 댄스를 익혔다. 하라 선생은 처음 그녀를 가르치기 전에 약속을 하라고 했다.

"나는 앞으로 자네를 성심성의껏 가르칠 것이네."

"감사합니다, 선생님."

"그러니 자네가 내게 약속할 것이 있네. 만약 내 앞에서 눈물을 보인다면 당장 교습을 끝내고 한국으로 돌아가는 것으로 하세. 할 수 있겠나?"

그녀는 고개를 숙여 약속을 할 수밖에 없었다.

그녀의 춤을 지켜본 하라 선생의 지적은 혹독했다.

"한국에서 대표 선수까지 했다면서 그게 뭐야? 워크부터 다시 해!"

초보자들이 배우는 워크부터 다시 하라니 굴욕적이었고 자존심이 상했으나 불만을 터뜨리기엔 스승의 지도가 너무나 철저했다. 학원에 다니는 사람들은 그녀가 레슨 받는 장면을 지켜보고는 혀를 차며 측은해 하곤 했다. 그 정도로 스승의 지도는 철저하고 혹독했던 것이다.

일본에서 유학을 하면서 누군가를 한번 인정해 준 뒤로는 확실하게 밀어주고 띄워 주는 일본 사람들의 자세에 감동했고 그 점은 꼭 배워야 할 점이라고 생각했다.

　너무나 혹독한 훈련과 돈이 부족해서 영양 부족에 시달리면서도 그 훈련을 다 따라한 끝에 드디어 그녀는 댄스 교사 자격증을 수석으로 따게 되었다. 그때 그녀가 깨달은 것이 있다.

　삶이 경직되고 무겁게 느껴질 때 4분의 4박자의 빠른 리듬에 따라 신나게 춤추고 나면 몸이 가벼워지면서 영혼도 가벼워진다는 것이다. 몸과 마음이 따로가 아니었다. 어렵고 까다로운 일상이 숨통을 조여올 때 억지로라도 나비처럼 나르는 춤을 추고 나면 정말 나비가 된다는 것이었다.

　매 상황마다 마음을 무겁게 먹으면 좌절밖에 더 있겠는가.

　지금까지 그 마음가짐은 계속되고 있고 첫 번째 관문을 성공적으로 넘긴 그녀는 그 다음 관문은 훨씬 쉽게 넘을 수 있었다.

　한국에 와서 선수 생활과 지도자의 길을 함께 걸으면서 그녀는 보다 효과적으로 교육할 수 있는 법을 연구했다. 그녀 자신이 일본에서 몸으로 터득한 몸의 언어를 계속해서 정밀하게 깨닫고 싶었다. 그녀는 어떤 원리를 좀 더 찾고 싶었다. 댄스의 근본적인 것에 대해 더 알고 싶다는 욕망이 생겼다. 일본에서 배운 것은 어딘가 합리적이지 못했다. 지도자에 따라 손의 위치가 다르고 상황이나 방식에 따라 달랐다. 그녀는 춤에도 분명한 원리가 있을 것이고 그 원리를 안다면 어떤 체형의 어떤 학생이 와도 제대로 가르칠 수 있을 거라는 생각이 들었다.

　댄스를 이해한다는 건 내 몸이 이해한다는 것이다. 몸으로 이해하면

샤리권 선생님과 이현우 선수의 탱고 공연. 짧은 한순간의 연출력이 대단하다.

결코 잊어버리지 않는 법이다. 습관은 이성보다 정확하다는 말이 있지 않은가. 몸으로 이해하고 익힌 춤의 습관은 결코 흐트러지지 않는 법이다. 그녀는 온갖 화려한 스텝보다는 원리가 무엇이냐에 대해 골몰했고 그래서 더 공부하고 싶었다. 댄스 스포츠의 종주국인 영국으로 유학을 떠날 수밖에 없었다.

세계적 권위의 댄스 스포츠 대회인 영국의 블랙풀 댄스 페스티벌은 2006년으로 81회를 맞이했다. 첫 대회는 1920년에 열렸고 그 뒤로 매년 5월 셋째 주 금요일에 시작하여 일주일간 열린다. 대회 기간 동안 프로 및 아마추어, 그리고 스물한 살 미만의 대회 및 시니어 대회가 열린다. 세계 협회의 회의도 열리고 유명 슈즈, 드레스 대회 영상등 모든 상품들도 전시되어서 그녀는 십육 년째 빠지지 않고 참석하고 있다.

예전보다 그 명성은 다소 줄어들었지만 블랙풀 대회는 종주국인 영국을 빛내면서 여전히 댄스 스포츠의 현주소를 확인할 수 있는 지표가 되고 있다. 블랙풀 대회에서 몇 년 전부터 치고 올라오기 시작한 중국의 위세는 대단하다. 일본은 영국 스타일을 고집하는 편이라 세계 여러나라 스타일이 다양하게 각축하는 세계 대회에서는 예전에 비해 위상이 상당히 떨어져있지만 아직까지는 상위권에 있는 편이다. 요즈음에는 이탈리아, 러시아, 중국 등이 기량이 뛰어난 편이어서 세계 챔피언 자리를 휩쓸고 있다.

그녀는 영국에서 지도자로서 교육을 받으면서 세계 댄스의 판도가 급변하고 있다는 것을 깨달았다.

역시 사람은 넓은 세상에 나가 봐야 한다고 했다.

물론 현재 영국은 댄스 관련 비즈니스를 하기에는 여러 가지로 부족한 형편이다. 영국이 댄스를 체계화시켰고 블랙풀 대회같은 페스티벌을 개최하기 때문에 종주국 행새를 하며 유명해졌기에, 그런 이유로 세계 여러 나라에서 사람들이 몰려오기도 한다. 댄스 관련 활동이 가능한 이유이기도 하다. 하지만 비시즌일 때엔 댄스에 종사하는 사람이 거의 없다. 시즌이 아니면 대부분 댄스인들은 외국을 돌아다니며 레슨을 하고 돈을 벌기 때문이다. 결국 페스티벌을 기준으로 유동 인구가 발생한다고 볼 수 있다.

그래서 영국에서 유학을 했지만 지금은 영국이 종주국이니 영국에 가야 한다는 고정관념은 거의 없어졌다. 현재 춤에는 많은 변화가 일어나고 있고 이탈리아 쪽에서 그런 현상이 두드러진다. 이탈리아에는 아주 탁월한 선수와 지도자들이 많고 네덜란드 역시 지도자들의 질적인 변화가 크게 일어나고 있다. 이제는 자신이 공부하고 싶은 분야에 따라 선택할 수 있는 폭이 넓어졌다.

물론 아직도 스탠더드 부문은 영국이 강세이다. 역대 챔피언들 리스트에 영국인들이 많은 수를 차지하고 있으며 한 프로페셔널 대회에 참가하는 팀이 287개 팀이나 된다. 프로페셔널이 이 정도라면 아마추어들은 더 많다고 볼 수 있다. 파이널리스트의 대부분이 영국 팀이고 어쩌다 이탈리아 팀이 들어간다.

라틴 프로페셔널 부문은 또 다르다. 라틴은 시대별로 변화의 폭이 커서 블랙풀 대회를 예로 들면 1등을 했던 연대별로 '독일, 독일, 스코틀랜드, 핀란드, 독일, 핀란드, 런던, 맨체스터, 노르웨이' 등으로 변화가 있다.

한국은 아직도 댄스 스포츠가 척박한 편이다. 발레 외에 댄스 자체에 대한 인식은 아직도 편견이 있는 게 사실이다.

그런데 희망이 보였다. 얼마 전부터 댄스 대회에 어린아이들이 참가하기 시작한 것이다. 대학의 체육학과에 댄스 스포츠 학과가 개설된 이래로 초등학교에도 강좌가 개설되어 있고 중고등학교 교사들 연수 과목에도 개설되는 경우가 많아졌다. 그녀에게 초등학교에서 가르쳐달라는 부탁도 들어왔다. 아이들이 적극적으로 댄스를 배우는 이상, 댄스를 색안경 끼고 바라보는 일반인들의 인식이 바뀌리라 희망을 가졌다.

그녀는 조카들을 데려다가 적극적으로 댄스를 가르치기 시작했다. 아마도 유전적으로 댄스에 소질이 있는지 조카는 지금 선수로 활동하고 있다.

스탠더드 댄스는 탱고, 왈츠, 비엔나왈츠, 폭스 트롯, 퀵스텝으로 이루어져 있다. 그중 탱고는 한국인의 정서에 잘 맞아떨어지면서 상당한 인기를 끌고 있다.

특히 탱고를 직접적으로 다룬 영화 「탱고」, 「탱고 레슨」, 「탱고 전쟁」, 「탱고바」를 비롯하여 유명한 영화 「여인의 향기」, 「에비타」, 「해피 투게더」, 「프리다」 등에 탱고가 소개되면서 왈츠보다 더 대중적이 된 듯하다.

탱고는 4분의 2박자에 맞춰 추는 매우 육감적이면서도 낭만적인 춤이다. 왈츠가 우아한 볼룸에서 추는 춤이라면 탱고는 거리에서 추는 춤이다. 룸바가 사랑의 춤이라면 탱고는 열정의 춤이다. 자이브가 경쾌함의 진수라면 탱고는 비극적 아름다움의 극치다.

특히 탱고는 두 가지 얼굴을 가지고 있다. 가벼운 것 같으면서도 삶의 무게가 느껴지며, 경쾌한 것 같으면서도 비장함이 묻어난다. 19세기말 아르헨티나의 항구도시 부에노스 아이레스의 뒷골목에서 태어났기 때문인지 탱고는 일제 강점기의 한국인들이 부르던 아리랑처럼 한국적 한의 정서와 맥을 같이 한다. 탱고의 가사는 대부분 실연의 아픔을 담고 있다. 춤의 내용조차 이별과 패배의 정서를 표현하고 있어서 특별히 가슴에 사무치곤 한다.

그녀는 자신을 대변할 수 있는 춤으로 탱고를 꼽았다. 탱고는 스타카토가 생명이다.

"열정적으로 갈망하라, 인생의 방점을 찍어라, 그리고 과감히 물줄기를 틀어라!"

그녀의 삶을 대변할 수 있는 몇 마디 말이라고 생각된다. 이 말들에서 춤에서 스타카토가 얼마나 큰 역할을 하는지 알 수 있다.

그녀가 춤을 만난 것은 정말이지 가장 큰 행운이었다고 생각된다. 댄스 스포츠가 우리 나라에 조금 더 늦게 들어왔다면, 그녀가 스물다섯 살에 다른 춤을 보았다면, 물론 그녀는 그 춤을 추게 되었을 것이다. 그녀는 춤을 추기 위해 태어난 여자니까.

그녀는 지금 아시아에 몇 안 되는 IDTA(International Dance Teachers Association) 국제 시험관이 되어 동아시아에서 열리는 국제 대회에서 종횡무진 활약하고 있다.

그녀는 얼마 전, 몇 개월 동안 밤을 새워 레슨 동영상을 촬영했다. 회원들이 다 돌아간 한밤중에 머리를 올리고 화장을 하고 드레스를 차려입고 스탠더드 댄스 네 종목을 피규어 하나하나 나눠 가면서 촬영한 것이다. 교육용 프로그램으로 체계를 세워 두고 싶었다. 그런데 촬영하던 어느 날부터 옆구리가 결리고 팔이 올라가지 않고 몸이 말을 안 들어서 카운트를 제대로 하지 못하게 되었다. 학원 이사에 결혼에 너무 많은 일들이 겹친 탓에 몸이 탈이 났다 싶었지만 열이 나면 해열제를 먹고 아프면 진통제를 먹어 가며 그 프로그램을 끝맺었다. 나중에 검진을 해 보니 글쎄 늑막염이 지나갔다고 하질 않는가. 자칫 잘못했으면 폐렴이 되었거나, 더 큰 일이 일어날 수도 있었던 것이다. 뭔가 하나 시작하면 집중하느라 몸을 돌보지 못하는 성격이 아직도 몸을 가만 놔두지를 못했구나 싶었다. 그러나 이 레슨 동영상은 꼭 완성시켜야 했다.

그 이유는 개인적인 성취는 이로써 충분하다고 생각했기 때문이다. 이제 모든 걸 후배들에게 넘겨주고 그녀는 굳이 이름으로 승부하기보다는 춤에 투영하는 삶 자체로 흔적을 남기고 싶다. 지금까지 춤을 통해 배워 온 것, 얻은 것으로 그녀를 찾아온 사람들에게 베풀며 살고, 죽을 때까지 댄스를 연구해서 현장에서 가장 적절한 지도를 하고 싶다. 그래서 학문적 연구를 게을리하지 않고 세세한 것 하나하나 체계를 세우고 정리하는 작업을 하고 있다.

나이가 드니 회원들의 삶의 애환도 잘 보이고 공감도 훨씬 잘 되었다. 춤추러 오는 사람들을 보면 그 사람이 살아온 길이 보였고 춤으로 인해서 그에게 힘을 주고 싶어졌다. 춤의 치유 작용을 믿고 있으니만큼 회원을 홀드할 때는 그 사람의 감성까지 잡아 주고 싶었다. 유난히 몸이 무거운 회원을 홀드하면 그 마음의 무거움이 전해져 온다. 그럴수록 밝고 환한 웃음과 목소리로 오늘따라 나비처럼 가볍네요, 좋은 일 있으신가 봐요, 그러면 웬일인지 정말 그 사람의 몸이 가벼워졌다. 그녀는 그녀를 찾아온 사람에게 어떻게든 한 가지라도 줘어 주고 싶었다. 나이 드신 분들은 부모님을 대하듯 마음을 매만져 줄 수 있었다. 그녀가 하늘에 감사하는 것은 끊임없이 노력할 수 있는 능력만이 아니라 그 재능을 다른 사람과 함께 할 수 있을 만큼의 시간을 춤의 세계로부터 얻을 수 있었다는 것이다.

삶의 한 고비를 돌아 하늘 아래 초연히 선 그녀.

이제는 한국의 댄스 스포츠의 위상이 높아져 세계 무대에 당당히 올라서기까지 물론 그녀 외에도 많은 댄스인들의 열정이 모였겠지만, 여성으로서 그 황량한 시대를 이끌었던 그녀의 인생을 위해 축배를 든다.

Bravo your dance life, Sherry Kwon!

---

* 이 책에 나온 댄스 스포츠 각 종목의 유래 및 기본 동작에 대한 설명과 샤리권의 이력에 관한 내용은 상당부분 그녀의 책 『나는 오늘도 춤추러 간다』에서 인용했음을 밝혀 둔다.

내 인생의 터닝 포인트 **왈츠**

고통을 고통으로 맞서려고 했을 뿐,
긍정적 에너지가 없는 안간힘은 한계가 있다는 것을 깨달았다.
그녀는 춤에 몰두하면서 아픈 과거를 씻어 가기 시작했다.

Waltz

춤은 아무리 봐도 참, 인생을 닮았다. 특히 왈츠는.

왈츠는 두 사람이 마주 바라보는 일이 거의 없다. 그리고 두 사람의 얼굴은 온몸에서 가장 멀리 떨어져 있다. 두 사람의 눈은 한 번도 마주치지 않는다. 그런데 신비롭게도 두 사람은 같은 길을 간다. 한 사람은 뒤로 가고 한 사람은 앞으로 간다. 앞으로 가는 사람과 뒤로 가는 사람의 위치가 뒤바뀌기도 한다. 어쨌든 앞으로 가는 사람이 길을 인도한다. 뒤로 가는 사람은 기꺼이 그의 인도를 따른다.

그리고 한 곡 내내 물결이 흐르듯 흘러간다. 왈츠Waltz는 독일어로 '선회하다'라는 뜻의 'Walzen'에서 유래되었으며 '물결'이라는 뜻을 내포하고 있다. 아마도 다뉴브 강의 도도한 물결처럼 살고 싶은 사람들이 만든 것 같다.

왈츠는 스탠더드 댄스의 기본이 된다. 4분의 3박자의 밝은 춤곡으로 남녀가 한 쌍이 되어 크게 원을 그리며 추는 춤이다. 왈츠를 익히고 나면 다른 종목을 익히기 쉬워진다. 왈츠는 겉보기에는 단조로워서 배우기 쉬워 보이지만 가장 어려운 종목이다. 그리고 사람을 가장 행복한 상태로 만드는 것도 왈츠다. 내가 왈츠를 추게 된 큰 동기는 한 어린 후배의 말 한마디 때문이었다.

"왈츠를 추면요, 날아다니는 것 같아요. 내가 무게가 하나도 없는 듯이 느껴지고요. 눈 한 번 감았다 떴는데 나비가 된 것 같아요."

아, 나비. 세상에서 가장 가볍고 아름다우며 새벽의 이슬처럼 금방 사라져 버릴 것처럼 안타까운 존재, 나비. 내가 나비가 될 수 있는 방법이 있었던 것이다.

그런데 역설적으로 이렇게 몸무게가 느껴지지 않을 정도의 가벼움을 갖기 위해서는 훈련에 훈련을 거듭해야 한다. 엄지발가락 하나로 죽죽 미끄러져 나갈 수 있어야 한다. 더더구나 그렇게 미끄러지다가 엄지발가락 하나로 딱 서야 한다. 그뿐인가. 미끄러져 가면서 동시에 서서히 몸을 높이 세우고 섰다가 다시 미끄러져 가면서 서서히 낮춰야 한다. 물결이 커다란 곡선으로 일렁이듯 말이다.

앞으로뿐만 아니라 뒤로도 그렇게 물결처럼 길게 흘러가야 한다. 등 뒤로 보이지도 않는 공간을 향해 나를 리드하는 한 사람을 믿고 죽죽 미끄러져 나가야 한다. 이러기 위해서는 수도 없이 허벅지와 종아리와 발목을 강화하는 훈련을 해야 하는데, 이 과정은 한 번 하면 한 번 한 만큼, 백 번 하면 백 번 한 만큼 몸으로 느낄 수 있게 된다.

춤은, 사랑에 빠진 사람처럼, 만년설에 뒤덮인 산을 끊임없이 오르는 도전자처럼, 열대의 태양 아래 혹은 시베리아의 혹독한 추위 속에서 곱은 손을 호호 불어 가며 그림을 그리는 화가처럼, 우리가 가진 많은 것을 바치라고 한다.

춤에 오래도록 빠져 있는 사람들의 고백을 들으면 왜 춤이 그렇게 사람을 사로잡는지 어렴풋이 알 듯도 하다. 그 기술의 다양함과, 그 표현의 다채로움과 추면 출수록 솟아나는 에너지와 뒤를 좇아도 좇아도 쉽게 손에 들어오지 않는, 그래서 더욱 많은 시간과 열정을 쏟게 되고 그제야 조금씩 알게 되는 세계이기 때문에 오래도록 푹 빠져 있게 되는 것이라고.

그래서 백 번도, 이백 번도, 아니 셀 수 없을 정도로 여러 번 베이직을 연마하게 되는 것이다.

왈츠는 서양의 고전 영화 속에서 자주 나오는 춤이다. 둥글고 커다란 볼룸에서 우아하게 등과 목을 쭉 세우고 팔을 넓게 벌려 파트너와 충분한 거리를 두고 넓게 빙글빙글 돌아가는 춤인데 드레스 아랫단이 풍성하게 펼쳐지면서 여성의 화려하고 우아함을 한껏 뽐내기에 아주 좋은 장르이다. 천정에서 빛나는 샹들리에를 올려다보며 한 마리 나비처럼 왈츠를 추다 보면 마치 고귀한 신분의 여자가 된 듯한 기분을 안겨 준다.

무엇보다도 왈츠는 마음을 평정시켜 주는 특별한 힘이 있다. 그래서인지 아픔을 치유시켜 주는 힘까지 가졌다. 이런 점은 세상의 모든 춤

중에서 유일할지도 모르겠다. 마치 명상의 힘과 같다고 할까.

상상해 보라. 드넓게 펼쳐진 평야와 그 사이로 평화롭게 흘러가는 푸른 강물을. 거기 가만 누워 있으면 산들바람이 불어와 콧등을 간질이고, 풋풋한 풀내음이 뺨에 와 닿으며 한가로이 풀을 뜯는 황소와 염소들. 그런 심상을 담고 있는 것이 왈츠이니 어떻게 평화롭지 않겠는가.

이 지상에서 새처럼 날고 싶어

나는 왈츠를 통해서 인생의 고통스러운 어떤 상황을 벗어났다는 이야기를 많이 들었다. 그래서일까, 왈츠를 떠올리면 나는 '치유'라는 단어를 떠올리게 된다.

왈츠를 추던 한 여자가 있었다. 학원에서 각기 수업하기 위해 오다가다 가끔 마주치면 인사 정도만 나누던 사이였는데 어딘가 가는 길에 그녀의 차를 얻어 탄 일이 있었다. 그녀는 그 즈음 아마추어 데뷔 공연을 준비하고 있었다. 매일 강습실에서 프로 선생님과 함께 공연 준비를 하고 있었는데 아마추어 선수로 처음 무대에 서는 것이어서 그녀로서는 보통 설레고 긴장되는 일이 아니었을 것이다.

그랬으니 얼마나 하고 싶은 말이 많았겠는가. 그녀는 보통은 항상 겸손하고 예의 바른 여자였다. 그래서 정도를 넘는 말이나 행동을 하지 않고 남을 배려하는데 익숙해서인지 어딘가 모르게 일본인처럼 보이는

사리권 촬영

사리권 선생님과 이현우 선수의 왈츠 공연. 새의 깃털 같은 의상이 왈츠와 무척 잘 어울린다.

사람이었다. 그러니 예의 바른 사람으로서, 초보자인 나에게 과시하지 않는 선에서 공연의 준비 과정에 대해 얘기를 나눌 것이라고 막연히 짐작하고 있었다.

그런데 별로 얘기도 나누지도 않았는데 나의 신상을 몇 가지 묻더니 지나치게 감탄을 하는 게 아닌가. 인생에서 가질 수 있는 걸 다 가졌으니 얼마나 행복하냐는 것이었다. 나는 순간 입을 열 수가 없었다. 나는 가질 수 있는 것을 다 가졌다는 생각은 단 한 번도 해 본 적이 없었기 때문이었다. 나는 모자라는 것이 몹시도 많지만 가진 것만으로 만족하고 행복해하는 사람이었지, 다 가져서 행복해하는 사람은 결코 아니라고 생각해 왔던 것이다. 그런데 내가 뭐라고 대답하기도 전에 그녀가 말했다.

"남편도 훌륭하시고, 아들도 있고, 하고 싶은 일을 하며 살잖아요. 얼마나 행복해요."

그 말에 나는 선뜻 긍정을 할 수 없어서 머뭇거렸다. 그 정도면 객관적으로는 다 가진 건가 하고 고개를 갸우뚱하려는 찰나,

"난, 그것을 가지려고 이십 년 동안 모든 걸 다 쏟아부었는데 하나도 갖지 못했어요."

아…… 느닷없이 가슴을 가격당한 것처럼 먹먹해져서 아무 대답을 할 수 없었다. 그런 말을 이렇게 갑작스럽게 듣게 될 줄은 몰랐다. 내 마음이 아직은 다른 사람의 슬픈 이야기를 들을 준비가 안 되어 그저 마른 침만 삼키며 창밖을 바라볼 수밖에 없었다.

나는 그녀가 일본에서 살다 왔으며 자주 일본에 다니러 간다는 것밖에는 아무것도 모르는 상황이었다. 그녀는 거리낌 없이, 그러나 목에 슬픔이 걸린 목소리로 이야기하기 시작했다.

"저는요, 대학교 때 연수 받으러 일본 갔다가 재일교포 2세인 남편을 만났어요. 한눈에 반해서 정말정말 사랑했어요. 서로 만나기 위해서 얼마나 많이 서울로 왔다가 일본으로 갔다가 했는지 몰라요. 비행기 값이 너무 많이 들고 한시도 떨어져 있기 싫어서 결혼을 했어요. 우리 집에서도 반대했고, 남편 집에서도 반대했어요."

당시에는, 지금도 크게 달라지지 않았다고 생각되지만 대체로 재일교포는 일본인으로 살고 싶어 했기 때문에 한국인과의 결혼을 원하지 않았고, 한국인 또한 일본인과의 결혼을 그다지 환영하는 분위기가 아니었다.

양가에서 반대했으리라는 건 잘 알고도 남았다. 그러나 사랑에 빠진 남녀가 반대를 물리치고 결혼을 강행했으리라는 것 역시 알고도 남았다. 그때는 다들, 사랑을 이길 수 있는 것은 아무것도 없다고 믿는 때가 아닌가.

그녀도 기운차게 시작했다. 그런데 일본에서 재일교포의 삶은 만만치가 않았다. 결혼한 뒤에도 시부모님은 완벽한 일본인으로 살아가는 데 방해를 놓은 그녀를 며느리로 인정하려 하지 않았다. 한국인 며느리가 들어와 다시 정체성에 혼란을 겪는 것이 싫어서 노골적으로 한국인의 문화와 습성들을 폄하했다. 겉으로 직접 비난하지 않으면서 냉랭하게 거리를 두는 식구들 때문에 그녀는 속앓이를 해야 했다.

처음, 남편이 그녀를 좋아했던 이유는 일본 여자들 같지 않다는 것이었다. 즉 속마음과 행동이 다르지 않고 솔직하며, 감정이 풍부하고, 되고 안 되는 게 분명한 한국 여자의 특징적인 성격이 좋았던 것이다. 그런데 바로 이런 것들이 문제가 되기 시작했다. 그녀는 일본인의 아내, 일본인의 며느리, 일본인이 되기 위해 조심스럽게 모든 행동 습관을 바꿔야 했다. 남편을 사랑했기 때문에 그 모든 것을 기꺼이 감수하기로 했다.

그렇지만 타고난 성격을 바꾸기가 어디 쉬운가. 그녀가 아무리 원한다 해도 쉽지 않은 노릇이었다. 점차 대부분의 부부들처럼 다투기도 하고 다시 화해하고 사랑하기도 했다. 그런데 어딘가 모르게 이질감이 느껴지는 것을 어쩔 수가 없었다. 그녀는 관계를 회복하기 위해 아기를 가지려고 했다. 그런데 아기가 생기지 않았다. 두 사람의 관계가 벌어질수록 아기의 존재는 더욱 절실해졌고, 할 수 있는 방법들을 찾아다니게 되었다.

시간이 흐르고 그녀는 점점 절망감을 느꼈지만 아기가 생긴다면 이 시기를 잘 넘길 수 있을 거라 기대하면서 시술을 여러 번 받게 되었다. 그러나 아기는 생기지 않았다. 그녀는 할 수 있는 모든 시술을 다 해보고, 모든 약을 다 먹어 보고, 환경을 바꿔 보았다. 자존심을 버리고 남편에게 사랑을 회복할 것을 간청하기도 했다.

시부모님이 이혼을 종용하기 시작했다. 단 한 사람만 믿고 타국에 홀로 들어갔던 그녀였다. 쉽게 관계를 끝낼 수가 없었다. 남편은 더욱 더 멀어져 갔고 집에 들어오지 않는 날들이 집에 들어오는 날보다 많아졌으며, 수많은 시술 끝에 몸은 지쳐 갔고, 그렇게 십오 년이 흘렀다. 그러던 어느 날 남편에게 다른 여자와 아기가 있다는 것을 알게 되었다. 시부모님 역시 그 사실을 알고 묵인하고 있었다는 것까지 알았다. 그녀의 하늘은 그렇게 무너졌다. 그녀의 사랑은 산산조각이 났다. 희망도 더 이상 가질 수 없었다. 그녀는 일본을 떠났다.

그녀는 한국으로 돌아오게 되었다. 너무나 오래 떠나 있던 한국으로 말이다.

한국에 돌아와 보니 많은 것이 변해 있었다. 사람들은 모두 예전의 그들이 아니었다. 그녀는 한국 사람은 정이 많은 사람이며, 남의 일을 내 일처럼 여길 것이라는 오래전의 생각을 그대로 갖고 있었다. 아무리 가까워도 속내를 드러내지 않는, 그리고 웬만해서는 이웃을 속이거나 이용하지 않는 일본인 사이에서 살아온 그녀가 만난 한국은 활기차면서도 어딘가 모르게 다급하고, 공중에 붕 떠 있는 것처럼 느껴졌다. 여기서 어떻게 다시 적응을 하며 살아야 할지 당혹스러웠다. 그녀가 일본인으로 살려고 버둥거렸던 그 세월 동안 한국인들 역시 한국 사회의 큰 변화 속에서 몸 맞춰 변해 왔던 것이다.

무엇으로든 마음을 다잡아야 할 때, 우연찮게도 집 가까이 있는 댄스 스포츠 학원의 커다란 창이 눈에 들어왔다. 일본에서는 이미 오래전부터 활성화되어서 어린아이부터 할머니 할아버지까지 동네 곳곳에서 춤을 추고 대회를 여는 것이 익숙했기에 아무 망설임 없이 댄스 스쿨에

발을 디뎠다. 거기서 그녀는 새로운 사람들을 사귀게 되었다. 같은 취미를 가졌다는 이유만으로 다들 따뜻했고, 서로들 이해하며 감싸 주는 분위기였다. 그녀는 비로소 내가 한국에 돌아왔구나 하고 느꼈다.

그녀는 춤에 몰두하면서 아픈 과거를 씻어 가기 시작했다. 처음에는 새로운 것에 빠져드니 그 순간순간 아픔이 잊혀지는 것에 놀랐다. 그리고 춤을 배우면서 한 동작을 익히면 그 성취감과 즐거움이 한동안 기분을 북돋워 주는 것도 느꼈다. 그렇게 열심히 강습을 받는 도중 자신에게 의외로 춤꾼의 자질이 있다는 것을 발견하고 막연하게나마 이 일을 새 직업으로 삼으면 어떨까 하는 꿈도 품게 되었다. 어쨌든 한국에 왔고 혼자 살고 있고 살아가야 할 앞날은 길고 길었기 때문이다. 그녀는 하나하나 절차를 밟기 시작했다.

샤리권 스쿨은 원장님이 한국 최초의 국제 심사 위원인데다 국제 자격증 심사가 이뤄지는 곳이었고, 그것을 준비하는 교육 과정이 개설된 몇 안 되는 학원이었다. 그녀는 전문가 자격증을 따기 위해 이론과 실기 교육 과정을 밟으며, 정말이지 너무나 오랜만에 생기 있는 생활을 하게 되었다. 그녀는 항상 미소가 지어지고 따뜻한 마음이 넘치는 것을 스스로 깨달았다. 이런 날이 올 줄은 꿈에도 몰랐던, 암담했던 지난 세월은 어느새 그녀의 것이 아니었다.

댄스 스포츠 전문가 과정과 국제 자격증은 몇 단계로 나뉜다. 전문가가 되기 위해서 그 과정을 밟는 사람도 있고 그저 취미로 즐길 뿐이지만 보다 정확한 피규어를 알기 위해서 그 어려운 과정을 밟는 사람도 있다. 나처럼 전문가 과정은 꿈도 안 꾸는 사람이 물론 대부분이지만 말이다.

그런 과정 중에 그녀는 아마추어로 프로 선수와 무대에서 시범을 펼치는 기회도 얻게 되었던 것이다. 수많은 관중과 내외국의 선수들, 프로들 앞에서 첫 무대에 오르는 것이니 얼마나 많은 연습이 필요할 것이며 얼마나 긴장되었겠는가. 내가 학원에서 오며 가며 보기에도 그녀의 실력은 쑥쑥 자라고 있었다.

그리고 드디어 그녀는 연말 호텔 파티에서 무대에 오르게 되었다. 그녀는 화려한 드레스를 입고 옆으로 쭉 뻗은 손끝을 살풋 떨며 왕녀처럼 고개를 숙여 인사를 했다.

나는 그녀의 내밀한 이야기를 들은 친구로서 그녀 이상의 기대와 설렘으로 숨을 죽이며 무대를 지켜보았다. 부럽지 않았다고 말할 수 없을 것이다. 나는 아직 왕초보였으며, 무대에 설 꿈을 꿔 보지도 않았고 앞으로도 언제까지나 관객의 입장에 있을 것이었기 때문이다. 그렇게 용기를 내어 도전할 수 있는 그녀가 부러웠다.

춤을 끝내고 나온 그녀는 정말 아름다웠다. 인조 속눈썹을 세 개나 붙인, 짙은 화장 속의 눈이 환희에 차 있었다. 그녀의 뺨은 이제 막 축제의 촛불을 켠 것처럼 발그레하게 빛이 났다. 반짝이 가루를 뿌린 그녀의 하얀 어깨가 바르르 떨렸다. 나는 그녀에게서 처음 가슴 깊은 곳에서 뿜어져 나오는 기쁨을 보았다. 인사를 하는 그녀는 춤을 추고 있을 때보다 훨씬 아름다웠다. 그녀는 이제 두려움과 불안과 갈망의 경계를 훌쩍 넘은 것이었으니까. 그녀의 이마에서 돋아 귀밑머리로 흘러내리는 땀방울조차 아름다웠다.

파티에는 제너럴 타임이라는 것이 있다. 선수들의 대회나 시범이 끝나고 나면 일반인들이 모두 나와 춤을 추는 시간이다. 춤추기만을 기다렸던 사람들이 몰려나왔으니 무대는 언제나 복작대기 마련이다.

경연이건, 파티건 대체로 춤을 추는 장소에 비해 사람이 넘치곤 한다. 게다가 왈츠를 비롯한 스탠더드 댄스는 한 곡으로 플로어를 전부 사용하게 되어 있어서 사람들이 자기 춤만 생각하며 정신없이 진행하게 되면 서로 부딪쳐서 사고를 당할 수가 있다. 다른 팀의 팔꿈치에 맞아서 얼굴을 다칠 수도 있고 여자들은 특히 발가락을 자주 다치곤 한다. 발톱이 뒤집히기도 하고 발등 여기저기를 부딪쳐서 멍이 들곤 한다. 이런 것을 미연에 방지하기 위해 약속이 정해져 있다. 바로 LOD^{Line of dance}라는 것인데 이것은 시계 반대 방향으로 큰 원을 그리며 춤을 추라는 것이다.

다들 한 방향으로 추면 역주행하는 사람이 없으니 비교적 교통의 흐름이 원활하게 되는데 언제나 큰 원을 그리며 한 방향으로만 가면 변화가 없으니 극적인 변화를 주기 위해 플로어의 한가운데로 진입하는 피규어를 구사하게 된다. 이것은 아주 위험하고 매너 없는 행동으로 비난을 받게 된다. 수많은 사람들이 앞뒤로 얽혀서 움직이는데 혼자서 홀을 가로지르는 것은 중앙선을 넘어서 교통사고를 일으키는 것과 같기 때문이다. 그렇게 하지 않고 LOD를 지켜 춤을 추더라도 많은 사람들이 추다 보면 다른 팀과 부딪칠 때가 있다. 다른 팀과 부딪치지 않기 위해서

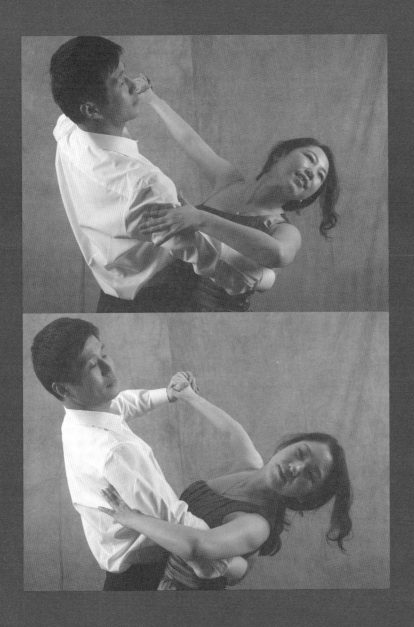

왈츠 루틴 중 스로 어웨이 오버 스웨이를 연습하는 모습이다.

남자들은 반드시 항상 주변을 세심히 살펴서 인도를 해야 하는데 진로가 막히게 되면 잠시 그 자리에 선 채 할 수 있는 동작들을 하거나 옆으로 비켜 진행해서 할 수 있는 동작을 해야 한다.

어느 정도 기본적인 피규어를 배우고 나면 이렇게 반드시 피해 가는 동작을 배우게 된다. '막히면 돌아간다'의 정신이 춤에서 실현되는 것이다. 이건 가벼이 넘길 일이 아니다. 기본기를 배우기 위해 몇 년을 바치고 나서야 비로소 돌아가는 법을 배우게 되는 것이다. 삶의 한 가지 비의를 익히는 시간이다. 우리 앞을 막아서는 벽을 서슴없이 돌아가게 되는 것은 태어나면서부터 익힐 수 있는 게 아니기 때문이다. 유연함은 춤이 지닌 가장 본질적인 덕목이 아닐까.

막다른 골목이 아니라면 기꺼이 돌아가야 한다. 안 갔으면 좋았을 것을, 하고 후회하는 길이 얼마나 많을까. 그렇다고 그 길을 다 피해 가려 한다면 어느 길인들 당신에게 앞을 열어 줄까. 진행할 수 있는 여건일 때는 과감히 밀고 나간다. 그러나 막히면 서슴없이 돌아간다. 그것이 왈츠의 기본 정신이다.

지친 몸과 마음일지라도 스스로 다독이고 추스르면서 기꺼이 골목을 돌아나오면 들어갈 때는 보지 못했던 눈부신 설산을 보게 될지도 모른다.

얼마 전 나는 그녀에게 전화를 했다. 당신의 이야기를 쓰려고 하는데 그래도 되겠느냐고 양해를 구하기 위해서였다. 그녀는 오랜만에 전화를 걸어온 나를 너무도 반가워했다. 그러나 당신 이야기를 써도 되겠냐고 물었을 때, 목소리가 슬픔에 잠기는 게 느껴졌다. 그녀는 말했다.

"너무 가슴 아파서 되돌아보고 싶지 않아요. 정말 하나도 다시 생각하고 싶지 않아요. 하지만 쓰세요. 다른 사람의 이야기처럼 읽을게요. 나는 지금은 새로운 생활을 하고 있어요. 일본에서 유학할 때 했었던 일본 문화 공부를 다시 시작하려고 대학원에 진학했고, 이것을 통해 새로운 일을 시작하고 싶어요."

그녀의 말을 들으면서 괜히 그녀의 이야기를 쓰려고 했나 후회가 되었지만 스스로 회복되어 가고 있고 다른 일을 시도하고 있다는 말을 들으니 미안한 마음이 조금 가셨다.

그녀는 전문가 과정을 밟았다 해도 프로 선수들 출신이 거의 모든 학원을 점령하고 있는 현실에서 자신이 끼어들 여지는 만만치 않다는 것을 알았다고 한다. 하지만 무언가 한번 시도해 본 경험은 그녀에게 또 다른 힘을 주었다. 그녀는 자신이 잘할 수 있는 것을 직업으로 삼는 게 좋을 거 같다며 지금 댄스는 운동 삼아 즐겁게 하고 있다고 했다. 나는 그녀의 목소리에서 희망을 품은 사람의 밝고 단단하며 맑은 기운을 느꼈다. 그녀에게 파이팅을 외쳤다.

당신은 정말 멋진 사람이에요. 당신이 당신 삶의 주인이 되기 위해 새로운 길을 모색하는 바로 그 시간이 당신조차 깨닫지 못했던 능력과 힘이라는 것을, 그것이 당신에게 아름다운 생을 선물할 것임을 나는 믿어요.

내 어머니의 모든 것: 세상의 모든 고통을 저 강물에 실어

「내 어머니의 모든 것」이라는 영화가 있다.

투우의 나라이며 플라멩코의 나라인 스페인의 악동 감독, 페드로 알모도바르의 영화이다. 그는 매사에 정열적이고 격렬한 성격의 스페인 사람답게 「라이브 플래쉬」, 「하이힐」 등의 초기 작품에서는 남녀 사이의 애증 관계를 집요하게 파고들었다. 그러다가 점차 모성을 비롯한 여성성에의 탐구로 나아가서 여성성에 대한 깊은 통찰을 통해 여성들의 연대로까지 폭을 넓혔는데 「내 어머니의 모든 것」을 비롯하여 「그녀에게」, 「귀향」, 「나 없는 내 인생」 등이 그렇다. 「귀향」, 「나 없는 내 인생」에 이르러서는 여성들의 연대 의식이 더욱 발전해서 여성성이야말로 인류의 유일한 대안이 아닐까 하고 생각하게 만든다.

「내 어머니의 모든 것」은 알모도바르의 작품 중에서 가장 뛰어난 작품이며 가장 통렬한 작품이다. 대략적으로 말하자면 '내가 직접 낳은 자식에 대한 통렬한 사랑을 내가 사랑하는 사람을 통해 낳은 자식에 대한 사랑으로 치환하는, 더 자세히는 내 아들이 사랑했던 아버지가 낳은 다른 자식에 대한 사랑으로 치환'하는, 가슴 아픈 모성에 관한 이야기이다.

그의 영화에서는 남자는 거의 존재감이 없거나, 남성성을 가진 인간은 그다지 쓸모없는 존재이거나, 남자일지라도 여성성을 추구하는 존재로 그려지곤 한다. 어쩌면 누구에게나, 남자나 여자나 내재되어 있을 법한 모성이 여성들의 연대에 이르기를 바라는, 그것이 궁극적으로 인간이 지향해야 할 지점이라는 감독의 소망을 반영한 것인지도 모르겠다.

한때 연극배우였으나 현재는 간호사인 마누엘라는 아들 에스테반의 열일곱 번째 생일에 아들과 함께 「욕망이라는 이름의 전차」라는 연극을 보고 나오던 중에 여배우의 사인을 받으려고 뛰어가던 아들을 교통사고로 잃고 만다.

자식을 잃은 고통, 그것보다 큰 고통이 세상 어디에 또 있을까. 그녀는 영화가 지속되는 내내 가슴을 부여잡고 울음을 삼킨다. 영화가 지속되는 내내 곳곳에서 아들을 만나기 때문이다. 그녀는 아들의 유품을 정리하다가 일기장을 발견하고 그 속에서 한 번도 본 적 없는 아버지를 그리워하는 내용을 읽게 된다. 마누엘라가 아들의 아버지와 헤어진 이유는 아들의 아버지가 성전환 수술을 하고 여장을 한 채 살아가는 사람이었기 때문이었고, 그것을 이유로 아들에게 아버지를 보여 주지 못했던 것이었다.

어떤 아버지일지라도 아들에게서 아버지의 존재를 완전히 지워서는 안 되는 것이었다는 죄책감으로 괴로워하던 마누엘라는 에스테반의 아버지인 에스테반을 만나러 갈 마음을 먹고 바르셀로나로 향한다.

그러나 그녀는 에스테반을 만나지 못하고 그가 남겨 놓은 불우한 인물들을 만나게 된다. 배우로서 내리막길을 걷고 있는 여배우 우마와 에스테반과 같은 길을 걷고 있는 옛 친구 아그라, 그리고 에스테반을 사랑하여 그의 아이를 임신한 수녀 로사가 그들이다. 에이즈에 걸린 에스테반과 에스테반에 의해 에이즈에 걸린 로사, 그리고 에이즈에 걸린 채 태어나야 하는 아들을 걱정하며 죽어 가는 로사.

마누엘라는 그들을 만나 그들의 삶과 얽히면서 그 존재들이 겪는 욕망과 끊지도 못하고 잇지도 못하는 징글징글한 애증이 자기와 하나도 다를 게 없다는 것을 깨닫게 된다. 그녀는 결국 갓 태어난 아이를 안고 에스테반이라 이름을 붙이며 그 아이의 엄마가 될 것을 약속한다. 그녀는 또 하나의 에스테반의 어머니가 되어 사랑을 줄 것이다.

영화는 영화 속의 영화와 중첩이 되고 몇몇 사람의 삶의 굴곡과 겹쳐지면서 어느 것 하나 뜻대로 되는 일도 없고 이루지 못한다고 해서 욕망을 접지도 못하며 결국 눈 먼 전차가 내달리듯 달려가는 것이 인생이라는 것을 통렬하게 보여 준다.

영화가 끝나도 관객 역시 가슴의 통증이 쉽게 가라앉지 않는다. 마치 내가 아들을 잃은 것만 같고, 그렇다면 나는 어떻게 할 것인가 하는 물음이 오랫동안 머릿속에서 떠나지 않기 때문이다.

세상에서 가장 큰 슬픔을 겪게 되면 사람은 어떻게 되는 걸까. 우리는 그런 일을 직접 겪기 전까지는 할 수 있는 한 생각하는 것조차 회피하며 살아간다. 그러나 더 이상 회피할 수 없는 상황에 내던져진다면 어떻게 반응할까. 세상에 크게 잘못한 일도 없건만 부당한 고통이 내게 닥쳤다. 그러면 당신은 어떤 반응을 보이겠는가.

그 어떤 이유를 대도 그것은 부당하다. 그러므로 고개를 흔들며 소리쳐 그 부당함을 토로하고 분노를 터트리며 싸움을 함으로써 해결하는 사람이 있는가 하면, 허리를 꼿꼿이 세우고 바람 부는 곳을 향해 오히려 얼굴을 돌리며 눈물을 삼키는 사람도 있을 것이다. 얼마 전만 해도 한국 사람들은 대체로 두 번째의 태도를 바람직하다고 교육받으며 자라 왔다. 지금이야 부당하다고 느끼면 결코 참지 말고 곧바로 상대에게 분노를 표현하라고 교육받고 있지만 말이다. 내게 고통을 준 상대가 있다면 그렇게 해야 할 것이나, 상대가 없다면 도대체 어떻게 해야 한단 말인가. 아무도 대답해 줄 수가 없을 것이다.

　여기, 세상에서 가장 큰 슬픔을 겪은 사람이 있다. 그녀 앞에서는 웬만한 슬픔에 대해서는 말도 꺼내지 못한다. 무심코 허리가 아프다느니, 남편하고 싸워서 속상하다느니, 시어머니가 힘들게 한다느니 하며 말을 꺼냈다가도 뒷말을 잇지 못하고 슬그머니 말꼬리를 내리고 만다.

　그녀.

　예전 대부분의 집들이 그랬듯이 그다지 넉넉하지 못한 환경에서 자랐다. 오빠가 있었지만 유독 공부를 잘해서 오빠를 제치고 지방 국립대 의대에 들어갈 수 있었다. 물론 의대 역시 대부분 장학금을 받으며 다녔고 오히려 방학 때는 아르바이트를 해서 집에 보태 줄 정도였다. 수련의를 거치는 동안 역시 얄팍한 월급을 쪼개서 집에 보내 주면서도 못내 미안해했다. 그녀는 작은 체구에 너무 바쁘게 사느라 평소 걸음걸이가 속보를 하는 것처럼 빨랐다. 한시도 허투루 보낼 수가 없었다.

　결혼한 뒤에도 가족을 전적으로 돌보지 못함을 미안해했다. 결혼했다고 해서 자기 혼자 훌쩍 빠져나온 듯이 편안히 살 수가 없었다. 그래서 시어머니를 모시고 살면서 친정을 함께 돌보느라 쉴 시간이 없었다. 그 누가 떠밀어서 그렇게 한 것은 아니었다. 그저 그녀는 스스로의 어깨가 그 정도는 감당할 수 있으며 그렇게 해야 한다고 생각했던 것뿐이었다.

그런데 아들 둘을 낳고 얼마 지나지 않아 남편이 한창 나이인 서른넷에 뇌암으로 세상을 떠났다. 그것에 충격을 받은 시어머니가 남편의 장례를 치르기가 무섭게 중풍으로 쓰러졌다. 몇 날 며칠을 통곡을 하며 슬퍼해도 모자라겠지만 슬픔에 잠겨 무기력하게 있는 게 사치가 될 정도로 다급한 상황이 되었다. 아이들은 아직 어려서 돌봐 줄 사람이 필요했고 결코 요양원에는 들어가지 않겠다는 시어머니 역시 집에서 돌봐야 했기에 그녀는 저녁 시간이나마 자유로운 개인 병원으로 옮겨야 했다. 의사였기에 시어머니를 더욱 잘 돌봐야 했다. 자리에 누운 시어머니의 건강은 온전히 그녀의 몫이 되었다.

시어머니는 아들의 죽음을 온몸으로 겪고 있었다. 움직이지 못하는 한쪽 몸을 때리면서 시어머니는 울었다. 어차피 이렇게 쓰지 못할 몸이었다면 너에게 줄 수도 있는 건데, 머리에 암 덩어리가 가득 차서 바꿔야 한다면 내 머리를 떼어 줬을 텐데, 이렇게 쓸모없는 목숨을 네가 달라면 얼마든지 줬을 텐데 하면서 어떻게 손써 볼 겨를도 갖지 못하고 떠난 아들을 원망하고 그리워하며 울음으로 하루하루를 보냈다. 시어머니의 울음소리를 들으며 어린 아들들은 자라났다.

그녀는 누구 못지않게 강인한 여자였다. 슬픔을 오로지 가슴속으로 삼키고 현실을 받아들이며 무너지지 않으려고 이를 악물었다. 그녀를 버티게 한 것은 잘 커 가고 있는 두 아들이었다. 아들들을 보면 맑은 비와 투명한 햇살을 먹고 쑥쑥 자라는 사과나무 같았다.

시어머니는 십 년을 누워 계시다가 정작 자신의 죽음을 앞에 두고는 한번 울어 보지도 못하고 눈을 감았다. 아니, 눈을 감기 오래전부터 이미 아무것도 보지 못했었다. 눈물도 나오지 않고 보이지도 않는 눈을 저 앞에 고정시키고 살았다. 절대 감기지 않을 것 같은 눈이었지만 숨을 거두었을 때는 너무나 가볍게 감겼다. 마치 여름 동안 내내 울고 껍질만 남은 매미의 가벼운 허물처럼, 몸 안의 것들이 눈물로 다 빠져나가서 아무것도 무거울 게 없었다. 그녀 역시 눈물도 나오지 않는 눈으로 어머니의 눈을 감기고 상을 치렀다.

아들들은 정말 잘 자라 주었다.

큰아들은 한국에서 제일 좋은 대학의 의대에 들어갔다. 그래서 지방에 있는 집을 떠나 서울에서 살았다. 곧이어 작은아들도 명문대에 들어갔다. 둘은 함께 자취를 했다. 음식을 싸들고 아들들을 찾아가는 즐거움으로 주말을 보냈다. 이제야 그동안의 고통과 수고가 보답을 받는 듯했다.

그러던 어느 겨울날이었다. 시험 공부를 하던 아들들이 깜빡 잠이 든 새벽, 불이 나고 말았다. 불은 순식간에 큰아들이 있는 안쪽 방으로 번졌고 현관 쪽 방에서 자던 작은 아들은 잠결에 놀라서 뛰쳐나갔다. 밖에 나와 찬바람을 맞자마자 형이 집에 있다는 것을 깨닫고 도로 들어가려 했지만 이미 집 안은 화염이 가득해서 들어갈 수가 없었다. 중무장을 한

소방대원들조차 들어갈 수 없을 정도였다. 간신히 불이 잦아들었을 때 집 안으로 달려 들어간 동생은 세상에서 가장 잔인한 현장을 보고 말았다.

어미인 그녀는 이제는 분명히 자기가 미칠 것이라고 생각했다. 미쳐도 괜찮다고 생각했다. 미쳐 버려서 이 모든 고통으로부터 떠나고 싶었다. 그러나 작은아들 때문에 미칠 수가 없었다. 작은아들은 형을 혼자 두고 도망쳐 나왔다는 사실 때문에 자신을 용서하지 못했다. 작은아들을 다독이고 그가 입은 트라우마를 치료해야 했다. 그녀는 슬퍼할 시간조차 주지 않는 운명을 원망했다. 아버지를 잃은 뒤 시도 때도 없이 울어 대면서 끊임없이 아버지의 죽음을 상기시키는 할머니 곁에서 서로를 의지하며 자라왔던 형제간이었다.

그녀는 아들을 잃었다. 세상에서 가장 큰 상처를 입었다. 그러나 남은 자식이 있었다. 남은 자식의 상처는 어쩌면 그녀의 상처보다 클지도 모른다고, 극심한 우울증 속에서 가까스로 생각해 냈다. 그래서 집에만 틀어박혀 있는 아들을 일으켜 세워 병원으로 데려가 외상 후 스트레스 장애 치료를 받게 했다. 다행히 한동안은 잘 추스르는 것 같았다. 주말마다 서울에 올라가 아들과 밥을 먹었지만 둘 다 거의 말을 주고받지 않은 채 시무룩히 밥만 떠넣기 일쑤였다. 물론 이렇게 해서는 안 되겠다는 생각이 들기도 했다. 일부러 목소리를 가볍게 띄워 말을 하려고도 했다. 그러나 말을 하는 것조차 너무 힘이 들어 몇 마디 하고는 포기해 버리고 말았다. 다행히 작은아들이 회복되어 가는 것 같아서 그녀는 본격적으로 앓아누웠다.

그녀가 누워 있는 침대 위로 천장이 끊임없이 무너져 내렸다. 무너진 천장의 무게에 숨을 헐떡이며 간신히 눈을 뜨면 어느 새 하루가 저물어 가고 있었다. 그녀는 이제껏 몸무게가 사십팔 킬로그램 이상 나가 본 적이 없었지만 사백팔십 톤은 되는 것같이 반쯤 일으키기조차 어려웠다. 그러나 그녀는 일어나야만 했다. 작은아들이 숨을 헐떡이며 전화를 걸어 왔기 때문이다. 나 좀 살려 줘, 엄마. 아들이 말한 전부였다.

아들은 회복되지 않았고 더 나빠져 갔지만 애써 감추고 있었기 때문에 몰랐던 것이었다. 아들은 공황장애와 불안신경증을 앓고 있었다. 그녀는 자기 몸과 마음을 돌볼 여유가 없었다. 아들을 적극적으로 치료하기 위해 지방에 있던 병원을 넘기고 서울로 올라왔다. 그녀는 직접 정신과학을 공부하기 시작했다. 낮에는 전공 과정을 공부하고 개인 정신과 병원에서 야근을 하며 임상공부를 하기 시작했다.

그녀는 웃음을 잃었다. 웃는 게 어떤 상태인지도 잊었다. 동료들과 심지어 환자들이 웃어도 그녀는 웃음이 나오지 않았다. 병원장이며 다른 의사와 간호사들이 그녀에게 좀 웃으라고도 했다. 얼굴이 너무 엄격해서 무섭다고도 했다. 매사에 너무 긴장해 있고 매사에 너무 민감하다고도 했다. 그런 말을 들으면서도 그녀는 아무 느낌이 없었다. 지금의 내가 웃는다는 건, 죄스러운 일이라는 마음이 들 뿐이었다.

이런 생각도 해 봤다. 혹시 내가 이 모든 고통을 짊어지고 갈 만큼 강하기에 이런 고통이 찾아오는 게 아닐까. 내가 나약하고 연약했다면 이런 고통이 나를 비켜 가지 않았을까. 그러나 명철한 이성은 곧 그것과는 아무런 상관이 없다는 것을 말해 주었다. 이 세상 누구에게도 닥칠 수 있는 고통인 것이지, 그녀에게만, 그녀라서, 찾아온 게 아님을.

그녀를 아끼는 동료 의사가 자기가 다니는 댄스 학원에서 파티가 있는데 한번 참석해 보면 어떻겠냐고 물어왔다. 기분 전환 좀 하라고 강력히 권했다. 그녀는 마지못해 그러마 했다. 그 동료가 무슨 취미를 가졌는지 관심도 없고 무슨 취미든 취미를 가질 형편이 아니라고 생각했기 때문에 그동안 전혀 귀를 기울이지도 않았다. 그저 하도 걱정하고 챙겨 주는 동료의 성의를 생각해서 나간 것이었다.

그런데 삶은 전혀 예상치 않았던 곳에서 방향을 전환할 기회를 주었다.

오프닝 프로그램으로 선수들이 나와 시범을 보였다. 라틴 선수들의 룸바와 차차차를 보았다. 다음 순서로 하얀 새의 깃털 같은 드레스를 입은 선수가 나와 왈츠를 추었다. 한 바퀴, 두 바퀴 돌아가는 것을 지켜보던 어느 순간 그녀는 몸이 두둥실 떠오르는 것을 느꼈고 자신의 몸이 어둠 속에서 밝은 세상으로 하늘하늘 날아올라 가는 환상을 보았다. 무게가 하나도 없이 날아오르면서 그녀는 한없이 보드라운 보자기에 올라타 있다고 생각했다. 그 보자기는 치유라는 이름을 가졌다는 것을 알았다. 그러고 보니 지금까지 수많은 사건들을 겪으면서 치유라는 단어가 처음 머릿속에 떠올랐다는 것을 알았다. 살아남은 자는 당연히 고통을 겪음으로써 속죄해야 한다는 생각으로 스스로에게 벌을 주고 있었다는 것, 그래서 치유라는 것은 생각도 할 수 없었던 것이다.

그제야 고통을 고통으로 맞서려고 했을 뿐, 긍정적 에너지가 없는 안간힘은 한계가 있다는 것을 깨달았다. 우울한 마음으로 아들을 바라보면 아들로서는 더욱 죄책감만 커질 뿐이라는 것도 깨달았다. 우울한 시간이 지속된 나머지 희망을 품은 것도 잠시였을 뿐, 사실상 타성에 의해 하루하루를 넘기고 있을 뿐이었으며 우울함이 그녀를 짙은 안개 속으로 끌어들여 이젠 어디로 가고 있는지조차 모르게 만들었다는 것도 깨달았다.

그녀는 당장 왈츠를 배우기 시작했다. 더 늦으면 더 큰일이 벌어질지도 모른다는 다급함도 들었다.

연습용 구두를 사서 신고 가벼운 윗도리와 폭이 넓은 스커트를 입고 기초를 배우기 시작했다. 처음에는 한 발로 균형을 잡고 서 있기도 어려운데 길게 밀고 나가 우뚝 서야 하는 것이 무척이나 어려웠다. 비틀거리고 또 비틀거렸다. 선생님이 와서 팔을 잡아 주며 기초가 단단할수록 높이, 멀리 날아오를 수 있을 거라고 했다. 성실한 것은 그녀의 특징이었다. 그녀는 꾀를 부리지 않고 선생님이 하라는 대로 했다. 등골에서 땀이 흘렀다.

몸속 저 깊은 곳에서부터 불이 지펴지더니 항상 냉골같던 몸이 따뜻해지기 시작했다. 언제부터 굳어졌는지 기억조차 못할 정도로 뻣뻣하던 등과 어깨가 부드러워졌으며 무엇보다 눈가가 부드럽게 풀어졌다. 점점 입가에 웃음을 물어도 어색하지 않게 되었다. 아들에게도 할 이야기가 많아졌다. 아들이 조금만 나아지면 함께 운동하러 나오리라는 마음도 품었다.

그녀는 견갑골을 밀어 올리고 겨드랑이를 활짝 펼쳐 스윙을 하고 내추럴 턴, 리버스 턴을 하면서 꿈을 꾸기 시작했다. 내 두 팔이 새의 팔처럼 가벼워지면 아들을 안고 날아올라도 잘 날 수 있을 거야, 아무려면, 나는 아직 가볍게 날 수 있는 힘이 있어. 그녀는 팔이 가벼워지고 상체가 가벼워지기 위해서는 두 발이 바닥을 꾹 눌러야 한다는 것을 배웠다. 인생이란 모름지기 발이 땅에서 떨어지지 않고 단단히 딛고 있어야 팔을 크게 펼칠 수 있는 법.

어느 날부턴가 귀에 음악이 들어오고 제법 음악에 몸을 실을 수 있게 되었다. 그러자 울음만이 가득 차 있던 가슴속으로 서서히 음악이 들어오고, 세상을 거쳐 온 음악에 실려 다른 사람들의 삶도 들어오게 되었다. 물결을 닮은 왈츠의 움직임은 그녀에게 형언할 수 없는 감동을 주었다.

긴 시간이 지나갔고, 그 긴 시간 동안 내내 그녀는 울고 있었다. 울음의 힘으로 고통을 견뎌 내려고 했으나 울음은 그녀를 점점 더 나락으로 떨어뜨릴 뿐이었다. 주변 사람들은 나 힘들게 살고 있소, 라고 얼굴에 써 놓고 다니는 그녀를 슬슬 피했고, 자존심에 상처 입은 그녀는 더욱더 자신을 닦달하기만 했다. 마치 무딘 도끼로 거칠게 깎아 놓은 고목처럼 누군가 서투르게 다가와 만지기라도 하면 도리어 그 사람에게 상처를 입혔다. 울음은 그녀에게만이 아니라 그녀를 둘러싼 삶을 점점 황폐하게 만들어 갔다. 그러나 얼마나 다행인가. 그녀에게 다른 방향을 가리켜 줄 수 있는 친구가 아직 남아 있었다는 것이. 아무것도 들어올 수 없을 정도로 완전히 경직되기 전에 왈츠를 알게 되었던 것이.

그녀는 이렇게 생각했다. 인생이라는 거대한 강물 위에서 어느 한순간 한 물결 위에 함께 있다가 먼저 흘러가는 배도 있고 조금 뒤에 천천히 흘러가는 배도 있다. 강물 속의 소용돌이가 배들을 만나게 하기도 하고 흩어지게 하기도 한다. 나는 다 잃은 게 아니라, 지금 강물 위를 떠가고 있는 것이다. 나는 함께 있던 사람들을 조금 더 길게 그리워하는 것뿐.

때로는 고양이처럼, 때로는 강아지처럼 차차차

긴 머리칼을 따라 멀리 미끄러져 떨어지는 땀방울,
뜨겁게 내뿜는 숨결, 붉게 달아오른 뺨, 강렬한 눈맞춤,
때맞춰 울려 퍼지는 고음의 트럼펫과 열대의 리듬

Cha cha cha

차차차

쿠바의 바이올리니스트이자 악단 지휘자인 E.호린이
19세기 말에서 20세기 초에 유행한 쿠바의 무곡 단손을 개조한 것으로,
1950년대 중반부터 세계적으로 유행하기 시작했다.

차차차 음악은 느닷없이 확, 터진다. 침묵하는 살갗을 깨우듯, 수줍은 얼굴에 스포트라이트를 연달아 터트리는 듯.

맑은 여름날 갑자기 굵은 비가 후두둑 떨어지다가 다시 튀어오르는 것 같다. 그 신선하고 짜릿함이 온몸을 활짝 펼쳐 준다.

고음의 트럼펫, 터지듯이 쏟아지는 소프라노 색소폰. 그것들이 내 가슴을 터트릴 듯이 두들긴다. 나는 고음으로 길게 끄는 트럼펫을 아주 좋아한다. 그런 차차차를 듣고 있으면 때로 쿠바의 짙푸른 바닷물이 와닿는 테라스에서 진홍 옷자락이 몸에 감기도록 열렬히 춤을 추고 싶다.

친구 몇몇은 춤을 추고, 한쪽에서는 코냑에 적신 시가를 피우며 느긋이 등의자에 기대앉아 눈을 가느다랗게 뜬 채 춤추는 이들을 바라보는 또 다른 친구가 있을 것 같다. 이런 상상으로 환한 마룻바닥을 짚고 서

때로는 고양이처럼 *Cha cha cha*
때로는 강아지처럼
차차차

면 키 큰 선풍기 바람이 마치 쿠바의 바닷바람같이 상쾌하기만 하다.

역시 차차차는 음악을 들으며 추는 게 제격이다. 무슨 춤은 안 그럴까만, 차차차를 모른다 해도 음악만으로도 뱃속 깊은 곳에서 열기가 꿈틀거리고 올라와 누구나 기꺼이 발을 구르고 몸을 뒤흔들 수 있을 것이다.

차차차의 특징은 락스텝Lock step이라고 하는 것이다. 자물쇠로 잠그듯 두 다리의 허벅지를 힘차게 붙이며 골반을 앞으로 밀어내는 모습인데, 앞뒷다리의 맞물림과 동시에 힙이 꽉 조여져야 한다. 이 락스텝과 짧고 강렬하게 끊고 돌아서는 스타카토 때문에 마치 토라진 여인이 애원하는 남자를 매몰차게 떨치고 돌아서는 것 같은 분위기를 만든다.

매몰차게 뿌리쳤으나 아주 떠나지는 못하는 사이. 티격태격하면서 울고 달래고 다시 사랑하는 사이. 순식간에 자리 이동하는 턴을 할 때, 남자 옆구리로 바짝 다가섰다가 180도로 완전히 돌아오는 클로즈 힙 트위스트를 할 때, 마치 못된 남자를 그래도 버릴 수 없어 주위를 빙빙 도는 듯한 로프 스핀을 할 때가 바로 그렇다. 차차차는 그런 춤이다.

긴 머리칼을 따라 멀리 미끄러져 떨어지는 땀방울,

뜨겁게 내뿜는 숨결,

붉게 달아오른 뺨,

강렬한 눈맞춤,

때맞춰 울려 퍼지는 고음의 트럼펫과 열대의 리듬, 봉고.

락스텝으로 회원들이 모두 교실 구석으로 몰려들고 서로 부딪쳐 가며 지그재그로 몸을 틀어 미끄러졌다가 딱 멈추면 회원들의 눈동자 가득 뜨거운 열기와 순수한 기쁨이 넘쳐흐른다. 나 제대로 했지 하고 물어보는 표정에는 대단한 프로젝트를 막 끝낸 사람들처럼 자부심이 넘친다.

우리 회원 중에 커플이 한 팀 있다. 남자는 서른둘, 여자는 서른하나인데 여기에 오게 된 동기가 아주 재미있었다. 그는 그동안 여자에게 너무나 헌신적이었던 나머지 여자에게서 애정을 끌어내지 못하고 너무 쉽게 차였다는, 뼈아픈 피해의식을 지니고 있었다. 더 늦으면 아예 여자를 만나지 못할지도 모른다는 다급함도 생겼다. 그러니 이제야말로 밀당의 기술을 배워 반드시 여자를 사로잡고 말겠다고 마음먹었다. 친구들은 뭐니 뭐니 해도 밀당의 대가는 고양이 아니겠냐며 고양이를 키워보면 그까짓 밀고 당기는 기술쯤이야 태어날 때부터 갖고 태어난 것처럼 자연스럽게 터득할 수 있다고들 했다. 마침 혼자 살고 있는 터라 누가 간섭할 사람도 없고 해서 부리나케 아기 고양이를 한 마리 데려오게 되었는데, 이 녀석이 오자마자 배를 뒤집고 눈을 맞추며 어리광을 부리는 것이 아닌가. 퇴근해서 들어오면 발소리만 듣고도 현관으로 마중나와 신발을 벗기도 전에 바짓가랑이에 얼굴을 비벼 대며 발라당 드러눕는 것도 그렇고 이런 모든 태도들은 익히 들었던 고양이의 태도가 아니었다. 아이쿠, 이게 웬일! 고양이인 줄 알았더니 개였던 것이다. 이렇게 애교 많은 고양이를 개냥이라고 하는데 그에게 온 녀석이 하필 개냥이일 줄이야.

하지만 그는 고개를 저었다. 아무리 그래도 고양이가 설마…… 아직

때로는 고양이처럼 *Cha cha cha*
때로는 강아지처럼
차차차

아기라서 그런 것이려니, 아직은 엄마 품이 필요한 아기려니 했다. 그래서 살갑게 안아 주고 쓰다듬어 주고 함께 이불을 덮고 잠을 잤다. 아기 고양이는 잠이 들기까지 그의 머리카락을 빨았고, 그의 어깨에 꾹꾹이를 했으며 그의 목덜미에 꼭 붙어서 가르릉거리며 잠이 들었다. 그는 어쨌거나 행복했다. 이런 여자 하나 있으면 얼마나 좋을까 하며 입가에 미소를 달고 잠이 들곤 했다.

고양이는 남들이 그렇게도 바라 마지않는 무릎냥이가 되어 떨어지지 않았고, 놀아 달라고 낚싯대를 물고 와서 그의 눈을 빤히 쳐다보며 냐오오옹 울었다. 그 가냘프고도 맑고 애달픈 울음소리에는 절대로 모른 척할 수가 없었다. 개보다 더했으면 더했지 결코 덜하지 않았다. 그는 휴일조차 반납하고 고양이랑 놀아 주었다. 하긴, 휴일이라면 더더욱 외출할 일이 없기도 했다. 그는 얼마 전까지도 휴일을 저주하며 리모컨을 들고 누워 등허리가 배기도록 티비를 보며 자다 깨다 했었고 곳곳에 산재해서 그의 염장을 지르는 닭살 커플들에게 눈을 흘기던 싱글임을 잊고 지냈다. 그러다가 어느 날, 정신이 번쩍 들었다. 고양이가 최종 목적이 아니었음을! 이렇게 세월 보내고 있으면 큰일인 것을!

그는 친구들에게 다시 조언을 구했다. 고양이에 대해 헛소리를 해 댄, 이젠 한층 믿을 수 없어진 친구들이었지만 하는 수 없었다. 남자 친구가 없는 여자 선배들은 그렇게 아쉬우면 나를 사귀지 그러니 하는 눈빛들이었으므로 여자 선배와는 눈을 마주치는 순간 고개를 숙임으로써 그 무서운 눈길을 피해 버렸다. 입사한 뒤로 지금까지 사사건건 잔소리를 해 대는 선배들이 아닌가. 퇴근 후까지 업무를 연장시키고 싶지 않았다. 그렇다고 특별히 취미 생활을 하는 것도 아니어서 여자를 만날 기회가 드물었다.

하도 호소를 해 댄 덕분인지, 이미 결혼한 한 친구가 한번 가 볼 데가 있으니 암말 말고 따라오라고 명령을 했다. '주변머리 없는 놈'이라는 기분 나쁜 꼬리말을 붙이면서 말이다. 그는 기분 나빠해야 하는 건지, 좋아해야 하는 건지는 결과를 보고 결정하리라 마음먹고 친구를 따라 강남을 갔다.

친구는 어느 건물의 삼 층에 그를 끌고 내렸다. 그는 유리문에 쓰인 상호를 읽고 깜짝 놀랐다. 댄스 스쿨? 그가 어리둥절해하며 두 손을 내젓기도 전에 친구는 문을 열고 큰 소리로 인사를 했다. 안에 있던 사람들이 다들 환하게 웃으며 맞아 주었고 그는 친구를 따라 더듬더듬 구두를 벗고 실내화로 갈아 신었다. 깔끔하고 소박한, 그러나 커피향이 그윽한 사무실 소파에 몇몇 사람들이 편안하게 앉아 이야기를 나누고 있었다. 친구는 그를 다짜고짜 등록하라고 데스크로 떠밀었다. 창문으로 안을 들여다보니 남녀가 손에 손을 잡고 춤을 추고 있었다. 그는 망연자실했다. 그가 뭐라고 입을 열기도 전에 친구는 쐐기를 박았다.

"너 춤추는 거 좋아하잖아. 술 먹고 클럽에서 미친 놈처럼 추지 말고, 여기서 제대로 배워. 세상이 달라질 거다."

친구는 공식적인 표정으로 근엄하게, 그러나 그의 체면은 깎아 내리며 말했다. 그는 잠시 생각 좀 해 보자며 소파에 주저앉았다. 친구는 입가에

묘한 미소를 띠며 그 옆에 살짝 엉덩이를 내려놓더니 귓속말을 했다.

"조금만 기다려 봐, 네가 좋아할 만한 여자가 있어. 야, 옛말에 도둑을 잡으려면 도둑 소굴로 가라고 했잖아. 여자를 만나려면 여자가 있는 곳에 가야 거 아냐."

아주 훌륭한 충고를 아주 시의적절하게 하는 게 녀석의 장점이다. 그는 금세 댄스에 대한 관심이 확 불타오르는 걸 느꼈고, 가슴 가득 희망이 부풀어오르는 걸 느꼈다. 하마터면 넌 참 좋은 친구야, 라고 말할 뻔했다. 술도 안 먹은 상태에서 내가 춤을 출 수 있을까 하는 걱정이 밀려오고 엉거주춤 춤이랍시고 추고 있는 자신의 모습이 절로 떠올랐지만 그는 도리질을 해서 한방에 날려 버렸다. 두 무릎에 얹은 손에 점점 힘이 들어가더니 주먹이 불끈 쥐어졌다. 좋아! 한번 해보는 거야.

수업 시작한다며 선생님이 강습실 문을 열었고 친구가 벌떡 일어나 들어갔다. 그도 친구를 따라 들어가려고 꽁무니에 따라붙었는데 친구가 그를 살며시 밀었다.

"난 상급반이야, 임마, 넌 초급반에 들어가야지, 어딜 감히!"

"뭐야, 난 어쩌라고!"

소리치고 싶었지만 그의 목소리는 귓속말에 가까웠다. 친구 녀석이 삼십 분 뒤에 저쪽 강습실에서 부를 테니 그때 들어가 보라고 했다.

삼십 분 뒤에 다른 강습실에서 그를 불렀고 그는 어기적어기적 들어갔다. 매와 같은 눈으로 한 눈에 회원들을 훑어보았지만 맙소사, 눈에 띄는 여자는 보이지 않았다. 친구에게 속았다 싶었고 실망이 너무 커서

샤리권 연말 파티에서 육인성, 윤지선 선수의 차차차 공연. 도회적이며 도발적인 차차차의 특징을 잘 살린 공연이었다.

선생님 말씀이 전혀 귀에 들어오지 않았다. 슬슬 뒷자리로 빠져나와 대강 몸을 펴고 대강 무게 중심을 옮기고 있는데, 그녀가 들어왔다. 아, 친구여, 그대는 내 영원한 은인이오! 새해 복 많이 받아라!

그는 그제야 선생님의 말씀에 귀를 곤추세웠다. 무슨 말인지 알 수는 없지만 동작을 보며 따라했다. 피규어 하나를 몇 번에 걸쳐서 가르쳐 주고 연습시키더니 남녀를 마주 보게 세우고 자, 파트너 홀드하세요, 라고 하는 게 아닌가! 손을 잡으라는 것이다. 이야호! 물론 그녀는 저기 저 끝에 있고 그는 지금 아무 관심 없는 여자 파트너와 손을 잡고 있지만, 그래서 그녀 앞에 있는 남자는 누군지 자꾸만 눈길이 끌려 갔지만, 헛기침을 해서 고개를 반듯하게 세우고 가슴을 폈다.

정글에서 암컷을 차지하려는 수컷들이 흔히 하듯이 고개를 가능한 한 치켜들고 가슴을 높이 들어올려서 부풀렸다. 그 순간 선생님이 그의 가슴을 눌러 주저앉히며 말했다.

"자, 숨을 내뱉으시고 갈비뼈를 닫으세요. 그리고 흡! 숨을 멈춘 바로 그 상태로, 투, 쓰리, 포 앤 원!"

금방 배운 한 가지 동작을 하고 나면 선생님은 곧바로 파트너 체인지! 하고 외쳤다.

그는 이런 노래가 있다는 것이 기억났다. 체인징 파트너. 공평하게 한 곡씩 파트너를 돌아가면서 추는 것이다. 그는 속으로 신이 나서 외쳤다. 이렇게 좋은 시스템이 있었다니, 내가 왜 그동안 얼굴도 제대로 보이지 않게 불빛 작렬하는 클럽에서 처음 보는 여자와 춤 한번 춰 보려고 그렇게나 애를 썼던가!

마침내, 그녀와 마주 섰을 때 그의 이마와 등과 손에 땀이 비오듯 흘러내렸다. 그는 그녀의 손을 잡기 전에 얼른 바지에 문지르고는 수줍게 손을 내밀었다. 그녀가 첫 파트너가 아니고 몇 차례 추고 와서 더워 죽겠다는 표정을 지을 수 있었다는 것을 무척이나 다행으로 여기며 변명하듯 한마디 했다.

"무진장 덥네요."

"댄스 스포츠가 운동량이 적어 보여도 근육 하나하나 제대로 쓰면 굉장히 운동 많이 돼요."

생각지도 않은 대답에 그는 기분이 아주 좋아졌다. 물론 왕초보 앞에서 선배 티를 내는 것뿐이었지만 말이다.

그러나 그녀 손을 잡는 순간, 금방 배운 동작은 하얗게 잊혀지고 뭐가 어찌된 것인지조차 몰라서 엉망진창인 채로 춤을 췄다. 물론 그것도 춤이라고 할 수 있다면. 식은땀이 솟았다. 그나마 동작 하나라 빨리 끝났기에 망정이지 한 곡 다 춰야 했으면 어쩔 뻔했나. 얼른 손을 놓고 허리를 굽혀 사과했다.

"죄송해요, 너무 못해서요."

그녀는 아무렇지도 않게 대꾸했다.

"처음에는 다 그래요."

위로인지 당연하다는 건지 애매한 대답이었다. 그는 고개를 푹 숙이고 다음 파트너에게 가면서 은근히 오기가 솟아오르는 것을 느꼈다. 좋아, 내가 한번 열심히 배워 보지, 너를 깜짝 놀라게 해주겠어.

　그때부터 그의 눈에는 힘이 주어지고 입술은 굳게 닫혔으며 뺨은 빳빳해졌다. 선생님은 그의 어깨를 살짝 누르면서 자꾸 힘을 빼라고 했지만 그의 어깨는 점점 더 높이 솟고 가슴은 숨을 가득 들이마신 채 내려올 줄 몰랐다.

　수업이 끝나고 나니 다리가 어찌나 후들거리고 어깨가 뻐근한지 이거 참, 이거 참, 중얼거리기만 했다. 강습생들은 옷을 갈아입더니 다들 어울려서 호프집으로 몰려갔다. 그도 그의 손을 잡아끄는 회장을 따라 뻘쭘하게 따라갔다.

　맥주를 한 잔쯤 마셨나, 그녀는 남들 다 같이 어울리는 뒤풀이가 따분하기 그지없는지 지루한 표정으로 일찍 가겠다고 일어섰고 그녀에게서 눈을 떼지 못했던 그가 엉겁결에 따라 나서 버렸고, 그렇게 해서, 두 사람은 나란히 걸어가게 되었다. 그녀는 옆에서 할 말을 찾느라 버벅거리는 그에게 왜 따라 나왔냐는 표정을 지었지만 그렇다고 먼저 가겠다고 휙 달아나지도 않았다.

　딱히 할 말이 생각나지 않아서 말도 더듬고 발길도 더듬거리다가 마침 눈 앞에 커피숍이 보여서 커피 한잔 하겠느냐고 물었더니 그녀가 그를 빤히 바라보며 입술을 꼭 오므리고는 고개를 끄덕였다. 그는 그녀 눈빛을 보고 문득 고양이를 떠올렸다. 집에 있는 그의 고양이, 마냥 철없고 아무 생각 없는 고양이의 눈. 그러나 그 눈과 이 눈은 같은 듯 달랐다. 뭐가 다른지는 아직 모르겠고 그는 입가에 득의의 미소를 지으며 그녀를 위해 유리문을 열어 주었다. 그 미소는 이렇게 말하고 있었다. 와우!

그가 댄스에 대해 이것저것 물어봐도 그녀는 별로 표정의 변화가 없이 무덤덤하게 대답을 했다. 언제부터 했느냐, 왜 하게 되었느냐, 하니까 어떻더냐 하는 물음들이었다. 그녀는 별 감정도 담지 않은 눈으로 빤히 바라보면서 대답을 했는데 참 특이한 여자다 싶었다. 그 눈에서 웃음을 끌어내려고 농담을 좀 해 봤지만 전혀 웃기지 않는다는 듯 역시나 빤히 쳐다보았다. 그는 결국 고개를 숙이고 식은 커피를 주욱 들이마시고 말았다.

그래, 지금은 내가 우습다 그거지? 두고 봐라, 내가 친구를 선생님으로 모시고 일주일 동안 열심히 배워서 다음 주에 너를 놀라게 해 주고 말 테니. 그녀와 헤어질 때쯤에 그렇게 굳은 결심을 했다.

혼자 터덜터덜 걸어 집으로 가는데 자꾸만 그의 고양이와 그녀가 겹쳐졌다. 그는 정말 고양이 같은 여자를 만난 것이다. 그러나 집에 와서 고양이를 붙잡고 흔들어 봐도 고양이는 그저 아무 생각 없는 투명한 눈으로 밀당은커녕 오직 사랑만을 원한다는 듯 그의 바짓가랑이에 얼굴을 부비고 무릎 위에서 뒹굴었다. 고양이에게 배운 것이 하나도 없으니 어쩔 수 없이 운명에 따르기로 했다.

그는 친구를 졸랐다. 결심이 헛되이 사라지기 전에 서둘러야 했다. 나를 그녀에게 데려간 건 너다, 그러니 끝까지 책임져라, 그렇잖으면 너희 집에 매일 쳐들어가서 너와 제수 씨 사이에서 자겠다고 협박을 했다. 그와 친구는 그렇게 일주일 동안 호프집 한쪽 구석에서 박자를 세는 법을

때로는 고양이처럼 *Cha cha cha*
때로는 강아지처럼
차차차

비롯하여 댄스의 기초 이론을 배우고 룸바의 베이직 피규어를 연습했다.

그 다음 주가 되어 그는 의기양양하게 수업에 들어갔다. 그는 이미 첫 동작뿐 아니라 그 다음 동작까지 배워 놓은 상태였고 당연히 선생님의 설명을 쉽게 알아들을 수 있었다. 학생 때도 결코 보지 못했던 선행 학습의 효과를 이렇게 보게 될 줄이야. 선생님은 단박에 알아보고 오! 공부 열심히 하셨나 봐요, 하며 칭찬을 했다. 그의 가슴은 더욱 부풀어 올랐다. 선생님은 물론 그것을 놓치지 않고 지적했다.

"꼬리뼈를 말아 넣고 배는 갈비뼈와 아랫배를 묶은 것처럼 당기고 가슴을 들어 올린 상태에서 숨을 크게 들이쉬고, 딱 반만큼 내쉬세요. 네! 좋아요! 이 상태를 유지하면서 숨을 쉬세요."

그 자세는 만들기도 어렵거니와 그걸 유지하고 춤을 춘다는 건, 아직 될 법한 일이 아니라서 두 스텝 만에 엉덩이는 뒤로 빠지고 가슴은 다시 부풀어오르고 다리는 벌어졌다. 그러니까 한마디로 말하면 엉거주춤, 바로 그 자세로 한 스텝도 틀리지 않으려고 눈을 부릅뜨고 춤을 추었다.

그녀와 춤을 추고 나서 그는 의기양양한 미소로 그녀를 보았다. 그런데 그녀는 잘했다는 말 대신 팔에 너무 힘이 들어가서 손이랑 어깨가 너무 아파요, 라고 하는 것이 아닌가. 아뿔사.

선생님이 다가와 그의 손을 잡더니 이렇게 팔에 힘이 잔뜩 들어가면 여자분 어깨 다 망가져요, 절대 힘으로 추려고 하지 마세요, 라고 꾸짖는 게 아닌가.

그는 자기를 원망하지 않고 친구를 원망했다. 이 녀석 그걸 가르쳐 줬어야지, 이 나쁜 놈. 나를 골탕 먹이려고 한 게 틀림없어.

수업이 끝나고 뒤풀이에서 친구와 합류했을 때 그는 두고 보자고 귓속말을 했다. 무슨 이야기냐고 친구 녀석은 눈치 없이 계속 묻고 그는 하는 수 없이 손에 힘이 들어가서 오늘 지적당했다고 털어놓았고, 회원 모두가 공감을 표하면서 와글와글 얘기를 시작하는 바람에 그날 뒤풀이의 주 내용은 남자의 팔에서 힘을 빼야 한다는 것이 되었다. 그런데 그것은 절대로 간단치가 않아서 팔에서 적당히 힘을 뺄 수 있게 되면 이미 고수가 되어 있을 거라고 했다. 너 나 할 것 없이 다들 그게 가장 큰 문제였다.

그런데 그것뿐만이 아니었다. 어떤 사람은 팔에 전혀 힘이 없어 파트너가 도무지 텐션을 받지 못해서 뭘 하려고 하는 건지 알 수가 없다는 얘기도 나왔다. 들을수록 어렵기만 했다. 그 뒤로 텐션을 제대로 주고받는 것이야말로 춤에서 느낄 수 있는 가장 고차원의 세계라는 얘기로 번졌다. 그는 선배님들의 이야기를 경청할 수밖에 없었다. 그녀가 선배들의 잘난 척에 어떤 반응을 보이는지 끊임없이 힐긋거리면서.

그녀는 선배들의 이야기에 아주 열렬히 반응을 했다. 고개를 크게 끄덕이기도 하고 별 얘기도 아닌 것에 이를 활짝 드러내고 웃기도 했다. 그가 보기에 굉장히 착실한 학생 같았는데 그런 그녀에게 모든 남자 선배들이 관심을 갖고 있는 것 같았다. 그래서 혹시 이 중에 그녀가 특별히 관심을 갖고 있는 남자는 없을까 하는 의심을 갖고 더더욱 매와 같은 눈초리로 그녀와 그 주변에서 흐르는 자기장을 꿰뚫어보았다. 물론 그로서는 알아차릴 수가 없었다. 그녀는 모든 선배의 말에 똑같은 반응을 보이고 있었으니 말이다.

고양이는 자기 본질을 잊고 개가 되어 가는데 그녀는 사람의 본질을 잊고 고양이가 되어 갔다. 도무지 그녀는 무엇을 원하며 무엇을 싫어하는지 알 수가 없었다. 그런데도 그를 싫어하지는 않는지 데이트 하자고 하면 고개를 끄덕이곤 했다, 물론 한 템포 느리게, 갸웃거리려다가 끄덕이는 것처럼, 다른 일도 없으니 그러지 뭐, 하는 표정이긴 했지만 말이다.

그녀의 손을 잡을 때마다 초긴장 상태였지만 그녀의 손을 잡고 춤을 추는 것은, 정말이지 세상에서 가장 황홀한 순간이었다. 그녀도 초보였고 그 역시 초보였지만, 그녀가 두어 달 먼저 들어왔다고 대단한 선배인 척 했지만, 둘이 손을 잡고 춤을 추면 음악이 하나도 귀에 들어오지 않아서 선생님이 매번 커다란 음악 사이로 승호 씨, 너무 빨라요, 천천히! 천천히! 하고 외쳐 댔지만 말이다.

그리고 그는 그녀의 손을 잡고 춤을 추는 것만큼이나 선생님 손을 잡고 춤추는 것이 좋다는 것을 알았다. 회원들을 하나하나 붙잡고 리드해 주는 선생님들의 손은 아주 호리낭창하고 나긋나긋하면서도 힘찼다. 그제야 그는 지난번 뒤풀이에서 나온 얘기가 뭔지 얼핏 알 것 같았다. 훌륭한 텐션을 받으며 추게 되면 춤을 잘 춘다고 할 수 없는 사람조차 대단한 댄서가 된 듯한 착각에 빠지게 한다는 것이다.

만나면 공통 관심사인 춤에 관한 수많은 이야기를 하고 피규어 중에 작은 것 하나라도 의심나면 당장 손을 맞잡고 동작을 맞추다 보니 둘은 이내 열정이 불타올랐다. 특별한 사이가 아니라도 같은 취향을 갖고 있으면 이야기가 잘 이뤄지는 법인데 더구나 좋아하는 마음이 있었으니 일시에 불타오른 건 당연한 일이었던 것 같다.

그렇게 두 사람은 공개된 연인이 되었고, 그러다 보니 두 사람 때문에 종종 모임에 방해를 받는 일도 생기기 시작했다. 수업이 막 끝나면 그날 새로 배운 피규어를 잘 이해하지 못한 사람이 잘 알고 있는 사람에게 부탁해서 한두 번 더 맞춰 보는 일이 종종 있는데, 남자 회원들이 종종 그녀를 잡아 두곤 했다. 그럴 때면 그는 괜히 심술을 부렸다.

춤은 여자들이 조금 더 빨리 익히게 되기 때문에 대부분 여자들이 앞서고 남자가 쳐지는 경우가 많아서 리드하는 입장에 있는 남자를 여자가 리드하게 되다 보니 다툼이 일어나기 십상이다. 그래서 선배들은 남자가 먼저 배워서 한참 앞서 나간 뒤에 부인을 데리고 나오든가, 부인이 먼저 시작했을 경우에는 아예 추가로 다른 강습을 더 받아서 부지런히 따라가든가, 그도 아니면 조용히 부인의 리드를 따르든가, 결정을 봐야 한다고 조언하곤 한다.

이 커플의 경우도 마찬가지였다. 그녀는 춤에 재능이 있는 편이어서 쉽게 익히기도 했고 예쁘기도 해서 그녀의 손을 잡고 춤을 춰 보려는 남자들이 줄을 지어 있기 마련이었다. 그리고 동호회라는 게 원래 모든 회원들과 동등하게 춤을 추는 게 규칙이었다. 그녀는 원래 성격도 그렇

때로는 고양이처럼 *Cha cha cha*
때로는 강아지처럼
차차차

지만 감정을 크게 드러내는 타입이 아니어서 별 상관없이 선배의 입장에서 가르쳐 줄 뿐이었고 그러다 보니 그를 크게 의식하지 않고 행동을 했던 것인데, 그는 사사건건 그녀를 통제하고 간섭하려고 했다. 그가 그런다고 통제될 여자도 아니었지만 그는 언제나 안달복달하고 마음 상해 하고 화를 냈다가 금세 잘못했다고 애원하곤 했다.

그러니 두 사람 사이에 냉랭한 기운이 흐르면 뒤풀이 자리가 썩 편치 않게 되고 그게 미안해서 두 사람이 빠지다 보니 남은 사람들은 썩 개운치 않은 기분으로 배를 채우고 돌아가게 되곤 했다. 두 사람은 스스로도 자신들이 모임 분위기를 위태롭게 만든다는 것을 알고 있었고 되도록 표내지 않으려고 했지만, 잘 되지 않았다.

친구들로서는 한 사람을 위로해 주느라 상대방을 탓하는 말에 맞장구를 쳐 주고 나면 다음에는 언제 그랬냐는 듯 둘이 하트를 날리고 있으니 위로해 준 사람만 기분이 나빠지고 그게 반복되다 보니 이젠 두 사람이 아무리 싸워도 강 건너 불구경하거나 분위기 흐리지 말라고 아예 집에 돌려보내기도 했다.

그는 집으로 돌아오면 개냥이를 끌어안고 원망을 했다. 네가 고양이답고 그녀가 강아지 같았으면 얼마나 좋겠냐, 나는 평생 이렇게 꼼짝 못하고 주인을 모시는 강아지로 살아야 하냐. 어흐흑. 그는 자신의 운명을 원망했지만, 그러나 천성을 어쩌랴.

나는 이 두 사람을 볼 때면 언제나 차차차가 꼭 어울린다 싶었다. 아니나 다를까 차차차를 배우면서 더욱 열정이 불타올라 매일 티격태격

하더니 어느 날 그가 내게 말했다.

"선배님, 저는 그녀랑 춤을 추다 보면 기분 좋았다가도 괜히 불안해져요. 그녀가 하키 스틱으로 나갈 때랑 매정하게 휙 돌아갈 때마다 뒤도 안 돌아보고 나를 떠날 것 같아요. 그녀는 그러고도 남을 사람이거든요."

나는 그러면 이렇게 대답하곤 했다.

"하키 스틱으로 나갈 때 손끝을 걸어 두잖아, 다시 확 끌어당기기 위해서. 그녀가 너무 멀리 나갔다 싶으면 확 끌어당겨, 뭘 무서워해."

그는 도리질을 했다.

"모르겠어요. 그녀가 얼마나 벗어났는지, 언제 다시 확 끌어당겨야 하는지 모르겠어요. 어찌나 차가운지 내가 끌어당겨도 안 딸려 올 거 같아요. 저는 역시 고양이에게 다시 배워야겠어요. 이번에는 기필코 고양이다운 고양이를 데려오고야 말겠어요."

나는 그의 어깨를 다독이며 말했다.

"그러지 마, 집에 가서는 고양이에게 당하고 나와서는 그녀에게 당할라. 그냥 그녀의 강아지로 살아. 그럼 편해져."

그는 이게 위로일까 약 올리는 걸까 고개를 갸웃거리더니 선배님도 한 패거리 같아요, 하나도 도움이 안 되네, 하면서 토라져 버렸다. 그의 뒤에 대고 외쳤다.

"걱정 마. 그녀는 널 떠날 수 없을 거야!"

우리가 보기에 연인인 두 사람의 투닥거림은 당연한 것이고 예쁘기만 했다.

그러더니 무슨 바람이 불었는지 댄스 대회에 나가겠다고 둘이 신이 났다. 대회장에서 입을 옷을 사 와서 보여 주기도 하고 선생님에게 대회용 루틴을 짜 달라고 부탁하고, 음악을 두세 개 골라 앞뒤 자르고 다시 이어 붙여서 인트로와 본 무대용으로 만들었다. 그렇게 두 사람이 새로운 세계를 만들어 가는 것을 보면서 나 역시 좋은 결정이라고 생각했다. 대회를 준비하며 함께 많은 시간 연습하다 보면 서로에 대해 뭔가를 깨달을 기회도 될 수 있고, 관계 설정이 확실해질 수도 있고, 또 춤에 대해도 더 잘 이해하는 계기가 될 수도 있을 것 같았다.

그런데 두 사람이 결정적으로 싸움을 했던가 보다. 한 달이 넘도록 강습에 안 나왔다. 아주 안 나오려나 보다 싶었을 즈음, 그가 나왔고 그녀 역시 나왔는데 서로 안 나올 줄 알았던지 얼굴을 굳히고 강습만 겨우 받고는 도망치듯 돌아갔다. 그것을 지켜보는 회원들은 아무쪼록 두 사람이 원만하게 해결해서 모임에 불편을 끼치지 않기만을 바랐다. 다음 주에는 둘 다 빠졌다가 그 다음 주에는 둘이 나왔다가, 얼굴을 보자마자 또 화들짝 놀라 도망가 버렸다. 아마도 서로 상대방이 안 나오리라 생각하고 나왔던가 보다. 그러더니 또 계산을 잘못하고 나와서 둘이 마주친 날, 한쪽 구석에서 뭔가를 두고 다투고 있었다.

아무래도 처음 두 사람을 이어 준 친구가 개입하지 않을 수가 없었던 모양인지 두 사람 사이에 서서 말을 전하고 있었다. 두 사람 다 상대방에게 원하는 것인즉, 강습에 나오지 말라는 것이었다. 두 사람은 각각 어이가 없다는 듯이 서로를 흘겨보고 기가 막힌다는 듯이 쏘아보았다.

"네가 나오지 마. 내가 먼저 다녔어."

"내가 더 열심히 하고 있어. 난 친구도 여기 있으니 여기 다녀야 해."

"무슨 소리야. 네가 남자니까 다른 곳으로 옮겨."

"남자가 옮기란 법이 어디 있냐? 네가 발이 넓으니까 네가 옮겨."

이 다툼은 끝이 나지 않을 거 같았다. 두 사람은 동호회에서 함께 활동을 했으니 다른 사람들과 오랫동안 맺은 관계를 쉽게 끊을 수도 없었다. 중간에서 중재를 하던 친구가 드디어 폭발을 했고, 소리를 질렀다.

"야! 니들 정말 이럴 거야! 정말 싫으면 뒤도 안 돌아보는 거거든! 니들 정말 서로 싫어하는 거 맞아? 싫어하는 척하는 거 아냐? 내가 싫다, 싫어!"

그렇게 소리치더니 학원 문을 벌컥 열고 나가 버렸다. 수업 시간을 알리는 선생님의 목소리가 들렸다. 자, 수업 시작합니다. 다들 들어오세요! 두 사람은 쭈뼛쭈뼛 서로를 앞세우며 강습실 문을 열고 들어갔다. 그날은 어찌된 일인지 두 사람 다 다소곳하게 고개를 숙이고 말없이 춤을 추었고 친구는 끝내 들어오지 않았다. 그는 계속해서 친구에게 문자를 보내 돌아오라고 읍소를 했고, 친구는 끝내 답장을 보내지 않았다. 친구가 강습을 받는 반 회원들이 무슨 일이냐며 두 사람에게 물어 댔다. 두 남녀는 난처하기 짝이 없어졌고 얼굴이 벌개진 채 아무 변명도 못했다.

참, 젊은 남녀의 일을 누가 알랴. 어찌된 일인지 손을 꼭 잡고 나타난 두 사람은 다시 열심히 대회 준비를 하며 무슨 일이 있었냐는 듯, 아니 더욱더 사랑이 불타오른다는 듯 눈을 떼지 않았고, 친구는 두 사람을 마

때로는 고양이처럼 *Cha cha cha*
때로는 강아지처럼
차차차

뜩찮은 얼굴로 쏘아보았다. 어쩌면 친구의 그 못마땅해 죽겠다는 듯 찌푸리고 감시하는 얼굴이 두 사람의 사랑을 지켜 주는 동아줄이었는지도 모르겠다.

두 사람은 대회를 무사히 치르고 몇 달이 지난 뒤에 결혼한다는 청첩장을 돌렸다. 우리 모두는 동호회가 큰 동요 없이 안전하게 지켜진 데 대해 감사하는 마음으로 두 사람의 결혼식에 참석했다. 우리는 결혼식에 몰려 가서 생떼를 부렸다.

뭐야! 결혼식에 춤을 못 추게 하다니! 요즘은 칠순 잔치에서도 차차차를 춘다고!

이렇게 좋은 날!

몇 년 전, 이렇게 좋은 날에 원주에 간 적이 있었다. 원주에 있는 토지문학관에 작업하러 들어가 있는 친구를 만나러 가는 길이었다. 하늘과 바람이 무척이나 맑았다. 우리는 차창을 열고 달리면서 이렇게 좋은 날에, 이렇게 좋은 날에, 내 님이 오신다면 얼마나 좋을까, 흐음 하며 노래를 불렀다.

친구들과 점심을 먹고 작은 음식점 뒤뜰로 나와 군데군데 놓인 화강암에 앉아 돌 틈에 핀 작은 꽃들을 바라보았다. 누군가 어머! 두릅이네 하고 탄성을 질러서 울타리로 삼은 나무 끝에서 막 올라오는 새순이 두

룹이라는 것도 알았다. 새순에 코끝을 살며시 대고 향기를 맡아 보기도 했다. 고즈넉한 작은 정원에서 내리쬐는 햇살 아래 적요한 시간과 공간을 누렸던 날이었다. 처음 본 두룹이 쏙쏙 순을 내밀고 있었고, 벌이 내 무릎에 조용히 앉아 있던 날이었다.

봄만 되면 잘 키울 자신도 없으면서 꽃들을 사고 행복해한다. 히야신스, 크로커스, 수선화, 글라디올러스. 주로 향기가 진한 알뿌리 화초라서 어차피 봄에만 볼 꽃들이긴 하지만, 꽃이 진 뒤에 구근을 그냥 버려야 하는 것은 여전히 신경이 쓰인다. 그렇다고 그걸 잘 간수했다가 다음 해에 꽃을 피울 재주도 없다. 그래도 한때나마 집안을 가득 채운 꽃향기로 숨이 막힐 듯 황홀해하고 싶은 욕망을 참을 수가 없다. 그래서 구근을 버리면서 다시는 사지 말아야지 마음먹곤 하는데 이듬해 봄이 되면 꽃가게 앞을 그냥 지나치지 못하고 한 아름 꽃을 안고 들어오고 만다.

동향으로만 이사를 다녀서 우리 집은 볕이 거의 들지 않는다. 그래서 꽃이 잘 되지 않는데 유독 단 하나, 영산홍만은 아주 오랫동안 잘 살아 있다. 여러 차례 겨울을 겪으면서 여러 번 얼었는데도, 그 덕분에 위쪽 절반은 가지도 말라 버리고 꽃도 나지 않게 되었는데도, 게다가 고양이가 나뭇가지를 하도 꺾어 물고 다녀서 점점 여위어 가는데도, 꼬들꼬들한 젖꼭지같이 당돌한 선홍색 봉오리를 불쑥 올리더니 어제 활짝 잎을 터트렸다.

그 어디서도 보지 못한 가장 아름다운 색깔의 영산홍 꽃잎. 금방 찢어질 듯 여리면서도 강렬한 주홍의 꽃잎. 하나하나 손가락으로 만져 본

114

때로는 고양이처럼 *Cha cha cha*
때로는 강아지처럼
차차차

다. 만지는 손가락이 비칠 것만 같이 투명하고 촉촉하면서 보드랍다. 자잘한 주름은 무신경한 손길이 닿으면 금방이라도 찢어질 듯 불안하다. 그런 꽃잎으로 춤출 때 입는 의상을 만들면 감촉이 얼마나 좋을까. 한번 화려하게 입고 춤이 끝남과 동시에 옷이 찢어지고 무대를 떠나면서 멀리 훨훨 날려 버리는 꿈을 꾼다.

고등학생 때 어떤 친구가 자주 꽃을 사 주곤 했다. 그 친구는 그 당시로서는 생소했던, 청보라색과 하얀색이 뒤섞여 환상같이 하늘거리는 니시안사스를 한 아름 사서 무더운 여름 저녁 우리 집 벨을 누르곤 했다. 또 다른 여름밤엔 노란 장미를 한 아름 품에 안고 와서 문 밖에서 건네주고 자전거를 타고 휙 돌아가기도 했다. 그 친구는 새로운 꽃이 나오면 내게 가져다주었다. 나는 그 친구를 통해서 새로 개발되는 장미를 여러 가지 알게 되었다.

나는 지금도 니시안사스를 보면 그냥 지나치지 못하고, 노랑 장미 역시 살 수 있으면 한 송이라도 사곤 한다. 그 꽃들은 한가롭고 고즈넉한 여름밤을 떠올리게 하니까.

남자 친구였냐고? 여자 친구였다. 그 애는 아마도 누군가에게 꽃을 사 주고 싶었을 테고, 마땅한 연인이 없었으니 친한 나에게 주었을 것이다. 지금 그 친구와 나는 먼 거리에 살고 있어서 몇 년에 한 번씩밖에 만나지 못한다. 내가 지독히도 친구들을 찾아가지 않기 때문에 친구들이 서울에 올라올 일이 있을 때에야 겨우 잠깐 시간을 내어 만나기 때문이다.

그런데 얼마 전에 우연히 우리 댄스 파티 모임 뒤풀이에 그 친구가 온 적이 있었다. 세미나가 있어서 서울에 올라왔다가 내려가는 길에 잠시 만나자고 했고 나는 마침 그 시간쯤이면 파티가 끝나고 뒤풀이 시간이니 잠깐이나마 함께 있어도 될 것 같아 오라고 한 것이다. 나는 파티에서 나눠 주고 남은 노랑, 빨강, 하양 장미를 그녀 품에 안겨 주었다. 그녀는 기분이 좋은지 활짝 웃었다. 내가 말했다. 너도 꽃 좋아하잖아.

내가 사 준 것은 아니지만 나 역시 그녀가 얼마나 꽃을 좋아하는지 잘 알고 있는 터라, 한 번도 꽃을 사 주지 못한 것이 마음에 걸렸었다. 꽃을 좋아하지 않는 사람이 꽃을 그렇게 자주 선물할 리가 없으니까. 나는 얼마나 철이 없었던 걸까. 그녀가 꽃을 받고 싶었을 거라는 걸 왜 몰랐을까. 그녀 역시 누군가에게서 그 많은 꽃을 받고 싶었을 게다. 지금이야, 누군가 이미 선물했을 수도 있겠지만, 다시 만났을 때는 꼭 내 손으로 아름다운 꽃을 한 아름 안겨 주고 싶다.

어떤 여자는 그녀가 꽃을 들고 있는 것도 아닌데 문득, 꽃에 얽힌 기억들이 두서없이 떠오르게 한다. 그런 여자들이 있다.

여름 꽃 같은 이야기 하나.

내가 아끼는 젊은 아기 엄마의 이야기이다.

짙은 머리색에 짙은 눈빛. 새하얀 피부. 잘 어울리는 청록색 원피스. 그녀가 춤을 추기 시작한 지는 얼마 되지 않았다. 아직은 익숙하지 않아서 조심조심 춤을 춘다. 그런데 그녀가 강습실에 들어오기만 해도 주위가 환하게 밝아진다.

목소리도 자그마하고 조근조근 또박또박 얘기하는 그녀는 전통적인 한국형 여성같기도 하고 달리 보면 리스본의 새하얀 집들이 빼곡한 언덕길을 올라가다 문득 뒤를 돌아보는 짙은 머리의 포르투갈 여자같기도 하다. 낯선 사람에게는 경계의 눈빛을 보이지만 한번 마음 준 사람에게는 대서양의 짙은 바닷빛보다 더 짙은 사랑으로 끌고 갈 것 같은 여자. 새하얀 칠을 한 집과 창문마다 흘러넘치는 새빨간 제라늄들로 숨이 막힐 것만 같은 언덕길을 올라가는 여자.

그녀가 뒤도 돌아보지 않고 걸을 때는 그녀의 새하얀 종아리가 꼼짝 못하게 잡아끌고 그녀가 힐긋 뒤를 돌아보면 그 새빨간 입술에 꼼짝 못하게 얽혀 들 것만 같은.

나는 그녀가 아침 햇살이 가득 들어오는 거실에서 아기를 안고 춤을 추는 것을 본다. 세제 찌꺼기를 없애려고 맹물에 삶은, 새하얗게 빛나는 배냇저고리에 코를 묻는 것을 본다. 그리고는 아기 옷을 높이 펼쳐 들고 노래를 부르며 빙글빙글 돌다가 빨랫대에 너는 것을 본다. 마치 내 코에 아기 젖 냄새가 묻어나는 것만 같다.

그녀는 유능한 편집자였다. 오랫동안 줄곧 직장 생활을 하다가 아기를 갖게 되었고, 극심한 피로감에 시달렸다. 그러나 일을 계속해서 그 방면에서 일인자가 되고 싶은 욕망과 아기를 낳고 직접 기르면서 따스하고 나른한 행복을 누리고 싶은 욕망이 똑같은 무게로 상충해서 딱히 어느 쪽으로도 결정을 내리지 못하고 임신 중반을 넘기고 있었다.

아기를 가진 채 힘든 작업을 계속해서 그러려니 하고 시간을 보내던 어느 날, 그녀는 퇴근하고 엘리베이터를 타다가 그만 풀썩 주저앉아 일 어날 수 없는 지경에 이르렀다. 의식까지 혼미해져 가서 혼자 있었으면 굉장히 위험할 뻔했는데 다행히 함께 퇴근하던 직원이 병원으로 데려가면서 남편에게 연락을 했고 병원에서는 정밀진단 끝에 심각한 임신 중독증 기미가 있다고 임부와 아기 둘 다를 위해 직장을 그만둘 것을 권했다.

십여 년을 근무해 왔지만 현실적으로 직장을 그만둔다는 생각은 해본 적이 없었다. 그런데 그것이 현실이 되자마자 그녀는 이상한 기분을 경험했다. 단 한시도 더 일하기가 싫어진 것이다. 그녀는 지금까지 일이 싫다고 생각해 본 적이 없었다. 평생을 바칠 만큼 매력 있는 분야라고 생각했기 때문에 흥미를 잃어버릴 거라 의심조차 해 본 적이 없었다.

능력도 인정받아서 이른 나이에 대형 출판사 편집부에서 최고 자리에 올랐고 이런저런 프로젝트를 야심차게 기획하고 있었다. 게다가 우리나라는 외국에 비하면 편집자의 권위가 그다지 높지 않은 편이었지만 근래에 와서는 본인을 포함해서 유능한 편집자들이 조금씩이나마 사회적인 권위도 높여 놓고 있다고 생각하고 있었기에 큰 불만도 없었다.

그런데 이상한 일이었다. 병원 침대에서 아기냐 일이냐 하는 두 가지 선택을 권유받는 순간, 그녀는 갑자기 눈앞에 굉장히 따스하고 찬란한 빛이 쏟아지는 것을 느꼈다. 딱히 건강 때문만은 아니었다. 인생이 이렇게 선명할 수가 없다는 바로 그 느낌이었다. 침대에서 발을 내려 구두를 신을 때는 이미 결정을 내린 뒤였다. 이제부터 내가 가 보지 못한 길을 가보는 거야. 사실상 좋은 토양에서라면 유능한 편집자는 얼마든지 길러지는 것인 법, 그녀는 후임을 걱정할 필요가 없었다.

그녀는 벌써 높은 해안 절벽 위에 서서 품에 안은 아기에게 너른 대양을 보여 주고 있는 것 같았다. 짙푸른 파도가 높이 일어서고 그 물마루에 그녀와 아기가 올라서 있는 기분이었다. 아기에게 세상의 아름다움을 보여 주고 싶었다. 엄마의 사랑을 듬뿍 느끼게 하고 싶었다. 그러기에 시간이 없다는 핑계를 대지 않아도 좋을 것이다.

무엇보다도 당장 아기와 자신의 몸 생각으로만 하루를 가득 채울 수 있을 것이라는 점이 가슴을 뛰게 했다. 그녀는 어쩌면 지금, 막, 아기를 진정으로 느끼게 된 게 아닐까 하는 생각마저 들었다.

물론 임신중독증은 아주 예후가 좋지 않은 병이었고, 그것을 치료하고 재발하지 않게 하고 태아에게 아무런 영향이 없게 하는 데에는 만만치 않은 세심함과 정성과 정밀한 치료를 해야만 했다. 그녀는 다행히 초기에 알게 되어서 비교적 순조롭게 치료를 하게 되었다. 덕분에 무사히 아기가 태어나고 합병증을 갖지 않고 회복될 수 있었다.

하얀 배냇저고리의 감촉을 아는가. 세상에서 가장 정결한 목화솜이 빚어냈을, 그래서 아기의 체취가 오롯이 배어 있을 수 있는, 보드라운 아기 옷.

그녀는 아기를 기를 수 있는 행복을 준 하늘에 감사했다. 자칫 이 행복을 영원히 누릴 수 없었을지도 모른다고 생각하니 그때를 돌이키면 아찔하기만 했다. 그래서 그동안 상상 속에서만 했던 아기 돌보기에 심취했다.

아기가 돌이 지날 무렵 그녀는 자꾸만 기운이 없고 몸이 늘어지고 온몸이 붓는 증상이 나타나더니 며칠 지나자 일어나서 밥 한술 뜨기도 어려워졌다. 산후 조리 기간은 벌써 지났고 그동안 큰 탈이 없었지만 중독증을 겪기도 했고 뒤에라도 무슨 병이 생길지 모르는 일이라 진료를 받았다.

갑상선 기능 저하증을 판정받았다. 큰 병은 아니었지만 약을 꾸준히 먹고 운동을 해서 전반적인 신체 기능을 일정하게 유지하도록 해야 했다. 그녀의 건강이 걱정되어서 매일 아기를 봐주러 오는 엄마가 어느 날 잠자리에서 일어나지 못하는 그녀에게 댄스를 하면 어떻겠냐고 물었다. 요가보다는 운동 강도가 높고 피트니스나 수영보다는 낮은데 기분이 무척 좋아지고 운동량은 얼마든지 조절할 수 있다고 했다.

그녀의 엄마는 갱년기를 지나면서 뼈와 관절이 약해져서 슬슬 여기저기 아프기 시작했는데 이런저런 운동을 해보고는 댄스가 젤 좋은 거 같다면서 열심히 다니고 있었다. 그녀가 결정을 내리지 못하고 망설이며 시간을 보내고 있자 엄마는 딸이 몹시도 걱정되었다. 산후 건강이 평생을 좌우한다는 걸 경험으로 잘 알고 있었으니까.

엄마는 딸이 점점 더 무기력해지자 그냥 두어서는 안 되겠다는 생각에 그녀를 다그쳤고 그녀는 그제야 엄마를 따라 한번 다녀볼까 하고 지나가는 말로 남편에게 물어보았다. 남편은 요가나 수영 같은 거 하지, 댄스는 무슨 댄스, 하고 말을 끊었다. 그녀가 운동을 나가면 어차피 아기를 엄마가 봐줘야 할 테니 엄마와 번갈아 나가야 하는데 지금 그녀로서는 몸을 일으켜 나가는 것 자체가 어려운 상황이었던 터라, 내심 남편이 함께 다녀 주었으면 하는 마음이 있었는데 한마디로 거절당하자 기분이 순식간에 울적해졌다. 남편을 바라보는데 눈물이 쭉 흘렀다. 무심코 대답했던 남편은 흠칫, 놀랐다. 왜 그러지 싶었다.

그녀가 힘겹게 몸을 일으켜 침대로 가서 쓰러져 버리자 남편은 뭔가 이상한 일이 벌어지고 있다는 걸 감지했다. 그러나 육아가 좋다고 할 때는 언제고 그새 변덕을 부리나 싶어서 먼저 짜증부터 났다. 그녀의 뒤통수를 향해 외쳤다. 왜, 왜 그러는데! 말을 해야 알 거 아냐!

그녀는 이마에 손을 얹고 누워 눈물을 삼켰다. 남의 마음을 헤아리려고도 하지 않고 다짜고짜 자기의 선입견만으로 그토록 무심하게 말을 하는지 야속하기만 했다. 남편과 아이와 환하게 웃으며 두 손을 잡고 춤을 추고 싶은 마음을 왜 그렇게 간단히 무시하는지 원망스러웠다. 그저 자기 신경 안 쓰이게 동네 요가원에나 다니고 무표정한 얼굴로 물속에서 두 팔이나 부리나케 내젓다가 금방 씻은 개운한 얼굴로 돌아오기만을 바랄 뿐이라고 생각하니 아무런 말도 나누고 싶지 않았다.

보수적인 관념이 강한 사람들은 운동에 대한 관념까지 보수적인 경향이 있다. 육체를 힘들게 함으로써 수양까지 할 수 있다고 생각하는 것이다. 그래서 힘들게 산을 올라가 그 정상에 서야 비로소 뭔가 자기 한계를 넘어서고, 그렇기 때문에 성취감을 느끼고, 그것이 가치가 있다고 생각하고 그게 건전하고 건강하다고 여긴다. 그래서 너도 나도 할 것 없이 산으로 몰려가고 어느 어느 산을 어느 어느 코스로 다녀와야 산 좀 다녔구나 하며 인정한다. 이제는 티벳이나 네팔의 고원 지대 트래킹이며 히말라야 트래킹이 보편화되는 경향마저 보인다.

요트 세일링을 하거나 윈드 서핑 같은 것을 한다고 하면 한량 취급을 하고 돈 좀 쓰네 하는 반응을 보인다. 동호회에 속해서 활동을 하면 경비는 그리 많이 들지 않을 수 있는데도 말이다. 젊은 층에서는 스키나 보딩 정도가 적당한 취미 활동이라고 여긴다. 하지만 그건 계절을 타는 종목이니 사실상 지속적으로 하는 활동은 아니다.

사람의 신체적 문제는 아주 다양하고 그 다양한 문제에 맞는 운동과 활동은 아주 다양할 수 있다. 그리고 무엇보다도 여가 활동이라면 정신적으로 큰 즐거움을 줄 수 있는 활동을 하는 편이 억지로 몸을 고달프게 해서 무언가를 성취하려고 하는 것보다 신체적으로도 도움이 될 테지만 보수적인 가치관을 가진 사람을 설득하기는 아주 힘든 일이다.

그녀의 남편은 무슨 일이 있는지 더 이상 알아보려고 하지 않고 대충 넘어가려고 했다. 남자들로서는 무슨 일이냐고 물어보았다가 큰일이 있을까 봐 두려워하는 경우가 많기 때문이고 당시로서는 애를 돌보느라 심리적으로 불안정한가 보다 하고 넘어간 것이다. 저녁 시간에 잠깐 집에 있는 남편은 낮 동안에 그녀가 어느 정도로 무기력하게 하루를 보내는지 알 수 없기도 했다. 친정 엄마가 하루 종일 도와주고 있다는 사실을 거의 몰랐으니 말이다. 그녀로서는 친정 엄마가 결혼하여 독립한 딸 때문에 맘 고생 몸 고생하는 것이 가슴 아파 죽겠는데 강 건너 불구경 하듯 하는 남편에 대한 원망이 점점 심해져 갔다.

감정이 상하니 어떤 식으로도 남편에게 접근하기 싫어졌고 남편이 가까이 오는 것조차 싫어졌다. 남편 역시 그녀가 무엇 때문에 그러는지 알 수 없었고 감정이 상하기 시작했다. 대부분의 남편과 아내가 싸우는 것처럼 그들도 그렇게 싸웠고 사실상 그녀는 건강이 나빴기 때문에 적극적으로 싸울 기력도 없었다. 남편에게 관심을 기울일 수도 없었고 세심하게 챙겨 줄 수도 없었다.

남편은 점점 더 기분이 나빠져 갔다. 두 사람은 옷을 찾을 때라거나, 밥을 먹으라고 한다거나 할 때 얼굴을 쳐다보지도 않고 최소한의 말만 간단하게 주고받는 것으로 해결했다. 그녀는 종종 울게 되었고 결국 두 사람의 냉전을 눈치 채고 며칠 동안 끙끙 앓던 엄마가 조심스럽게 사위에게 얘기를 함으로써 물꼬를 트게 되었다.

그녀는 지금의 자신은 신체적인 치유 못지않게 심리적인 치유 역시 필요하다고 남편에게 설명하고 엄마가 다니는 곳에 다니겠다고 설득해서 마지못해 고개를 끄덕이는 차원의 동의를 얻어 냈다. 남편이 말했다.

"그렇게 말을 하면 될 걸, 왜 말을 안 하고……. 말을 안 하면 귀신도 모른다는데. 거, 왜 사또가 부임하면 꼭 귀신이 나타나잖아. 처음에는 왜 그러는지 말을 안 해. 그냥 사람만 잡지. 담이 큰 사또가 물어보면 그제야 말을 하잖아. 무슨무슨 원한이 있으니 갚아 달라고. 귀신이 말을 하니까 사또가 알게 되잖아."

그녀가 말했다.

"그 봐, 사또가 먼저 물어보잖아. 그니까 귀신이 사연을 말했지. 당신은 내 말을 들으려고도 하지 않았잖아."

엄마가 손을 내저었다.

"됐다, 됐어, 그만해라."

그녀가 마지막으로 덧붙이며 활짝 웃었다.

"나는 말이지, 이 다음에 딸을 시집 보낼 때 당신이 딸과 함께 행복하게 춤을 춰 준 뒤에 새신랑 손에 넘겨주는 걸 보고 싶단 말야."

그녀가 학원에 나온 지 얼마 되지 않았을 때 파티가 열렸다. 연말에 있는 큰 파티가 아니라 학원에서 열리는 작은 파티였다. 학원 파티의 요리는 대체로 솜씨 좋은 한 부인이 메인 요리를 해 오고 선생님들과 회원들이 도와서 준비하곤 했다. 그 부인은 일흔에 가까웠지만 예전 외교관의 아내로 유럽에서 오래 살 때 손님들을 공관으로 불러 대접을 하곤 했던 추억과 실력을 되살려서 멋진 요리를 준비하곤 했다. 그 부인 역시 무리하지 않은 선에서 오랫동안 댄스를 해 오고 있는 터라 그 나이라고는 전혀 상상도 하지 못할 정도로 젊고 우아했고 아름다웠다. 요리가 있고 음악과 춤이 있는 조촐한 파티였다.

그녀는 엄마의 손을 잡고 파티에 참석했다. 엄마는 빨강색 레이스 니트로 된 우아하면서도 여성스러운 원피스를 입었고 그녀는 짙은 청록색의 하늘거리는 원피스를 입었다. 모녀가 함께 파티에 참석해서 요리를 맛보고 춤추는 사람들을 지켜보며 도란도란 이야기를 나누는 모습은 보고 또 봐도 아름다웠다. 그녀의 엄마는 아직 노년이라 하기엔 이르지만 아마도 이렇게 열린 마음을 가진 분이라면 유연하고 여유 있는 노년을 보낼 것이라는 생각이 들었다.

그녀는 이제 라틴 음악을 틀어 놓고 빨래를 넌다. 아기를 안고 리듬에 맞춰 춤을 추며 어른다. 가끔 그녀는 엄마와 함께 손을 마주 잡고 가볍게 춤을 춘다. 아기는 햇살이 비쳐드는 흔들의자에 누워 엄마와 할머니를 바라보며 까르르 웃는다. 저 따스한 햇살 아래 어디선가 고양이가 나른하게 등을 펴고 가늘게 뜬 눈으로 꽃을 찾아갈 것 같다.

유쾌한 탈출 **자이브**

나를 잡아 그 어둡고 습한 일상이라는 감옥으로
데려가려는 자들을 향해 손을 들어 유쾌하게 한 방 쏘아 준다.
그리고 또 질주한다.

Jive

자이브
라틴 아메리칸 댄스 종목 중 하나로
로큰롤 음악에 맞춰 추는 격렬한 춤이다.

• 128

항구,

진눈깨비가 내리는 부두에서 하역 작업이 한창이다. 무시무시하게 큰 기중기가 선박위에서 컨테이너를 들어올려 부두에 내려놓으면 한 무리의 젊은 남자들이 달려든다.

젊은 남자들은 진눈깨비를 맞으며 짐을 옮기고 항구에서 곧바로 뻗은 길의 끝에서는 젊은 처녀들이 어깨와 목덜미에서 더운 김을 뿜어 올리는 남자들을 바라보며 어서 빨리 작업이 끝나기를 기다린다.

날은 점점 어두워지고 진눈깨비로 인해 대기는 청명하게 떨린다. 가로등이 하나둘 밝혀지면 그 아래로 애인을 기다리며 서성이는 여자들이 늘어난다.

마침내 작업을 끝낸 남자들이 어깨를 으쓱이며 거리로 몰려나오면,

기다리던 여자들이 일제히 그들을 향해 달려간다. 그리고 무리들 틈에서 애인을 찾는 순간, 속력을 내서 달려가 단숨에 뛰어올라 남자의 품에 안긴다.

이들에게 딱 어울리는 춤이 바로 자이브Jive다. 얼굴에는 건강한 홍조가 흐르고 금방 흘린 땀은 신선하다. 삼바가 원시적인 음악으로 유혹하여 무질서한 혼란 속에서 활활 타오르는 용광로에 녹여 버리듯 한다면 자이브는 조금은 더 규칙적인, 현대적인 놀이 문화에 가까운 것 같다.

어떤 춤이건 춤추는 사람의 기본 자세는 척추를 곧게 세우고 견갑골을 앞으로 밀어내서 가슴을 높이 세워야 한다. 언제나 단전이 몸의 무게 중심이 되어야 하는데 호흡법이 이 자세를 완성시킨다. 숨을 크게 들이쉬었다가 반쯤 내쉰 상태에서 숨을 딱 멈추고 갈비뼈를 닫아 조이고 엉덩이를 단단하게 모으면 다리가 가볍게 뜨지 않아 춤추는 내내 자세가 무너지지 않고 안정감 있게 된다. 커다란 나무가 단단히 뿌리내리고 있으면 줄기가 곧고 생생하게 되고 그러면 아무리 거센 바람에 나뭇가지가 이리저리 흔들려도 둥치는 든든하게 버티는 이치인 것이다.

스모그가 짙게 깔린 도시에서 무거운 머리를 갓 끓인 커피로 간신히 깨우고 내려다보아야 별 볼 것도 없는 도심의 풍경을 내려다보며 하루를 지탱하는 수많은 사람들.

우리는 감옥 같은 일상에서 어깨를 부딪치며 뛰쳐나가고 싶어 한다.

스모그를 찢고 달리는 것을 상상해 보자.

강력한 모터를 단 자동차로 섬광을 쏘며 짙은 안개를 찢고 미친 듯이 내달려 마침내 높은 벼랑 위에 멈춘다. 거기에는 거대한 자유가 손을 벌리고 우리를 기다리고 있다.

자이브 수업은 바로 그런 기분으로 시작한다.

강습실 저 끝에서 킥 볼과 홉 스텝으로 경쾌하게 뛰어나오면 어디선가 우르르 몰려나와 질주하는 청년들이 떠오른다. 내 가슴은 마치 감옥을 탈출하는 사람처럼 거세게 뛴다. 강습실 이쪽 끝까지 뛰어나와 왼쪽으로 몸을 반만 돌리고 뒤를 쏘아본다. 마치 뒤에서 쫓아오는 누군가를 향해 눈빛을 정조준하는 기분이다. 나를 잡아 그 어둡고 습한 일상이라는 감옥으로 데려가려는 자들을 향해 손을 들어 유쾌하게 한 방 쏘아준다. 그리고 또 질주한다. 철조망을 넘어 거대한 고원으로.

하늘 아래 자유만이 드넓게 펼쳐진 어딘가 다른 세상으로 탈주를 감행한다. 그리고 그 높고 너른 고원에 서서 두 팔을 활짝 벌리고 나 여기 있어 하고 소리친다.

자이브는 그 어떤 춤보다 유쾌한 도망, 유쾌한 방랑을 떠올리게 한다.

자이브는 우리나라에서 가장 인기 있는 종목 중의 하나로 원형은 미국의 1920년대의 스윙Swing과 린디Lyndy라는 춤이다. 이것이 1940년대의 지터버그Jitterbug를 거쳐 유럽에 전해지면서 로큰롤Rock'n Roll의 영향을 받아 지금처럼 발전해 왔다. 자이브의 가장 기본적인 특징은 엉덩이를 그네의 흔들림처럼 움직이는 힙 스윙Hip Swing과 몸이 튀어오르는 것처럼 탄력을 주어 뛰는 바운스Bounce에 있다. 발을 조금만 자유롭게 움직일 수 있게 되면 이런 기본 동작은 간단하게 해 낼 수 있고 기본 동작으로 표현할 수 있는 패턴들이 많이 있기 때문에 초급자도 재밌게 즐길 수 있는 종목이다.

강습실을 메우고 있는 회원들은 평범한 주부들, 직장인들, 자영업자들, 개인 병원의 의사들이 대부분이다. 춤이라고는 나이트 클럽에서 추는 것이 전부라고 생각하거나 그 외에는 발레 같은 전문적인 춤밖에 없다고 생각했던 사람도 있고 예전부터 춤을 좋아했으나 선뜻 추지 못했던 사람들도 있다.

운동이란 운동은 다 해 봤지만 춤에 대해서는 전혀 관심도 없다가 어느 날 티브이에서 보고 눈이 번쩍 뜨여서 단숨에 학원을 찾아 달려온 사람도 있고, 오랫동안 마음을 결정짓지 못하고 망설이느라 인터넷 카페에 들락거리며 정보를 충분히 얻어서 오는 사람도 있다.

남편이, 또는 아내가 반대를 해서 요가를 한다거나 다른 운동을 한다고 둘러대고 온 사람도 있고, 남편 또는 아내가 허락해 줘서 온 경우도 있고, 부부가 함께 오는 경우도 있다.

나의 경우는 아주 어렸을 때부터 춤을 좋아했고 발레를 하고 싶어 했지만 부모님이 시켜 주지 않아서 초등학교 특별 활동 시간에 기계 체조를 배웠다. 나는 평균대 위에서 중심 잡고 뒤로 넘는 단계까지 성공했었다. 중고등학교 때는 학교에서 해마다 어버이날에 부모님을 모시고 각국의 민속 무용 경연 대회를 개최해서 축제를 벌였었다. 우리 학교는 원불교 재단에 속해 있어서 평소 모든 점에서 아주 엄격한 규칙을 지켜야 했다. 교장 선생님부터 정녀였고, 학과목 선생님들 중에 정녀인 분들도 많았다. 그런데 무용 과목만은 시늉만 하는 다른 학교와 달리 선생님이 두 분이었다.

어버이날 행사를 준비하는 기간에는 학생들도 선생님들도 언제나 웃음이 가득했고 학생들이 무용 연습을 하는 것을 아주 예쁘게 봐 주셨던, 무척이나 훌륭한 학교였다. 우리는 의상도 손수 만들어 입거나 양장점에 맡겨서 만들곤 했는데 나는 의상을 디자인해서 의상 상을 받기도 했다. 우리는 선생님 앞에서 거리낌 없이, 아니, 아주 자랑스럽게 춤을 추었고, 대학교를 갓 졸업하고 부임한 선생님들은 당시 유행하는 춤을 가르쳐 주기도 했었다.

우리 집은 아버지가 딸들에게 허용적인 집안이어서 나는 아버지 앞에서 금방 배운 춤을 출 수 있었고 언니들에게 춤을 가르쳐 주며 배꼽 잡고 자지러지게 웃을 수도 있었다. 그래서 보수적인 분위기가 지배적인 시절이었지만 나에게 춤은 몹시도 행복한 이미지로 자리 잡혀 있을 수 있었다.

그래도 지금과는 달리 거의 춤추는 사람들을 보기가 어려웠던 때인지라 춤에 대한 갈증을 스케이팅 대회와 아이스 댄싱, 그리고 발레 공연 같은 것들을 보면서 달래곤 했다.

나는 세상의 모든 춤에 대해 무한한 호기심과 애정을 갖고 있는 편이어서 전혀 거부감이 없었지만 내가 댄스 스포츠를 익히게 된 데는 좀 더 직접적인 계기가 있었다.

어느 가을, 장편 소설을 쓰다가 좌골신경통이 극에 달해 골반이 완전히 사선으로 돌아가 버리고 말았다. 통증이 이루 말할 수 없었다. 한의원도 다니고 정형외과에서 물리치료도 받다가 만성 통증으로 진행되었기 때문에 통증클리닉을 다녔다. 통증을 유발하는 신경을 약화시키는 주사를 척추에 맞고 전기침도 맞고 커다란 마사지용 바지를 입고 발끝에서부터 골반까지 압박했다가 풀어주는, 온갖 물리치료를 다 받아도 쉽게 회복되지 않았다. 등의 한복판이 쪼개질 듯이 아프고 담이 자주 결려서 카이로 프랙틱도 받았다.

그러던 중에 의사가 좌골 신경통은 골반각을 크게 움직일 수 있는 운동이 가장 좋다며 요즘 댄스 스포츠라는 게 있는데 아주 치료 효과가 좋으니 한번 해 보는 게 어떻겠느냐고 권유했다. 당시에는 그게 뭔지 몰랐기 때문에 고개를 끄덕이고는 곧 잊어버렸다. 그리고 한 달가량 지나 티브이에서 우연하게 룸바를 추는 선수를 보았고 나는 벼락을 맞은 듯이 몰입해 버렸다. 단숨에 저건 내가 꼭 춰야만 하는 춤이라는 생각이 들었다.

한번 눈이 번쩍 뜨이니 학원 간판들이 보이기 시작했다. 그러나, 좌골신경통보다 더한 나의 고질병은 외출을 아주 싫어한다는 것이었다. 나는 집안일은 좋아하지만 운동을 극도로 싫어하고 걷는 것조차 싫어하며 집 밖으로 나가는 것 자체를 싫어하는 사람이었다. 아무리 좋은 운동도 멀리 가야 하면 하지 않을 사람이어서 그냥 지나가면서 간판을 보기만 했는데, 이런 우연이 있나. 우리 아파트 바로 옆 아파트의 상가 요가 스쿨에 댄스 스포츠 강습이 떡 들어오게 되었고 기웃거려 보니 마침 룸바 음악이 흘러나오지 않았겠는가. 채 오 분도 걸리지 않는 거리였다. 나는 곧바로 등록을 했고 그날 바로 강습을 받았다. 첫 시간부터 나는 호기심에 몸을 떨었고, 선생님의 말씀과 동작을 하나도 놓치지 않으려고 선생님의 몸에 눈을 꽂았다. 이사를 하면서 지금의 샤리권 스쿨로 옮겨 왔고 좋은 선생님들을 만나게 되어서 다른 데 눈 돌리지 않고 착실히 다니고 있지만 그 작은 플로어에서의 첫 수업만큼은 지금도 잊히지가 않는다.

이런 우연의 결합이 없었다면 아마 나는 아직도 마음만 있었을 뿐, 끝내 댄스 스포츠를 하지 못했을지도 모른다. 그 뒤로 지금까지 일주일에 단 한 번 강습을 받을 뿐이지만 특별한 일이 없는 한 하루도 빠지지 않고 착실히 다니며 수업 시간에 최대한 몰입하여 근육을 사용한 결과 거의 통증이 재발하지 않았다. 등의 한복판이 쪼개질 듯이 아프던 것하며 숨을 쉴 수조차 없을 정도로 견갑골 사이에 담이 꽉 결리곤 했던 것도 이젠 없어졌다.

물론 지금도 가끔 특별한 일이 있어서 하루 강습을 쉬게 되면 이 주일 동안 운동을 못하기 때문에 슬금슬금 좌골신경이 신호를 보내온다. 몸살기도 가끔 나를 자리에서 일어나기 어렵게 만들곤 한다. 하지만 일단 나가서 몰입하여 추고 나면 몸살기도 신경통도 어느샌가 사라지고 신체가 아주 상쾌하게 깨어나곤 한다. 요 몇 년 동안 쾌적한 신체 상태를 직접 체험하고 있기 때문에 나는 이제 더 이상 몸이 아파 누워 있는

자이브 루틴 중에서 치킨 워크, 아메리칸 스핀, 코카 롤라를 연습하고 있다.
경쾌하고 발랄해서 언제 어느 때나 쉽게 분위기를 띄울 수 있다.

일은 겪고 싶지가 않다. 춤은 책상에 앉아 컴퓨터로 작업하는 시간이 긴 나에게는 최적의 운동이 아닐 수 없다.

내 남편은 아주 오래전부터 내가 춤을 좋아하는 것을 알고 있었다. 나와 친구들이 나이트 클럽에서 아이스크림이나 콜라를 마시며 춤을 추면 그 당시 애인이었던 남편은 정작 땀을 뒤집어쓴 우리 대신 홀로 시원한 맥주를 마시며 우리가 춤추는 것을 구경하곤 했다. 우리는 즐겁게 한두 시간 춤을 추고 나면 미련 없이 나와 집으로 돌아오곤 했다. 나는 남편 앞에서도, 형제들 앞에서도, 아들 앞에서도 춤을 춘다.

남편은 춤추는 것을 좋아하지 않아서 내가 추라고 강요하지 않기만을 바란다. 나 역시 춤을 좋아하지 않는 사람에게 억지로 하라고 하고 싶은 마음은 전혀 없다. 세상 살다 보면 하기 싫어도 해야 할 일이 얼마나 많은데 취미를 강요한단 말인가. 그렇게 하지 않아도 같이 할 수 있는 것은 얼마든지 있다. 우리는 영화도 같이 보고 음악도 같이 듣고 책도 같은 것을 본다. 남편은 산에 다니는 것을 좋아해서 아이가 어릴 때는 모두 함께 자주 산에 다녔다. 그러나 나는 산에 올라가는 것을 몹시도 싫어하니 이제는 산에 가자고만 하지 않으면 된다.

남편은 오디오 매니아여서 우리 집은 남편이 집에 있는 한 쉬지 않고 음악이 울려퍼진다. 조금이라도 시간이 나면 이 기계를 저쪽으로 옮겨서 저것과 연결해 보고, 이쪽으로 가져와서 이쪽 기계와 연결해 본다. 그리고 조금이라도 소리가 맘에 안 들면 부품들을 들고 나와 거실에 좍 늘어놓고 기계를 열고 회로를 고친다. 밤 새워 납땜을 하고 다시 들어본다. 그가 만든 진공관 앰프와 전기식 앰프는 소리의 색감이 아주 좋다. 베란다에는 웬만한 전파상 저리 가라 할 정도로 기계 부품들이 가득하다. 이 취미 생활은 이십 년째 이어져 오고 있고 나는 종종 거실 가득 벌여 놓은 기계들과 누워 있는 스피커들과 부품들과 땜질 도구들을 피해 가며 청소를 해야 한다. 남편에게 그 시간은 온전히 행복하고 평온한 시간이다.

나는 처량하고 청승맞은 노래를 싫어하는데 남편이 즐겨 들으니 그만 듣자고 하지 않는다. 심지어 잠잘 때도 남편은 음악을 듣는다. 아들역시 하루 종일 음악을 듣는다. 반면에 나는 대체로 고요한 것을 좋아한다. 적요하다 싶을 정도로 아무 소리 들리지 않는 것을 좋아한다. 나는혼자 있을 때는 오디오도 티브이도 켜지 않는다. 그러나 남편과 아들이집에 있을 때는 무조건 음악을 듣는다. 우리는 각자의 취향을 존중한다.

같이 강습을 받는 한 친구가 있다. 그녀는 수상 스키, 수영, 스키, 걷기 등을 다 하다가 우연찮게 댄스 스포츠를 알게 되었고 일 년 동안 우리 학원 카페에 들어와 얼굴도 한 번 보지 못한 채 서로의 글에 댓글을달면서 친해졌는데, 어찌나 마음이 잘 통했던지 처음 보자마자 단번에알아볼 수 있을 정도였다. 그녀는 참 여러 모로 사랑스러운 친구이다.

그녀는 매일 아침 양재천 산책으로 하루를 시작하곤 했다. 목과 허리에 디스크가 있어서 과격한 운동은 자제하고 걷기를 시작한 것인데 이젠 산책 자체가 큰 즐거움이 되어 있었다.

그녀는 속이 상해도 양재천변을 찾았고 아무렇지도 않아도 양재천변을 찾았고, 날아갈 듯 즐거운 일이 있어도 그곳을 거닐었다. 누가 애써 '느리게 살기' 운동을 펼치며 산책을 하면서 느릿느릿 세상의 변화를 응시하라고 하지 않아도 그녀는 이미 그렇게 하고 있었다.

양재천 산책로를 따라 천천히 걸으며 실바람이 귓가를 스치는 것을 느끼고 새하얗게 튀어오르던 햇빛이 점점 노란빛을 띠며 길섶으로 고즈넉히 스며드는 것과 길가의 꽃들이 하나 둘 피어났다가 하나둘 시들어가는 것을 지켜보는, 모든 계절 속에 푹 파묻혀 있는 여자였다. 그녀는 모든 계절의 한 자락을 핸드폰으로 찍어 보내 주곤 해서 나는 잠자리에 든 채로 그녀와 함께 산책길을 걷고는 했다.

그녀는 감수성이 풍부하고 마음이 여리고 따뜻한 사람이다. 나는 그녀의 눈을 통해서 봄이면 연초록 풀숲 가득 피어 있는 노오란 애기똥풀꽃을 보았고, 무더운 팔월 아침이면 수면을 가득 덮은 수련을 보았으며, 무성하게 늘어진 골담초를 보고는 치마를 들추고 속바지 주머니를 뒤져 꼬깃꼬깃 접어 넣어 둔 종이돈을 꺼내 손자에게 건네는 할머니를 떠올렸다.

그녀는 누군지 모르는 사람들이 키우는 꽃이건만, 그것 하나하나의 얼굴을 알고 있었다. 그리고 그녀가 보내오는 천변의 꽃들은 하나같이 누군가의 얼굴을 하고 있다. 어느 날은 똑소리 나는 강습법과 잘 버무린 유머러스한 비유로 강습 시간을 활기차게 만드는 여 선생님의 얼굴 같은, 흰색 붉은색 분홍색이 화려하게 섞인 철쭉을 보내오기도 하고, 어느 날은 화려함 속에서 외로운 수심이 깃든 다른 여 선생님 같은 수선화를 보내오기도 했다.

그녀가 보내오는 꽃들의 얼굴에서는 그렇게 감정이 풍부한 사람이 필연적으로 겪기 마련인 일상에서의 슬픔이 간간이 묻어났다. 샛노란 개나리라고 해서 우주의 슬픔을 비켜 가지는 않는 것 아닌가.

행여나 누구의 마음을 상하게 하지나 않을까 행여나 한마디 말로 인해 오해가 생기지나 않을까 해서 말 한마디를 해도 신중히 생각해서 하는 여자. 그렇다고 수동적인 것은 전혀 아니고 자기 인생에 대한 신념은 철저했다. 염치없이 욕심만 많은 요즘 세상에서 누가 뭐래도 옳고 그른 기준을 분명하게 세우고 자기 욕심에 따라 그 기준이 흔들리지 않는, 보기 드물게 강직한 여자였다. 내가 근래 만난 사람들 중에 가장 가치관이 바른 사람이라고 할 수 있었다.

그녀는 무슨 이야기를 하다가 이런 말을 했다.

"남편의 어깨가 너무 무거울 것 같아서 애를 하나만 낳았어. 나와 애를 책임지는 것만으로도 남편은 어깨가 무척 무거울 거야."

금융 업계에서 상당한 능력을 발휘하고 있는 그녀의 남편은 누구의 간섭이나 방해를 받아도 꿈쩍하지 않고 자기 주도적으로 업무를 이끌어 나가는 사람이다. 그런 남편이니까 큰 문제없이 가족을 기꺼이 짊어지고 가련만, 그리고 대부분의 아내들이 그러려니 하고 살아가련만, 그녀는 매일매일 긴장 속에서 업무를 보는 남편을 편안하게 하고 건강하게 하기 위해 항상 신경을 쓰곤 했다. 더구나 요즘처럼 경제가 요동칠 때면 행여 남편이 예민해질까 봐 더욱 조심스럽게 대하곤 했다. 그녀는 어느 날 남편에게 물었다.

"당신은 왜 그렇게 열심히 일해?"

남편이 대답했다.

"첫째는 우리 가족을 위해서이고, 둘째는 나 자신의 능력을 확인하기 위해서야."

가족을 위해, 자기 자신의 성취욕을 위해 열심히 일하는 남편 덕택에 생활에서 특별한 어려움을 겪지 않았기에 남편에게 고마움을 느끼고 있었고 최대한 남편을 편안하게 해 주려 하는, 염치를 아는 여자였다. 나는 그녀의 가장 큰 장점을 바로 염치를 안다는 점에 두고 있는데, 그 게 요즘 사람들에게서는 보기 힘들어진 덕목이기 때문이다.

서로가 서로의 역할에 충실하며 서로의 고마움을 아는 것, 그것이 내가 이 부부를 존경하는 이유다. 꼭 한 사람이 가족을 책임져야 하는 것도 아니고 전업주부가 최선이라는 것은 결코 아니다. 나는 성숙한 인간이라면 두 사람이 선택하고 합의한 자신의 역할을 기꺼이 받아들이고 그 역할에 성실해야 한다고 생각하는 사람인지라, 가족 구성원이 어떤 형태를 선택했던 간에 자기 몫을 기꺼이 이행하는 사람들을 보면 절로 감동을 받곤 한다.

불만도 없고, 크게 욕망하는 것도 없는 삶이었지만 일상에서의 자잘한 슬픔과 억압이 없을 수는 없다. 그건 가족들 뒷바라지로 거의 대부분의 시간을 보내는 평범한 전업주부들이 겪는 일일 것이다. 충실히 자기 역할을 수행하고 난 그녀들에게는 충분히 여유 시간을 즐길 자유가 있었다.

그녀는 이제 막 하나 있는 딸을 대학에 보내고 한숨 돌리는 참이었다. 남편은 사회적으로 바쁘고 딸은 밖에서 생활하는 시간이 더 길어졌다. 그녀는 한강에 나가 웨이크보드를 타며 물살을 가르기도 하고 매일 산책을 하기도 하고 아주 가끔은 혼자 또는 친구와 여행을 떠나기도 하고 주말에는 아내를 위해 여행에 나서 주는 남편과 멀리 혹은 가까이 길을 떠나기도 하지만 일주일은 생각보다 길다.

큰 걱정은 없지만 매일 똑같이 반복되는 답답함은 인간으로 사는 우리 모두의 운명이랄 수 있겠다. 언제 올지 모르는 남편을, 딸을 기다리는 저녁 시간은 너무 길고 무료했다. 티비 앞에 앉아 있는 자신을 보면 한없이 무기력하게 느껴지기만 해서 책을 펼쳐 들고 읽지만 금세 마지막 페이지에 도달하고 또 다른 책을 찾아 서점을 뒤진다. 가족과 함께 있는 시간이 가장 행복하고 가장 바라는 것이지만 모든 시간을 그렇게만 채울 수는 없는 것이 현실이며, 혼자 있는 시간이 텅 빈 시간이 될까 봐, 자칫 빈둥지증후군이라는 우울증에 침식당할까 봐 두렵기도 하다. 이 시기를 잘 보내야겠다는 생각이 든다. 무언가 강력히 추구할 것이 필요하다.

어스름이 깔리기 시작하면 사람들은 왠지 뒤숭숭한 심정이 된다. 어스름과 함께 덥석 달려드는 외로움이라는, 지구 위에 오직 혼자 우뚝 서 있는 듯한, 겪어도 겪어도 정체를 알 수 없는 감정이 차오른다.

그녀는 음악을 찾아 인터넷 카페를 순례하던 중 댄스 스포츠라는 낯선 운동을 알게 되었다. 무엇보다 음악이 그녀의 귀를 사로잡았고 그런 음악에 맞춰 춤을 춘다는 것에 끌렸다. 그녀는 친구가 많이 필요한 사람은 아니었지만 새로운 것, 새로운 공간에서 몇몇 사람들과 함께 배우고 춤을 만들어 간다는 것에도 호기심을 느꼈다. 그래서 그녀는 조심스럽게 인터넷 카페에 가입하고 찬찬히 분위기를 살펴보고, 연말 파티에 참석했다. 그저 카페에서 익힌 몇 안 되는 얼굴들과 인사하고 격조 높은 파티 분위기를 익힌 것에 불과했다. 하지만 그것이 학원에 와서 등록하고 첫발을 떼게 하는데 큰 도움이 되었다.

산책으로 회복된 허리는 이제 조금 더 강도 높은 근육 운동을 필요로 하고 있었다. 춤은 척추를 곧게 세우는 것이 기본인데 그것은 척추를 늘리는 것에서부터 시작하므로 디스크가 있는 사람에게는 효과가 좋은 운동이 될 수 있었다.

그녀는 그동안 춤에 대해서는 크게 관심을 가져 본 적도 싫어한 적도 없었다. 학생 때 무용 시간에 각국의 포크 댄스를 몇 차례 배운 것이 전부였다. 그런데 단숨에 매료되었다. 가장 건강하고 활기차고 거침없던 고등학교 배구 시간, 서브 넣는 경쾌한 공 소리가 울려 퍼지고 몸을 날려 받아치려 했으나 중심을 잃고 쓰러지는 친구의 우스꽝스러운 모습을 보고 와자하게 터뜨리는 여학생들의 웃음소리가 하늘로 날아오르는 아름다운 풍경, 그것이 지금 플로어에서 벌어지고 있는 것이다.

몸은 참으로 신비로운 것이다. 그저 몸을 움직일 뿐인데 어찌 마음이 정화되는가 말이다. 지금 몸은 단지 커다란 창과 커다란 거울이 있는 연습실 플로어에서 뛰고 있을 뿐인데 마음은 어찌 드넓은 들판과 거친 사막과 라벤더 꽃 넘실대는 고원을 달려가고 있는가 말이다. 어쩌면 이렇게 짧은 시간 동안 이토록 강렬한 탈출을 할 수 있을까. 그것이 자이브의 매력이다.

난생처음으로 댄스복을 사서 입고 거울 앞에서 척추를 반듯이 세워 허리선이 잘록해진 것을 확인하는 기쁨, 그것을 어느 누가 막을 수 있을까. 아직 발표회는 꿈도 꾸지 못하지만 연말 파티에 가기 위해 스팽글이 가득 달린 원피스를 사서 입어 보고 수줍어서 차마 플로어에 서지도 못하지만 무대 위에 서는 사람을 향해서는 아낌없이 박수를 보내며 스스로 가슴 벅차 하는 것을 누가 막을 수 있을까.

다른 레저 스포츠들은 간단히 배우면 즐기는 데 아무 무리가 없지만 댄스는 익히는 것도 단계가 있고, 그 단계가 상당히 체계적이고 복잡해서 그것을 할 수 있다는 목적의식을 부추기고 한 단계씩 성취하는 기분을 갖게 한다.

이제 가족들이 돌아오지 않는 저녁 시간에 홀로 외로워하지 않아도 되고, 언제 들어오냐고 몇 번씩 문자

박정현, 정아름 선생님의 자이브 강습. 베이직을 반복하고 있다.
바운스를 이용해서 최대한 경쾌하게 추는 것이 포인트다.

를 보내고 답장을 기다리며 외로운 시간이 점차 늘어날 것에 대해 불안해하지 않아도 된다. 싱크대 앞에서 "락 앤 퀵 아 퀵Rock & quick a quick, 락 앤 퀵 아 퀵!"하고 구령을 붙이며 두부를 썰고 애호박을 썰어 맛있는 된장찌개를 끓일 수 있게 되었다. 그녀가 끓이는 된장찌개는 그녀의 춤에 대한 상상력이 듬뿍 들어가 있어서 이전보다 훨씬 맛이 있다. 저녁상에 남편과 마주 앉으면 발그레해진 볼로 이야기꽃을 피우기 때문에 남편까지 덩달아 입맛이 좋아졌다고, 그래서 식후에는 꼭꼭 키위를 챙겨 먹어서 뱃살이 찌지 않도록 해야 한다고도 했다.

그녀는 이제 딸을 댄스 시키는 프로젝트를 진행 중이다. 멋이라곤 낼 줄을 몰라서 맨날 일자 청바지에 티셔츠만 입고 납작한 운동화만 신고 다니는 딸을 자이브 수업에 데리고 나갔다. 강사는 정확한 베이직을 목숨처럼 가르치는, 그리하여 통통한 사람도 근육을 세워 주고 옆구리 선을 만들어 주고 무엇보다 반듯한 자세를 잡아 주는 김현주 선생님이었다. 그녀가 열심히 따른 결과를 누구보다 잘 알고 있는 터라 딸에게 선생님을 잘 따르도록 신신당부했다. 그녀는 딸을 먼저 데리고 나왔지만 장차 딸의 남자 친구도 함께 운동시킬 계획이다. 딸의 남자 친구는 키도 크지만 살도 많이 찐 타입이었기 때문이다. 두 사람이 사이좋게 손을 잡고 춤을 추며 살을 빼고 아름다움도 찾고 건강해지는 걸 보고 싶다고 했다.

그리고 어느 날 딸이 드디어 굽 있는 구두를 신고 치마를 입고 데이트에 나갔다고 자랑했다. 급하게 살을 빼기에는 운동량이 단연코 많은 자이브가 제격이다. 자이브는 자세도 어렵지 않고 박자도 쉽고 음악도 경쾌해서 초보자들이 쉽게 접할 수 있기도 한 종목이다.

초보자들은 흔히 친구들과 길을 걸으며 자이브나 룸바의 자세에 대해 토론을 벌이다가 길거리에서 방금 배운 피규어 하나 정도는 밟으며 자랑하기도 하고, 선생님마다 다른 교습 방법에 대해 찬반양론을 팽팽하게 펼치기도 한다. 같이 강습받는 친구들끼리도 좋아하는 종목이 다르고 좋아하는 선생님도 다르기 일쑤이기 때문에 대화는 항상 활기차기 마련이다. 누구는 조금은 타이트한 선생님을 좋아하고 누구는 조금은 유머러스하고 편안하게 가르치는 선생님을 좋아한다. 누구는 현역 선수를 좋아하고 누구는 은퇴한 뒤에 지도자의 길을 걷는 사람을 좋아한다.

대개 학원에는 그 두 그룹의 선생님들이 있고 각각에게서 배우는 맛이 다르다. 현역 선수들은 열정이 가득해서 자기가 배우고 연구하는 것을 가르쳐 주려고 하고 은퇴한 선생님들은 선수 생활 동안 익힌 노련한 강습법을 터득하고 있어서 핵심을 짚어 줄 줄 안다.

댄스가 그녀에게 준 것! 그것은 무엇보다 사랑에 빠진 상태를 경험하게 해 준다는 것! 사랑에 빠진 사람의 가장 큰 특징인, 그 사람만 생각하는 것처럼 댄스 하나만 생각해도 하루가 가득하다는 것! 그것이 댄스의 매력이다. 게다가 다양한 종목을 다 배우려면 지루할 틈이 없는 것, 그것도 큰 매력이다.

여름이 지나가던 어느 날이었다. 그날 역시 잠자리에 누워 아침에 꾼 꿈을 되새기고 있을 때였다. 그녀는 선운사에 꽃무릇이 한창일 텐데, 지금 일이 있어서 아쉽다며 나에게 갈 수 있으면 가 보라고 메시지를 보내왔다.

선운사, 꽃무릇.

내 머릿속에서는 갑작스레 활발한 기억의 연상 작용이 이루어지기 시작했다. 새벽녘의 서늘한 어스름 같은 짙푸른 줄기. 그 위로 아련하게 번져 있는 붉은 꽃무릇이 내 가슴을 애절하게 후벼 파고들었다. 마치 잊혀진, 그러나 아주 가끔 기억나곤 하는 이루지 못한 사랑이 있었던 것만 같은 기분에 사로잡혀 한참을 꿈꾸듯 기억을 헤집어 보았다.

그 친구는 나는 갈 수 없지만 꼭 가 봐! 하고 간절히 말했다. 그녀는 그 꽃무릇을 만나러 혼자 버스를 타고 선운사를 찾아갔던 날을 추억하는 메시지를 보내왔다. 나는 언제나 그렇듯 그녀의 과단성을 부러워하며 혼자 낯선 길을 찾아가는 그녀를 상상했다. 단지 몇 시간만 버스를 타면 볼 수 있잖아, 얼른 준비하고 나가 봐. 내일이면 늦을 거야. 그녀는 말했지만 아직까지 혼자 여행이라곤 해 본 적이 없는 나는 어영부영하다 결국 꽃무릇을 놓치고 말았다.

나는 작업에 필요한 취재를 위해서라면 낯선 사람에게 연락해서 낯선 곳을 찾아가 인터뷰를 하고 현장을 찾아보고 흙 속이며 무덤 속까지 파 볼 수 있는 사람이었지만 풍경을 감상하기 위한 여행은 혼자 해 본적이 없었다. 느긋하게 풍경을 구경하며 돌아다니기에 이 좁디좁은 한국 땅이 왜 그리 낯설고 무서운지 모르겠다.

핑계는 물론 많았다. 해야 할 작업은 많은데 요즘 이런저런 행사가 자주 있어서 한시도 아까운 터라 꼼짝할 수 없고, 거길 가느니 엄마에게 가 봐야 하고……. 아, 엄마! 머릿속에 고속도로를 만들어 버스를 올려 놓고는 저 남도 어디쯤에 있는 꽃무릇을 찾아가던 어느 순간 나는 훌쩍 엄마가 있는 집으로 방향을 틀어 버리고 말았다. 결국 꽃무릇에 관해서는 있지도 않은 기억의 끝에 나의 엄마가 있었던 것이다.

평생 자식만을 위해 모든 관심과 애정을 바친 엄마의 삶. 자식들이 각자의 삶을 위해 떠나가자 애착을 가질 존재가 없어짐으로 해서 모든 의욕과 목적을 잃어버리고 손가락 하나 움직여야 할 이유조차 잃어버린 엄마는 그저 남은 목숨을 소모하기 위해서 살아 있는 것 같았다.

작년부터 엄마는 거의 누워서 살다시피 하며 급격히 상태가 안 좋아져서 가끔 의식을 잃고 까부라져서 병원에 입원하곤 했다. 그런데 며칠 전에 엄마가 나를 찾는다며 시간 있으면 내려와서 엄마 좀 보고 가라는 셋째 언니의 전화를 받은 터였다. 나는 지금 진행하고 있는 작업 때문에 마음이 조급하고 여유가 없었다. 하루 외출하고 오면 다시 작업에 집중하기 위해 마음과 머리를 비우는 시간이 필요하고 그게 하루이틀은 꼬박 걸리기 때문이었다. 지금은 내려가기 어렵겠다고 어물어물 전화를 끊었는데 그게 얼마나 마음이 무거웠는지.

새벽녘의 짙푸른 어스름 속에 아슴아슴 제 붉은빛을 드러내는 꽃무릇. 꽃줄기 하나만으로는 분명한 색을 드러내지 못하는, 그러나 무리 지어 있을 때 온갖 애절함과 간절함과 아련함을 안겨 주는 존재.

크고 강렬하지는 않지만 결코 끊으려야 끊을 수 없는 애착을 느끼게 하는 존재, 꽃무릇. 내 가족과 내 주변 사람들. 내 가슴 한복판을 묵지근하게 차지하고 있는 존재들.

나는 엄마를 돌봐 주러 내려가지 못하는 상황에 대한 미안함을 꽃무릇 보러 가는 여행을 포기함으로써 대신 치러야 했다. 종종 내 즐거움을 반납함으로써 가족에 대한 미안함을 덜곤 하는 내 버릇일 뿐이었는지는 모르지만 그렇게 함으로써 나는 마음의 평화를 얻었다.

그렇게 어디에도 가지 못하고 집에 틀어박혀 작업을 하고 있었다. 그런데 그로부터 이삼 일 뒤에 엄마가 완전히 기력을 잃고 물도 삼키지 못해 탈수가 심해져서 다시 입원했는데 나를 찾는다고 했다. 나는 서둘러 엄마에게 내려갔다. 내가 병실 안으로 막 들어섰을 때 엄마는 하루 정도 수액을 맞고 겨우 일어나 앉은 상태였다. 조금 마신 물을 토하기 위해 일어나 있었는데 용변을 보러 화장실로 가겠다고 간병인에게 요구하던 참이었다. 물론 아직 침상을 떠나 움직이는 것이 허락되지 않은 상태였다.

나는 얼른 달려가 엄마를 부축해서 화장실로 모셨다. 나는 엄마를 잘 안다. 우리 엄마는 까다로운 사람이고 의식이 있는 한 자존심을 지키고 싶어 하셨다. 병원에 입원하여 남의 손에 간병받는 것을 수치스럽게 생각하는 엄마였다. 자신이 그런 상황에 던져진 것을 못내 용납할 수 없는 엄마였다. 하지만 이미 엄마는 자존심을 지키기엔 너무 쇠약해진 상태였다. 그 자존심으로 좀 더 활기차게 적극적으로 살아갈 수는 없었던 걸까.

화장실 안에서도 내게 나가 있으라고 손짓을 했다. 나는 하는 수 없이 밖에서 기다려야 했다. 그런데 화장실을 다녀온 엄마가 어차피 아무것도 먹지 않을 테니 해 줄 일이 없다며 어서 집으로 돌아가라고 손을 내젓는 것이 아닌가. 온 지 삼십 분도 안 되었는데 말이다. 어서 돌아가서 네 남편과 아들의 저녁밥을 차려 주라는 것이다. 내 가슴은 꽉 막혀오고 눈물이 쏟아졌다.

나는 결코 변하지 않는 엄마를 보면서 또 마음이 무거워졌다. 엄마는 내가 엄마에게 다니러 오는 것이 얼마나 힘든 일인지 너무 잘 아는 것이다. 무척이나 활동적인 셋째 언니는 이웃 도시에 살며 직업이 있음에도 매일 아침저녁으로 엄마를 돌보러 오는 것을 당연하게 여기는데 어쩌다 한 번 돌보러 올 뿐인 나는 빨리 돌려보내려고 하는 것이다.

나는 다른 딸들과 달리 엄마를 닮아 외출하는 것을 너무나 어려워하는 사람이라는 것을 아는 데다 네 명의 딸과 네 명의 사위는 언제나 편안한 사람들이지만 내 남편인 막내 사위는 엄마로서도 어려운 사람인지라 혼자 밥 차려 먹게 하는 것이 마음 편치 않은 것이다. 나는 가슴이 너무 아팠다. 늙은 엄마가, 죽어 가는 엄마가 자기 자신만 생각해도 누가 뭐라고 하지 않을 텐데, 자식의 편안함을 더 걱정하고 있었다. 다른 환자들도 함께 있는 병실에서 울면 안 되는데 자꾸 울음이 나서 병실 밖으로 나와야 했다.

나는 나이 많은 분들이 댄스 스포츠를 하는 것을 보면 얼마나 부러운지 모른다. 우리 엄마도 다른 사람들과 어울려 이렇게 밝게 웃으며 춤을 출 수 있었다면 지금 저렇게 자리에 누워서 마지막 날만 기다리며 살아 가지는 않았을 거 아닌가, 싶어서다.

작년 엄마 생신 때였나, 우리 집에서 엄마 생신을 치르느라 온 가족이 모였을 때였다. 상을 물리고 차를 마시는 형제 부부들 앞에서 내가 룸바며 자이브며, 차차차를 추었다. 형제 중에서 가장 몸이 작고 약해서 자주 아팠던 내가 건강해지고 활발해진 것을 보여 주고 싶었다. 언니들은 피트니스 클럽에도 가고 등산도 즐기는 편이었지만 춤을 추지는 않았는데 모두들 아주 심한 몸치여서 춤이라고는 팔 한 번 흔들어 볼 생각조차 않고 살아온 사람들이었다. 그러니 나만 유일하게 춤을 출 줄 아는 경우여서 누굴 닮아서 쟤는 춤을 저렇게 잘 추냐, 라는 말이 나왔는데 그때 엄마가 소파에 기대 누운 채 가느다란 목소리로 우리 식구가 원래 노래도 잘하고 춤도 잘 춰, 운동 신경이 발달했잖아, 라고 하시는 게 아닌가. 그리고는 둘째 이모가 동생들을 업은 채 노래를 흥얼거리고 엉덩이도 들썩거리면서 온 동네를 돌아다녔다고 덧붙이셨다.

자식들이 모이면 기뻐하는 표정만 간신히 지을 뿐인 엄마가 그런 말을 할 줄 몰랐던 터라 우리들은 얼른 말꼬리를 잡고 엄마 무릎 앞에 다가앉아 옛 기억을 되새기도록 이런 저런 이야기를 꺼내는 기회로 삼았다.

"맞아, 맞아, 엄마 학생 때 배구 선수였잖아. 엄마도 노래 부르면서 율동하면 기분 좋지? 빨리 건강해져서 다시 노인학교 가야지, 이쁜 우리 엄마. 원래 엄마는 항상 노래를 부르면서 밥도 하고 설거지도 했잖아."

우리는 잠시 엄마에게 밥을 받아먹던 때로 돌아가 엄마의 까다로운 입맛에 대해 얘기도 하고 엄마가 해 준 무엇무엇이 먹고 싶다는 얘기도 했다.

엄마는 고개를 저으셨다. 다 귀찮아.

엄마의 무기력증은 심리적인 것과 육체적인 것이 혼합되어 있어서 여간해서 나아지지 않았다. 하지만 자식의 춤을 보고 바로 반응한 것은 자식이 하는 일이라면 그 무엇이라도 자랑스러워하는 엄마 마음 아니었겠는가. 엄마는 아무것에도 관심이 없는 게 아니었다. 다만, 그 관심이 아직도 자식에게로만 향해 있다는 게 문제일 뿐.

자매들은 또 수다를 이어갔다. 피트니스 클럽에 다녀도 웬만해서는 근육이 생기지 않는다느니, 원래 두부살은 절대 근육으로 바뀌지 않는다느니, 수영을 오래 했더니 심폐 기능이 좋아져서 이젠 아무리 산에 빨리 올라가도 숨이 차지 않는다느니, 자전거를 오래 탔더니 손등이 햇빛에 많이 노출되어서 노화가 빨리 왔다느니. 자매들은 어떤 식으로든 자신의 건강을 위해 운동을 하고 있었다. 다행이다. 엄마를 닮지 않아 활동적이라서.

나는 엄마처럼 집 안에서 자식만 바라보며 사는 삶을 뒤따르지 않기 위해서, 또 부족한 운동을 벌충하기 위해서 운동하는 날이 되면 모든 것을 박차고 뛰쳐나간다. 일주일에 한 번, 축제에 가는 것처럼 호기심과 설렘으로 들뜬 가슴을 안고 먼 길을 달려 댄스 학원에 간다. 여전히.

나는 통통 튀는 자이브처럼 언제나 열정적이고 낙천적으로 살아갈 것이다!

질주하다, 생의 어떤 계기

어느 여름날, 그녀가 또 메시지를 보내왔다.

산책을 끝내고 한강의 육중한 시멘트 다리 아래에서 땀을 식히며 겹겹이 뻗어나간 아치형의 교각을 보고 있는데 어느 순간 바람이 휙 그녀를 쓸고 교각 사이로 사라지면서 그녀 자신이 순식간에 그 속으로 빨려들어가는 기분을 느꼈다고. 모든 현재와 과거가 한순간에 휩쓸려 가 버리는 듯한 환상에 사로잡힌 것이다.

누구나 그런 순간이 있을 것이다. 그때 우리는 거대한 인생의 한가운데서 주변의 모든 것이 사라지고 오롯이 발가벗은 자신만 남아 자기 자신을 응시하고 있는 듯한 기분을 느끼게 된다. 한참을 응시하고 있노라면 신비롭게도 희미해져 가던 자신이 새로운 색깔을 하나하나 덧입으면서 점차 새로 생겨나는 것 같은 기분이 든다.

나의 또 다른 친구는 에스프레소 커피를 시켜 놓고 짙은 갈색의 크레마 위에 일회용 설탕을 부었는데 하얀 설탕이 마치 늪에 빠져드는 것처럼 서서히 함몰되어 가는 것을 보았다고 문자 메시지를 보내왔다. 마치 자기의 과거가 그 작고 진한 커피 속으로 빨려 들어가는 것 같았다고 했다. 그리고 첫 모금을 마시니 쌉싸름한 최근의 기억이 사라졌고, 두 번째 모금을 마시니 조금은 달콤한 기억이 저 멀리 사라지고, 약간의 시간을 둔 채 마지막 모금을 마시니 아주 진한 쓰고 단 모든 기억들이 안타까운 여운을 남기고 아스라이 멀어져 가는 것 같았다고 했다. 기억은

• *152*

되살릴 수는 있으나 되풀이할 수는 없는 것. 아니, 고스란히 되돌리는 것조차 불가능한 것. 그래서 안타깝고, 아쉽고 서글픈 것.

나의 과거는 어디로 빨려 들어간 것일까. 분명 나의 것인데 나의 기억 속에서조차 조각조각 나뉘어져 어느 것은 남아 있고 어느 것은 흔적조차 없이 사라진, 나의 과거는 대체 어디로 사라진 것일까. 안타까움이 정점에 이르는 순간, 또 다른 특별한 기분이 나를 사로잡는다. 완전히 자기의 과거가 사라진 느낌에 이어 마치 이제 완전히 새로워진 나로 새 출발을 할 수 있을 것만 같은 느낌이 뒤따르는 것이다.

산책 끝의 몸은 시원하게 불어오는 바람에 나른해지고 교각의 아치는 점점 더 멀어지면서 점차 멀어지는 과거에 대한 아쉬움과 새로운 삶에 대한 기대가 뒤섞여 오묘한 뒷맛이 남는다. 우리는 어쩌면 그렇게 자신을 떠나보내고 새로운 자신을 맞이하기를 바라는 무의식이 있는 건지도 모른다.

나는 그녀의 문자 메시지를 읽으며 몽롱한 잠자리 끝에서 몽롱함을 떨치려 애를 쓰다가 아치형의 교각 사이로 질주해 간 바람의 냄새가 내 이부자리로 날아드는 것을 보았다. 바람은 달려오면서 가느다란 발을 하나씩 흔들어 놓듯 두드렸다. 나는 마침내 선명한 기억 속으로 빠져들었다.

나 또한 그렇게 질주의 시간을 가진 적이 있었다.

내 생애 최초의 외국 배낭여행. 남들은 아무렇지도 않게 떠나곤 하는 낯선 곳으로의 여행. 나의 첫 여행은 어린 아들의 손을 잡고 떠난 눈의 나라 홋카이도행이었다. 가도가도 끝없이 펼쳐진 눈만 보인다는 시베리아로 가고 싶었지만 그것은 너무 무리였고 홋카이도라면 나도 갈 수 있을 성싶었다.

어린 아들을 데리고 간 이유는, 심정적으로는 홀로 여행을 떠나고 싶었으나 국내 여행도 혼자 가 본 적이 없을 정도로 겁이 많으니 완벽히 홀로 갈 수는 없고, 남편이나 친구와 함께 가면 의존해 버릴 테니 아무 의미가 없을 테고, 해서 의존할 수는 없으나 의지는 되는 존재와 함께 가는 것으로 적당히 타협한 결과였다.

어린 아들과 함께 깊어 가는 저녁 눈 덮인 삿포로에 내렸다.

낯선 도시의 역 광장, 더구나 일찍 어두워져 저녁 여섯 시에 이미 컴컴한 한밤중 같은 광장. 우르르 함께 쏟아져 나온 사람들은 어느새 모두 흩어져 버리고 간혹 앞을 지나가는 사람조차 옷깃에 얼굴을 푹 파묻고 바삐 걸어가서 차마 붙잡고 길을 묻기조차 어려운 겨울 저녁. 평소라면 암담하고 막막하게만 여겨졌을 텐데, 아들의 손을 쥐고 있는 나는 약한 모습을 보일 수가 없었다. 지도를 펴고 찾아가기 쉽게 줄을 그어 놓은 대로 모퉁이의 건물을 확인하며 눈이 내린 길을 캐리어를 끌고 씩씩하게 걸어갔다. 호텔로 가는 길에 있는 식당에 들러 대게를 푸짐하게 먹고 다시 씩씩하게 걸어갔다. 캐리어 밑창이 젖은 눈으로 더러워질 거라는 생각을 하면서.

차갑고 작은 호텔방에 짐을 내려놓았을 때 나는 아들의 첫 여행이 이렇게 초라하다는 생각에 마음이 아팠다. 조금 전에 좋은 식당에서 대게를 푸짐하게 먹은 것으로 위안을 삼으며 침대에 들어갔지만, 싱글 베드에서 각자 따로 자기엔 너무 추워서 나는 아들을 꼭 안고 안쪽 침대에서 간신히 잠이 들었다.

그로부터 우리는 설국을 가로지르는 여행을 시작한 것이다.

눈에 덮인 고요한 땅을 가로 질러 북해를 향한 항구로 가는 길. 거기서 오오츠크해로 나가는 쇄빙선을 타고 북해에서 흘러내려오는 유빙을 깨뜨리며 항해하는 것. 그것이 우리 여행의 골자였다. 적막한 대륙 속으로 하얀 훈김을 내뿜으며 조심스럽게 한발 한발 나아가는 그런 기분이었고, 그 외롭고도 호젓한 여행의 기분을 배가시킨 것은 말이 통하지 않음이었다. 우리는 아주 기본적인 일본어로 묻고 대답할 수 있을 뿐, 긴 대답을 듣고 해석할 수 있는 능력이 없었기 때문에, 홀로 묵묵히 배낭을 짊어지고 걷는다는 기분을 더욱 강하게 느낄 수 있었던 것 같다.

마침내 오오츠크해로 나가는 쇄빙선을 타기까지 우리는 일정이 어그러지기도 하고 다음 차 시간에 맞추느라 작은 시골 역에서 몇 시간 보내면서 다음 일정을 맞출 수 있을지 초조하게 걱정하기도 했으며 밤새워 열차를 타고 가느라 새우잠을 자기도 했고 아무도 없는 새벽에 차갑고 시린 북해도의 마을에 내리기도 했다. 그동안 우리가 말을 나눈 사람이라고는 몇 손가락 안에 꼽을 수 있을 정도여서 이 세상에 오직 나와 아들만 있는 것 같았다.

그러나 그렇게 일정이 어그러지고 낯설어서 긴장할 수밖에 없었던 순간순간이 또 다른 기회를 주었다. 모노레일을 타고 깊은 산속으로 들어가 보기 위해 찾은 작은 마을에서는 눈이 너무 많이 오는 바람에 레일 운행이 중단되었고, 이 작은 마을에 오는 열차 역시 다섯 시간 간격으로 있어서 몇 시간 뒤에나 나갈 수 있었다. 그래서 마을 곳곳을 탐색하러 돌아볼 수 있는 시간을 얻었다. 길 양편으로는 거대한 벽처럼 눈이 쌓여 있어서 길을 걷는 것이 아니라 눈 터널 속을 걷는 것 같았고, 거리 곳곳에는 쌓인 눈을 모아 얼음집을 만들어 그 안에 촛불을 켜놓고 짚으로 만든 인형을 넣어둔 당집이 있었는데 각각 조금씩 다른 모습을 하고 있어서 흥미롭게 구경할 수 있었고, 눈이 많은 고장답게 독특한 발코니를 가진 가옥들을 볼 수도 있었다.

그러고도 시간이 남아 기차를 기다리는 동안 친절한 매점 할머니와 이야기를 나누고 할머니가 쥐어 주는 작은 과자를 맛보기도 했으며 마침 역 안으로 불어닥친 바람결에 관광 안내 팸플릿이 날려 바닥에 좍 흩어져 떨어지자 조용조용히 귓속말을 주고받으며 열차를 기다리던 여학생들이 바람결에 날리는 팸플릿을 주워 제 칸을 찾아 하나하나 꽂아 넣는 광경을 지켜보기도 했다.

더구나 한밤에 도착한 작은 마을이 우리를 맞아 주던 광경은 그 모든 낯설고 차가운 기분을 완전히 녹여 주었을 뿐만 아니라 결코 잊지 못할 기억까지 심어 주었다. 역을 나서자마자 고요한 거리에 펑펑 쏟아지던 눈발과 그 하얀 눈발 속에 따뜻하게 빛나던 노란 불빛, 노란 불빛 속으로 드문드문 드러나는 아름다운 거리와 건물들이 우리의 긴장을 한꺼번에 다 풀어 주었다.

유쾌한 탈출   Jive
자이브

길을 걷는 사람은 우리밖에 없었고 마치 그 모든 거리와 그 모든 밤과 그 모든 눈이 우리를 위해 막 펼쳐진 것 같았다. 그 순간 그 마을의 아름다움은 오직 우리의 것이었다. 아무도 우리처럼 두 팔을 벌리고 하늘을 향해 웃음을 터트리며 뛰어다니지 않았으니까. 정말이지 기대하지 않았던 선물이라 하지 않을 수가 없었다. 그곳은 유리 공예를 만드는 특화된 도시였는데 동화 속처럼 아름다운 건물들과 거리, 형형색색의 아름다운 유리 그릇과 유리 인형들로 가득 차 있었기 때문에 더욱 그랬다. 눈 내리는 밤, 그것들이 눈에 덮인 채 창문 너머에서 은밀히 빛나고 있어서 더욱 그랬다.

그리고 우리는 밤새 열차를 타고 북해도를 가로질러 북쪽으로 달려갔다.

새벽에 도착한 아바시리. 함께 내린 젊은 청년들은 어디론가 뛰어가 버리고 우리는 아직 어떤 가게도 문을 열지 않은 새벽의 역에 서서 찬 공기가 더욱 시리게 느껴지는 하얀 입김을 내뿜으며 진심으로 나그네의 막막함을 느꼈다. 간신히 컵라면으로 찬 공기를 데우며 시간을 보내다가 우리의 최종 목적지에 가기 위해 쇄빙선 선착장을 찾아갔다.

내 평생 가 볼 수 있을까 싶은 북해. 그 어디선가 거대한 얼음덩이를 몰고 내려오는 차디찬 물. 근원을 볼 수는 없었지만 그 근원을 짐작해 볼 수 있을 만큼 투명하고 거대한 얼음덩이. 인간의 근원적인 두려움과 그 두려움에 과감히 맞서는 쇄빙선.

나는 첫 여행으로 따뜻하고 편안한 관광지를 선택하지 않은 나에게 박수를 보냈다.

인간의 훈김이 그렇게도 소중한, 그런 여행을 선택한 내게 박수를 보냈다.

그리고 여행의 마지막에는 그런 선택을 위로하는 선물이 주어졌다. 일본 고유의 전통을 살린 근사한 호텔에서 마지막 밤을 보낼 수 있었다. 정갈한 객실은 전통적인 다다미에 도코노마가 놓여 있었으며 유카타가 비치되어 있어서 유카타를 입고 온천에 들락거릴 수 있었고, 객실 앞에 펼쳐진 커다란 호수는 꽁꽁 얼어 있어서 여우가 뛰어다녔다. 우리는 여우를 만나기 위해 객실을 나와 호숫가를 거닐었고 눈을 뚫고 길을 낸, 터널이나 다름없는 길을 걸어 작은 마을을 산책했다. 어린 소녀의 손을 잡고 눈길을 산책하는 아이 아빠의 뒤를 따라 한참을 같이 걷기도 했다.

북해도의 유빙에서 보았던 세상 어느 것보다 투명하게 푸르던, 그래서 한없이 시리기만 했던 거대한 얼음판. 그 얼음판 위를 위태위태하게 걸어가는 것이 어쩌면 인생이라는 자각, 그래서 내가 잡고 가야 할 손이 필요하다는 것을 절실히 느낀 순간. 그 손은 나에게 위안을 주기도 하지만 나 역시 위안을 주고, 나를 이끌기도 하지만 내가 이끌기도 해야 할 터.

여행을 하면서 아들과 나는 강한 동지애를 느꼈던 것 같다. 어린 아들은 그 뒤로 질풍노도의 사춘기를 겪으며 어느 누구보다 열정적으로 자기만의 길을 개척해 나가느라 마치 금방이라도 터질 듯한 폭발물처럼 질주했지만 내 손을 놓지 않았다.

자녀가 사춘기의 혼란에 빠져 있다면 둘이서 간단한 배낭만 메고 먼 길을 떠나 보라고 권하고 싶다. 먼 여행길에서 길도 잃어 보고 일정을 바꿔 보기도 하면서 서로 동등하게 의견을 주고받는다면 아마도, 자기 앞에 놓인 길이 어떤 길일지라도 확고하게 내딛을 수 있는 힘을 발견할 것이다.

내 첫 여행은 소설을 위한 취재이자 내 현실의 닫힌 문 하나를 내 힘으로 연, 궁극적으로는 탈출이었으며 질주였다. 그 뒤로 오랫동안 꿈꾸던 일을 하게 되었으니까.

사람에게는 그렇게 자기 생의 방향을 결정짓는 확실한 순간이 있다.

색다른 길을 떠나 보실래요? **삼바**

일주일에 한 번씩 축제를 치른다면
인생이 그리 팍팍하지만은 않겠죠?

삼바

브라질 흑인계 주민의 춤, 또는 그 춤곡.

4분의 2박자로 매우 빠르고 정열적인 삼바는

커플 댄스로 1930년대부터 유행했다.

얼마 전에 인사동의 한 작은 영화관에서 '씨네마테크의 친구들 영화제' 개막식이 있었다. 이 영화제는 씨네마테크 회원인 영화 관계자들, 즉 감독이나 영화배우 또는 영화 평론가들이 추천하는 영화를 한 달 반 동안 상영하는 영화제이다.

개막작으로 찰리 채플린의 「황금광 시대」가 상영되었다. 영화배우 권해효가 사회를 보았고 영화제와 관계자들을 먼저 소개한 뒤에 영화를 상영했다.

불이 꺼지고 잠시 적막이 흐를 때, 나는 그동안 숱하게 영화관에 갔었을 때와는 달리 몸과 머리를 의자에 완전히 기대고 가장 편안한 자세로 화면을 바라보았다. 숨을 깊이 들이쉬었다가 길게 내뱉으며 온몸을 이완했다. 그렇게 보기에 아주 좋은 영화, 오래전 영화이니까.

이 영화는 금광을 찾아서 광활한 설원으로 모여든 사람들의 모험 이
야기다. 가난을 벗어나기 위해 노동자와 서민들이 추위와 굶주림을 각
오하고 꽁꽁 언 대륙으로 모여든다. 사람들이 모여드니 그중에는 강도
도 있고, 그저 아무것도 없는 떠돌이도 있고, 욕심쟁이도 있다. 그중에
는 아름다운 여자들도 있다. 그들이 옥신각신 사건들을 일으키는데 이
런 배경으로만 보자면 분명 비극이지만 찰리 채플린이 가지고 있는 특
별한 웃음의 미학으로 인해 영화를 보는 내내 관객들은 눈물을 머금은
웃음을 웃게 된다. 웃음과 눈물이 이토록 서로를 가깝게 느낄 수 있을까
싶어질 만큼.

결국 현실의 고단함을 잊게 해 주는 것은 웃음이고, 사람은 혼자서
울고 웃는 것이 아니고 사람과 사람 사이에서 빚어지는 온갖 갈등과 화
해를 겪은 뒤라야 비로소 제대로 된 웃음이 터져나온다는 것을 깨닫게
해준다. 눈물이 숨어 있을 때 그 웃음이 빛나는 것이 된다고 할 수 있
겠다.

내가 만드는 내 생의 축제: 당신을 영화제에 초대합니다

희극을 통해서 시대의 비극을 이야기하는 탁월한 배우이자 연출가였
던 찰리 채플린. 그를 추억하는 영화로 시작된 축제.
축제.

그 한마디만으로도 우리의 가슴은 생동감이 가득 들어차게 된다. 영화제는 수많은 축제의 일환이고, 평소 접할 수 없는 여러 장르의 영화를 한자리에서 볼 수 있게 되었다는 것은 참으로 고마운 일이 아닐 수 없다. 근래 들어 한국에는 부천 판타스틱 영화제, 부산 국제 영화제, 퀴어 영화제, 오프 앤 프리 단편 영화제 등 각종 영화제가 있으니 영화를 좋아하는 사람들로서는 그저 흔감하기만 할 뿐이다.

그뿐인가, 댄스를 즐기는 우리들은 자주 축제를 맞이한다.

접시에 가득 쌓인 붉은 소시지와 흘러넘치는 맥주 거품,

왁자지껄한 소음,

끊임없이 부딪치는 차가운 잔들,

둥근 돔 천정을 타고 울리는 삼바 리듬.

독일의 맥주 축제 옥토버 페스트를 연상케 하는 종로의 '옥토버 페스트'에 가면 이런 분위기에서 삼바를 추면 참 좋겠구나 하는 생각이 든다.

드넓은 홀, 잔을 높이 든 사람들, 그 사이로 성에가 채 가시지 않은 맥주잔을 한 손에 서너 개씩 들고 오가는 하얀 블라우스와 검은 조끼의 종업원들을 보면서, 나는 여기저기서 불쑥불쑥 일어나 테이블 사이에서 춤추는 사람들을 상상한다. 그러나 정신을 차려 보면 나는 여느 때와 다름없이 느릿느릿 집 안을 정돈하고 커피를 내리고 책을 읽고 있다. 강아지와 고양이들이 내 주변에 자리를 잡고 똬리를 틀며 잠을 청하고, 커피 향은 집 안에 가득 번지고 햇살이 나른하게 밀려들어 온다.

시간이 흐르고 싯누런 환상적인 색감으로 거실 깊숙이 석양이 밀려들어 오면 평범했던 집 안은 어느새 미스터리가 가득한 집으로 탈바꿈한다. 길게 뻗은 석양의 끝자락을 따라가면 싱크대가 나오는 우리 집 주방이 아니라 낙엽 가득 떨어진 고즈넉한 산속의 어느 적막한 저택에 닿을 것 같다. 잘못 발을 디딘 것 같아 쭈뼛거리며 집을 돌아보려고 창가로 다가서면 멀리서 보고 예상했던 것과 달리 따뜻한 불빛이 새어나오는 창을 만나게 되고, 조심조심 창 안을 훔쳐 보면 일가친척들과 친구들이 웃음소리 높여 파티를 벌이고 있는 것을 볼 것만 같다.

초대받지 않았어도 문을 열고 들어가면 뜻밖의 손님에 화들짝 놀라며 모두들 따뜻이 맞이해 줄 것 같고, 누군가 다정히 어깨를 감싸며 잔을 건네고, 오래 잊지 않고 있었던 기억을 꺼내 얘기할 것이며, 그 기억에 뒤이은 요리를 내올지도 모른다.

금방 불에서 내린 요리는 새콤한 기쁨과 매콤한 아픔을 함께 지니고 있어서 웃음과 함께 눈물도 조금 삐져나오게 할지 모른다. 눈가를 적신 눈물을 들키지 않으려고 더욱 많이 웃게 되겠지. 그리고 누군가가 어깨동무를 하고 모두가 잘 알고 있는 노래를 부르기 시작할 테고 점차 한두 사람씩 따라 부르겠지. 그러다 누군가는 흥에 겨워 춤을 추기 시작할 테고, 몇 사람이 따라 일어나 두 팔을 들어 어깨를 엮고 둥글게 둥글게 돌지도 몰라. 상상은 계속 될 테고,

석양은 더욱 더 길어지고 마음은 더욱 싱숭생숭해져서 꼼짝도 하지 않던 자리에서 일어나 마룻바닥과 벽을 비추는 석양을 따라 움직여 본다.

팔을 둥글게 들어올리고 거실 창을 파트너 삼아 사랑에 빠진 사람을 바라보듯 정열적인 눈으로 쏘아보며 가슴 속에서 울려 퍼지는 음악에 맞춰 복부를 수축시켜 골반을 끌어올리고 무릎을 탄력 있게 굽혔다 펴며 바운스를 준다. 석양이 깊숙이 들어온 내 거실은 금세 축제의 장이 된다. 나는 혼자서도 얼마든지 축제를 치를 수가 있다. 첫 동작만 보아도 시끌벅적한 축제를 떠올리게 되는 춤, 삼바를 추면.

춤은 노래가 들리지 않아도 그 리듬과 박자와 움직임만으로도 그 노래가 어떤 색깔을 지녔는지 보여 줄 수 있다고 생각한다.

삼바 하면 세계적으로 유명한 리오 카니발을 연상하지 않을 수 없다. 매년 2월에서 3월 사이에 개최되는 브라질의 대형 축제 리오 카니발에서는 퍼레이드 참가자나 관광객들이나 구경꾼들이나 음악이 울려 퍼지면 너 나 할 것 없이 삼바를 춘다. 삼바라는 명칭은 원래 앙골라의 '셈바'에서 유래된 것으로 셈바는 춤을 청한다는 의미에서 배꼽을 만지는 행동이라고 한다.

삼바는 4분의 2박자의 빠르고 강렬한 춤으로 허리와 어깨를 많이 사용하는 생동감 넘치는 춤이다. 단전을 빠르게 수축시키고 이완시켜 골반이 앞뒤로 많이 움직이는 형태여서 라틴 댄스 중에서 가장 리듬감이 넘치고 역동적인 관능이 느껴지며 음악 또한 봉고와 각종 타악기, 트럼펫 등이 어우러져 박자와 리듬이 강렬하게 반복되는, 아프리카의 음악과 리듬이 가장 많이 남아 있는 춤이라 할 수 있다. 라틴 댄스는 아메리카 대륙의 원주민과 그곳에 이주해 온 아프리카인들의 음악과 춤이 결합해서 만들어진 것이다.

커다란 원을 만들고 서로를 응시하면 등 뒤에서 열대의 스콜처럼 쏟아지는 봉고와 마라카스의 리듬! 바로 내 심장에 대고 두드리는 듯한 그 리듬은 가슴속 깊이 잠들어 있던 원시적인 열광을 불러일으킨다.

거대한 피라미드 아래, 결박당한 채 누워 있는 적의 포로를 앞에 두고 축제가 벌어진다. 제사장이 희생물을 안아 들고 저 높은 돌계단 위로 한 발 한 발 올라간다. 희생물의 두 팔은 축 처져 흔들거리고 머리칼은 길게 흘러 출렁거린다. 아찔하게 높은 계단 위에서 아즈텍, 혹은 잉카의 태양신이 목마르게 기다리고 있는 희생물의 피가 막 솟구치는 순간, 터지듯 타악기들이 울린다. 제사장은 환호 속에서 희생물의 가슴을 가르고 붉게 뛰는 심장을 높이 들어 태양에게 바친다.

광장에 모인 축제인들은 서로의 팔에 안겨 몸을 뒤로 한껏 젖힌 채 큰 원을 이루어 돌고 돌고, 세상 끝까지 이렇게 출렁이며 흘러갈 것처럼 서로의 다리를 교차시키고, 서로를 돌리고 함께 돈다. 그렇게 다음 축제 때까지 세상이 활기차게 지속되기를 기원한다.

북소리가 가슴을 쿵 울리자마자 우리는 서울이라는 대도시에서 훌쩍 들어올려져 뜨거운 열대의 어느 원시 부족의 축제 속에 던져진 것 같은 흥분을 느낀다.

흘러내리는 땀, 상기된 볼, 가쁜 호흡, 멈추지 않고 울려 퍼지는 열대의 리듬.

마치 하늘을 돌리듯 빙글빙글 서로를 돌리는 사람들.

삼바는 이렇게 활기차고 관능적이다. 룸바처럼 슬프게 여성적인 것과는 또 다른 매력이 있다. 삼바는 북적거릴 정도로 여러 사람이 함께 하는 것이 훨씬 좋다. 무릇 축제에는 사람이 북적여야 하는 것이니까.

한여름 태풍처럼 휘몰아치는 삼바.

연습실 네 벽을 두드리며 울려 퍼지는 음악이 검붉은 물살처럼 우리를 덮치던 여름의 삼바 시간. 거센 바람에 머리를 갈기갈기 흩날리며 휘청거리는 나무처럼 정신을 내맡긴 채 빙글빙글 돌았던 내추럴 턴, 클로즈드 락, 리버스 턴, 그리고 프롬나드 런.

삼바는 다른 라틴 댄스와 달리 스탠더드 댄스처럼 시계 반대 방향으로 둥글게 돌며 이동하는 프로그레시브 댄스인데다 유난히 빙글빙글 도는 동작이 많아서인지 영원히 반복될 거 같은 분위기를 자아낸다. 그러므로, 우리들은 비바람 몰아치는 바깥세상은 아랑곳하지 않고 연습실 가득 연기를 피워 올리고 음악을 채우며 축제를 이어 간다.

춤을 추지 않는 사람이 매일같이 계속되는 지글지글 끓는 욕망의 터전에서 살짝 빠져나와 연습실로 뛰어가는 사람의 심정을 알 수 있을까? 지하철 계단을 달음질쳐 오르고 사거리를 서둘러 건너고 골목을 헐레벌떡 뛰어와 숨을 가라앉히려 애쓰면서 의자에 엉덩이를 걸치고 댄스화를 갈아 신을 때의 심정을 알 수 있을까.

처음 춤을 추기 시작한 어떤 사람이 한 말이 기억난다.

"여기 오려고 준비할 때마다 축제에 가는 준비를 하는 기분이에요."

내가 이렇게 대답했던 것도 기억난다.

"그렇죠? 일주일에 한 번씩 축제를 치른다면 인생이 그리 팍팍하지 만은 않겠죠?"

나는 춤을 추는 사람들을 만나면서 다양한 직업을 가진 사람들의 다 양한 열정의 스펙트럼을 만나게 되었다. 생활을 위해 본업을 유지하면 서도 오래 꿈꾸어 온 다른 직업을 겸하는 사람도 있었고, 은퇴 후에 댄 스 지도자의 길을 걷기 위해 직장이 끝난 뒤면 허겁지겁 달려와 혹독한 연습을 하고 많은 시험을 거치는 사람도 있었다.

그중 참 드문 길을 가고 있는 사람도 있었다. 이 글의 서두에서 소개 한 영화제를 개최한 사람이 바로 우리 동호회 회장이다. 그는 한의사이 면서 예술 영화의 지킴이이고 댄스 스포츠 동호회를 이끌고 있다.

영화라는 것, 현대 사회에 영화만큼 매력 있는 업종이 또 있을까.

영화는 무엇보다 인간의 가장 큰 욕구인 '보고자 하는 욕구'를 자극 한다. 인간의 보고자 하는 욕구는 끝이 없을 것이다. 세계 곳곳을 여행 하고 온갖 오지를 탐험하며 목숨을 걸고 빙벽을 오른다. 심지어 시간 여 행까지도 꿈꾼다. 내가 보지 못했던 과거도 보고, 내가 볼 수 없는 미래 도 보고 싶어 한다. 사람들의 보고자 하는 무한한 욕구를 채워 주기 위 해 영화가 탄생하지 않았을까.

현대 사회의 모든 산업은 바로 시각을 자극함으로써 유지하고 발전 시키고 있다고 해도 과언이 아닐 것이다. 본다는 것은 끊임없이 욕망을 자극하는 것이다. 그것의 가장 앞자리에 영화가 놓여 있다.

영화는 우리가 익히 알고 있는 현실을 뛰어넘는 특별한 세계에 빠져들게 한다. 아주 새롭고 낯선 세계를 보여 주기도 하고 우리가 잘 알고 있던 지나간 세계를 보여 주기도 하며, 우리 무의식 속에 숨어 있는 공포를 보여 주기도 한다. 우리는 한 시간 반 동안 조용히 숨을 죽이고 앉아 우리를 덮칠 듯 넘실거리는 거대한 화면 속에 빠져서 그 속에서 벌어지는 온갖 희노애락에 흥건히 젖어 있다가 일시에 불이 켜지면 아직 얼굴에 남아 있는 감정을 가까스로 닦아 내고 주섬주섬 옷과 가방을 챙겨 일어나곤 한다.

세계 각국에서 영화가 쏟아지고 영화 산업에 종사하고자 하는 사람들 역시 끊임없이 넘쳐 난다. 내 주변 사람들만 해도 영화 한 편 찍고 싶다는 욕망을 갖지 않은 사람이 없을 정도이다. 현대의 영화 산업이 아무리 몇몇 사람들의 잔치라 해도, 영화 한 편 찍으면 돈 버는 사람은 소수이고 대부분 영화 종사자들은 겨우 입에 풀칠을 한다고 해도, 영화계로 사람들이 몰려오는 것을 막을 수는 없다. 예술과 산업의 경계에 있으면서 양쪽을 다 아우를 수 있는 분야는 드물기 때문이다.

'한국 씨네마테크 협의회'라는 단체가 있다.

다른 예술 장르와 마찬가지로 영화계 역시 시대적 조류가 있고 그 조류의 선두에 서거나 조류를 거스르거나 그 조류를 특징적이며 집약적으로 보여 준, 세계 영화사에 거대한 발자취를 남긴 거장들이 있다. 그리고 세계 각국에는 그런 감독들의 영화를 상영하는 영화제들이 활발히 운영되고 있다. 우리 나라의 씨네마테크 협의회는, 1936년에 개관해서 1950-60년대에 영화인들이 모여 누벨 바그라는 영화의 새로운 흐

색다른 길을   *Samba*
떠나 보실래요?
삼바

름을 만들어 시네마테크의 상징이 된 프랑스의 시네마테크 프랑세즈가 모델이 되었다.

현대는 흥행이 되는 영화만 살아남는 시대여서 엄청난 자본을 쏟아 부은 블록버스터급 영화들이 모든 영화관을 점령하고 영화사에 족적을 남긴 영화는 보는 사람들이 적은 탓에 상영하는 공간이 거의 없다. 그러나 지금도 영화를 배우고자 하는 사람들과, 영화를 몹시도 사랑해서 영화의 역사를 알고자 하는 사람들과, 영화를 통해 역사와 문화의 산물을 체계적으로 즐기고자 하는 사람들과, 영화를 통해 인간에 대해 보다 진지한 접근을 원하는 사람들이 있고 이들이 영화를 볼 장소가 필요했다.

이런 뜻을 같이 하는 몇몇 영화 감독들과 배우들, 그리고 영화 평론가들과 예술 영화에 관심 있는 사람들이 영화란 역사와 문화의 산물임을 인식하고 그 발자취들을 보존하고 함께 향유함으로써 영화의 본질을 되새기고자 모여 예술 영화를 후원하는 비영리 단체가 만들어진 것이다.

그리고 이런 영화들을 상영하는 상영관이 서울 아트 시네마이며 이 영화관 운영을 공식적으로 대표하는 분이 있다.

그는 한의대에 다니던 시절, 우연히 작은 영화를 보게 되고 동영상을 찍는 소형 카메라가 있다는 것을 알게 되자 super 8mm 무비 카메라를 구하게 되었다. 일본에서 발행되던 8mm 관련 영화 잡지를 구해 보면서 혼자 재미 삼아 동영상을 만들었다. 그러다가 8mm 필름으로 단편영화를 만드는 '한국 영상 작가 협회'에 가입하게 되었다.

친구들끼리 영화에 관해 끝도 없이 이야기를 나누었다. 밤을 새우고 다시 밤을 새워도 끝이 없어서 하면 할수록 가슴 깊은 곳에 숨어 있던 갈망을 부채질하게 되었다. 시나리오도 쓰고, 필름을 잘라 붙여 편집도 하고 음향도 입히면서 조그만 영사기 앞에 구부리고 앉아 밤을 새우는 일이 허다해지면서 본격적으로 영상 매니아가 되었다.

그러던 어느 날, 그는 문화를 앞세운 사회 활동을 구상하면서 공간을 확보하고 '문화학교, 서울'이라는 이름으로 단체를 조직하였고 여기에 영화를 좋아하는 젊은이들이 모여들기 시작했다.

당시로서는 구하기 힘든 영화사적 의미가 있는 작품들을 수집해서 복사하고 자막을 입혀 모여든 사람들에게 상영했다. 활동 규모가 커지면서 이론을 공부하던 사람들은 전공별로 연구팀을 조직하여 활동하였고 영화과 대학원으로 진학하거나 영상 제작을 계속하고 싶어했던 사람들은 16mm 영상을 제작하기 시작했다. 이렇게 단편 영화를 제작하던 젊은 감독들은 자신들의 작품을 공개하기 위해서 '인디 포럼'이라는 이름으로 영화제를 열게 되었다.

이들은 올해 5월에도 '인디 포럼 2012'를 열 예정이다. 비경쟁 영화제로 올해로 벌써 17회를 맞이하는데 독립 영화만의 독창적 정체성을 보여 줄 것이라고 한다. 그리고 여름이 되면 '씨네 바캉스'라는 한 여름의 축제도 한바탕 벌일 예정이다. 한여름의 영화 축제, 말만 들어도 가슴이 뛴다. 짙푸른 바다를 향해서 달려가 풍덩 몸을 던지듯 영화제에 풍덩 빠져들고 싶다.

물론 이런 일들은 혼자서 하기 쉽지 않았기 때문에 독립 영화 배급

색다른 길을   *Samba*
떠나 보실래요?
삼바

제작사, 서울 독립 영화제 집행 위원장, 미디어센터 사무국장, 영화 평론가 등 뜻을 같이 하는 여러 사람들이 함께 만들어 나간 것이다.

진료 행위가 자신의 본업인 그는 주로 자신의 진료실에서 대부분의 시간을 환자를 기다리며 보내고 있다. 환자를 기다리며 다음 프로그램을 구상하며 댄스 스포츠 동호회의 파티도 구상하고 새로운 계획도 구상한다. 여전히 처음 자신이 영화를 배웠던 영상 작가 협회 활동을 하고 있고 그림 그리기도 좋아해서 몇 차례 단체전에서 전시도 했다. 역시나 그림 모임에도 열정을 바친다.

그는 오십 대 이후의 인생은 '부록 인생'이라고 말한다. 시네마테크 전용관 건립을 위해서 힘을 쓰는 게 가장 우선적인 목표이지만, 그림도 그리고 사진도 찍고, 소설 한 편 써서 영화도 만들고, 가구도 만들고, 발효 식품도 만들고⋯⋯. 그러고 싶다고 한다. 이제 부록 인생을 사는 셈이니 할 수만 있다면 진료실을 닫고 진정 자유롭게 자신이 하고 싶었던 일을 하고 싶다는 것이다. 부록이 알차면 본문이 더욱 빛나게 된다나? 백 퍼센트 동의할 수는 없지만 살며시 고개를 끄덕이게 되기는 한다.

그는 지금까지 열정적이고 신나는 삼바 리듬처럼 영화계 활동과 진료 활동을 하며 바쁜 삶을 가꾸었으니 이제는 달콤한 룸바를 추며 자기 내면을 채우는 제2의 삶을 추구하고 싶다고 한다. 나는 그의 축제가 계속 이어지길 바랄 뿐이다. 그래야 나도 그 축제에 참여할 수 있으니 말이다.

자고 일어나니 비가 창 안으로 흠씬 들이쳤다. 한여름이다.

해가 밝게 비칠 때 쏟아지는 비를 여우비라고 한다. 천지에 해가 가득해서 비가 오는 줄도 모르고 창문을 닫지 않았다.

이런 날이면 비를 맞으며 우산 없이 거리를 걷고 싶다. 하늘을 향해 활짝 웃으며.

여우비가 내리는 것을 알아차리지 못한 것을 아쉬워하며 창에서 돌아서니 마침 노래가 쏟아진다. 「샌프란시스코에 오면 머리에 꽃을 꽂으세요」

"If you going to Sanfrancisco, You should to wear some flowers in your hair."

이 노래를 들으면 얼마나 머리에 꽃을 꽂고 싶은지.

태평양의 여러 섬들, 특히 하와이에 가면 머리에 꽃을 꽂는 건 너무나 당연할 텐데, 우리는 머리에 꽃을 꽂는다, 라는 말만 들어도 이상한 생각이 들어 웃음을 터트리고 만다. 더구나 '비오는 날'이라는 말을 덧붙이게 되면 실성한 사람 취급을 받지 않을 도리가 없다. 하지만 나는 맑은 여우비가 오는 날은 머리에 붉은 칸나를 꽂고 치마를 펄럭이며 길모퉁이를 돌아가고 싶다.

잠실 어느 모퉁이를 돌면 샐비어가 붉게 피어 있는 화단을 만날 수 있다. 그리고 그 옆으로 바람난 칸나가 불쑥 올라와 있는 것도 볼 수 있

박정현, 정아름 선수의 삼바 공연. 삼바는 원시적인 관능성을 강조하기 위해 수술 달린 의상을 입는 경우가 많다.
복부를 수축하고 바운스를 주어 골반의 움직임을 최대화한다.

다. 샐비어가 풍요로운 여성성을 지닌 듯 보인다면 칸나는 사뭇 당돌해 보인다.

막 사춘기를 벗어난 건방진 젊은 여자가 짧은 치마를 살랑거리며 걸어가다가 용기를 내어 말을 붙여 온 젊고 어리바리한 남자에게 어림없다며 톡 쏘아 줄 것만 같은, 칸나. 그 곁에서 원숙한 웃음을 짓고 있는 듯한 샐비어.

지나가다가 그 샐비어를 몰래 뽑아 가지고 도망쳐서 연습실 앞에서 머리에 살며시 꽂고 문을 활짝 열어젖히면 푸른 잎 무성한 가운데 이미 키 큰 칸나가 춤을 추고 있을 것만 같은 뜨거운 여름의 삼바 연습실.

삼바는 춤을 추는 사람이 어디에 있든 바로 그 공간을 풍성하게 채운다는 느낌이 강하다. 공간 이동이 많고 부드러운가 하면 강렬하고, 길게 이완시키는가 하면 짧은 수축이 빚어내는 신체의 굴곡이 유난히 볼륨감을 크게 만드는 춤이기 때문이다.

삼바는 강습 중에 유난히 웃음이 많이 터지는 종목이기도 하다. 왁자하게 웃다 보면 낯선 사이도 금세 친해지기 마련이다. 삼바와 차차차가 특히 웃음을 참을 수 없게 하는데, 이 춤과 음악이 가슴속 깊은 곳에서 열띤 기쁨을 밀어올리기 때문이다.

유난히 경직된 직장 구조 안에서 삼십 여년 이상을 생활해 온 사람이라면 어떨까. 그런 사람의 눈에 삼바는 어떻게 비칠까.

같은 학원에서 수강을 받던 분이 있다. 그분은 이미 지도자 과정을 넘어 전문가 과정을 밟고 있는 터라 나와 함께 수강을 받기엔 크게 차이가 났지만 그분 나름의 원칙이 있어서 고급 과정과 기초 과정을 병행해서 같이 수업을 받고 있었다. 덧붙이자면 몸으로 하는 예술 분야는 항상 기초를 중시해서 기초를 다지는 시간을 가장 길게 가지기 때문이다. 함께 수업을 하다가 그가 그렇게 어려운 과정을 꾸준히 밟아 가는 이유를 들을 수 있었다.

국가 공무원, 그것도 국가의 기밀을 다루는 공무원이었던 그는 국가관이 투철해야 하고, 엄격한 상하 관계를 지켜야 하며, 치밀한 조직력에 의해서 움직여야 하는, 한국 사회에서 가장 경직된 조직에 속해 있어서 항상 정신적으로 긴장 상태에 놓여 있어야만 했다.

세상의 대다수의 사람들은 공산주의가 무너진 뒤에 가치 체계가 다원화된 구조 속에서 살아가고 있었지만 그는 아직도 냉전 구조 속에서 세상을 흑과 백으로만 판단해야 했다. 인간적 이해나 공감, 소통 등은 그에게는 전혀 쓸모없는 것에 불과했다. 자유로운 의견이란 없으며 무조건 상명하복이었고, 언제나 분명하고 객관적인 정보만을 다루어야 했으며, 그에 관한 법조문을 정확히 찾아내 적용해야만 했다.

가정 또한 마찬가지였다. 그가 언제라도 퇴근하여 집에 들어가면 집안은 완벽히 그를 맞아 줄 준비가 되어 있어야 했다.

어느 날이었다. 그날 역시 국가적 문제가 터져서 며칠 동안 초긴장 상태로 지침이 내려오길 기다리던 중이었다. 의자에 등을 파묻고 고개를 떨구며 거의 기절한 것처럼 까무룩 잠이 들었다.

꿈속에서 그는 동굴 속에 있었다. 동굴이되 천연동굴처럼 석류동에서 차가운 물이 뚝뚝 떨어진다거나 시원한 물이 고여 있어서 한 모금 마시면 피로가 가실, 그런 동굴이 아니었다. 시멘트가 발린 각진 벽 앞, 차디 찬 쇠의 촉감이 엉덩이에 고스란히 닿는 의자에 앉아 있었는데 그의 두 팔이 꽁꽁 묶여 있었다. 고개를 돌려 좌우를 보려 했지만 머리 역시 둥근 철모 속에 든 채 벽에 고정되어 있어 옴짝달싹할 수가 없었다. 그런데 자기 앞의 동료 역시 같은 모습이었으며, 그가 조사하고 있는 사람도 똑같은 모습이었다.

눈을 간신히 움직여 보니 그의 양 옆으로도, 그의 앞으로도 죽 똑같은 모습의 사람들이 줄지어 앉아 있었다. 그들은 모두 무슨 말인가를 하고 있었지만 하나도 들리지 않았다. 그들은 서로 얘기를 주고받는 게 아니라 오직 자기 말만 하고 있었다. 그러니 들리지 않는 게 당연했다.

그가 소스라치게 놀라 의자에서 일어서려 하자 누군가가 다가와 눈을 부라리며 그의 행동을 나무랐다. 그는 자신이 사람들을 감시하는 줄 알았는데 그 역시 감시당하고 있었던 것이다. 그는 눈을 질끈 감았다. 그리고 간절히 바랐다. 두 팔이 자유로워지기를, 내 머리가 풀려나기를, 내 다리를 묶은 끈이 뚝 잘려 나가기를.

그는 짙푸른 들판을 달려갔다. 어린 시절의 푸른 강이 길 옆으로 흘러갔다. 길게 늘어진 버드나무 가지를 머리로 스치며 그는 자전거를 타고 달리고 있었다. 어느 집 문간에 자전거를 세우고 문을 두드릴까 말까 잠시 망설였다. 말도 제대로 건네 보지 못했던 여학생이 사는 집이었다. 그는 떠난다는 말을 하려고 왔다. 낯선 곳에 대한 부푼 호기심과 기대와 함께 그녀를 떠나야 함에 대한 가슴 쓰라린 아픔을 동시에 느끼고 있었다. 사랑을 고백하고 훗날을 약속하기는커녕 아직 마음 한 가닥조차 전해보지 못했건만, 마치 그녀를 배신하는 것만 같았다.

끝내 그는 문을 두드리지 못하고 그냥 그녀의 집 앞을 떠났다. 자전거를 끌고 오는 발길은 참으로, 모호하기만 했다. 아직 낯선 삶에 대한 기대가 사그러들지도 않았고, 말없이 그녀를 떠나야 하는 자신이 밉지 않은 것도 아니었다.

눈을 뜨고 그는 꿈의 여운이 남아 가슴이 패어 나가는 아픔과 새로운 희망에 대한 설렘을 동시에 느꼈다. 왜 느닷없이 그런 꿈을 꾼 것일까. 왜 이제야 중학생 시절을 떠올린 것일까.

점차 피폐해져 가는 자신의 내면을 깨닫고 처음 든 생각은 '음지에서 양지로'라는 짧은 문구였다. 마치 어린 시절 숙제로 자주 내주던 표어 같은, 짧막하지만 너무나도 또렷하게 현재의 심정을 보여 주는 말이었다. 이렇게 살다가는 영혼이 죽어 버릴 거 같았다. 결단을 내려야만 했다.

내가 살아온 삶의 어느 한쪽을 부인해야 할까. 냉정히 등져야 할까. 그건 곧 나를 부인해야 하는 게 되는 것일까. 결정은 쉽지 않았다. 그러다가 어느 순간, 왜 어느 한쪽을 완전히 등진다는 생각을 하고 있는 걸까, 하는 의문이 들었다. 이것 아니면 저것을 택해야 한다는 오랜 관념이 그렇게 만들었다는 것을 깨달았다. 지금부터 그가 가고자 하는 길은 얼마든지 양립할 수 있는 길이지, 그렇게 극단적으로 한쪽만 선택해야 하는 것은 아니라는 것도 깨달았다.

그가 몸담고 있는 조직 사회의 저 먼 끝에 있는 것만 같은 춤. 경직과 유연. 독선과 자유. 대척점에 있는 춤은 그의 직장에서도 집안에서도 도저히 용납되지 못할 꿈이었다.

나는 이분의 이야기를 들으며 「잠수종과 나비」라는 영화를 떠올렸다. 쥴리앙 슈나벨이라는 화가이자 감독이 연출한 영화인데 우연찮게 그의 그림을 보게 되었다.

날씨가 무척이나 화창했던 어느 봄날, 친구들과 삼청동을 산책하며 갤러리를 몇 군데 들렀다. 학고재에서 열리는 고서화 전시회를 가던 중이었다.

봄날 산책하는 사람답게 하느적하느적 유유자적하게 어느 갤러리에 들어섰다가 어느 그림 앞에서 나는 찔리듯 멈춰 섰다. 나는 그림에 대해서는 문외한이라 그저 즉각적인 느낌으로 받아들일 뿐 깊이 있게 알지 못해서 대체로 가볍게 감상하는 사람의 입장에 있는 편이었다. 그런데 아주 단순하고도 자극적인 그림 앞에서 한참 서 있어야 했다. 뭐랄까. 오래 상처 입은 자가 뒤늦게 흘리는 마지막 피 흘림 같았다고 해야 할까.

한참 지나서야 작가의 이름을 보니 쥴리앙 슈나벨이었다. 그리고 그의 영화를 떠올리게 되었다. 「잠수종과 나비」라는 영화는 프랑스의 유명 패션지 《엘르》의 편집장이었던 장 도미니크 보비의 실화를 바탕으로 만들어진 영화이다. 《엘르》 편집장이라면 미국의 《보그》와 마찬가지로 휘황한 권력과 명예, 그리고 돈을 마구 주무르는 위치에 있는 사람이다.

그런 그가 정점을 달리던 어느 순간, 뇌졸중으로 쓰러지고 그의 몸은 모두 마비되어 버린다. 단 하나, 왼쪽 눈만 남기고 모든 표현 기능이 닫히게 되어 버렸다.

잠김증후군Locked-in syndrome. 장은 손가락 하나 까딱할 수도, 입술을 움직일 수도 없는 상태로 의식이 돌아온다. 화려했던 날들은 그의 몸처럼 과거에 갇혀 버리고 그는 유일하게 소통할 수 있는 아주 작은 창만을 갖게 되었다. 세계를 누비고 다니던 그는 깊은 바다 속에 빠진 종이 되었다고 느꼈다.

종은, 저 높은 곳에 매달려 드넓게 울려 퍼져야 하는 것.

맑은 종소리가 울리는 드넓은 들판과, 그 사이로 날아오르는 종달새의 높고 맑은 노랫소리, 그리고 바람보다도 가벼이 팔락거리며 우리 곁을 맴도는 나비…….

그런 종이 깊은 바다에 가라앉은 것이었다. 아무 쓸모없이. 그렇게 절망해 가던 중 그의 눈에 잡힌 한 마리 나비가 그를 구원해 준다. 그가 이전의 삶을 이어 왔던 것은 구십 퍼센트가 상상력이었다는 것이 그가 완전히 좌절하지 않게 하는 데 큰 힘을 주게 되었던 것이다. 그는 단 하나 남은 눈을 통하여 온 세상과 다시 만나고 소통하며 꿈을 꾸게 되었다. 그 무겁디무거운 몸도 나비가 되어 생의 환희를 느낄 수 있는 것이다. 그의 영혼의 나비는 잠수종에 불과한 그의 몸을 떠나 저 멀리 파타고니아의 해변으로 날아갈 수도 있었다. 그리고 그곳에서 한 여자와 절절한 춤을 출 수도 있었다. 그는 상상력의 힘으로 말하고 싶은 것을 말하고,

요구하고 싶은 것을 요구했다.

온몸이 잠수복에 갇혀 깊은 물속에 잠겨 있는 괴로움 속에서 그는 가까스로 하고 싶은 말을 왼쪽 눈꺼풀을 깜빡거림으로 소통할 수 있게 되었던 것이다. 그의 눈꺼풀이 깜박거리는 숫자가 의미하는 알파벳을 받아 적는 치료사가 있음으로 해서 가능했지만 말이다.

그의 나비는 그의 상상력을 부채질해 주어서 그가 접하고 있는 다른 사람들이 될 수도 있었다. 그는 그에게 알파벳을 가르쳐 준 언어치료사가 되어 보기도 하고, 그의 글을 받아 적는 보조자가 되어 보기도 했으며, 그의 아내, 그의 애인이 되어 그들이 하지 못한 일을 해 보았다.

나는 이분이 왜 춤을 추게 되었는지, 어떻게 여기까지 오게 되었는지 그 과정을 들으면서 현실 속에서는 옴짝달싹 못하고 잠겨 있으나 영혼은 자유를 갈망하는 나비를 꿈꾸고 있다는 것을 알게 되었다.

이분은 평소 학원 내 회원들의 모임 안에서 종종 작은 트러블을 일으키곤 했었다. 남의 의견을 거침없이 비판하곤 했고, 자기 의견은 당위를 내세워서 강하게 주장하곤 했다. 하지만 그분에게 그런 모습을 지적하면 곧바로 시인하고 사과를 할 줄 알았다.

춤을 추는 기간이 길어지면서 그는 많은 것을 깨달았고 조금씩 변화할 수 있었다고 한다. 지나치게 억압적인 환경 자체가 사고를 경직되게 만들어서 다양하고 합리적인 아이디어를 만들어 내지 못했다는 것과, 유연하고 창조적인 마인드라는 것이 이 직업에서 전혀 쓸모없는 것이 아니라 오히려 해결 안 되는 사건을 다른 방식으로 접근함으로써 훨씬 쉽게 해결할 수 있게 했음을 알게 되었다고 한다.

　와일드했던 성격은 마일드하게 바뀌었고 사무적이었던 모든 인간관계가 사교적으로 변했으며 이혼으로 치닫던 부부관계가 회복되었다는 점을 그는 지금도 가장 큰 이점으로 생각하고 있다. 그는 지금 아내의 손을 잡고 학원 문을 연다. 아내 손을 다정히 붙잡아 자기 어깨에 올린다. 그리고 박자를 세고, 부드럽게 밀고 나간다. 그는 이제 어떻게 하면 부드럽게 리드할 수 있는지 알게 되었다. 상대방이 준비되었는지 세심히 살피고 느끼는 것, 바로 그것이었다.

　그는 가끔 자신이 어떤 때는 적란운을 휘몰고 다니는 태풍과 같았다가 어느 순간에는 하얀 구름이 평화로이 떠다니는 푸른 하늘과 같다고 생각했다. 적란운이 몰려 와서 한반도를 휩쓸어 버리지만 그것이 파괴라고만 생각하지 않는다. 강물은 깊숙이 뒤집어지면서 스스로를 정화하고 휩쓸려 내려간 토양은 물을 듬뿍 머금고 있어서 강변을 기름지게 하고, 대기는 한바탕 들끓어올랐다가 뒤집어지면서 지구를 정화시킨다. 그는 이전에는 알지 못했지만 위기에 봉착했을 때 그 바탕에 어느 가정보다 끈끈한 애정이 있다는 것을 확인했다.

　삶에 열정적으로 응하는 사람은 문제를 만났을 때 회피하지 않는다. 아마도 그런 그였기에 가정을 적극적으로 회복시킨 게 아닐까, 조심스럽게 생각해 본다.

무너진 사랑 **파소 도블레**

두엔데, 격정적인 리듬과 동작을 반복적으로 되풀이하다
점점 빨라지고 점점 몸짓이 커지면서 춤에 완전히 빠져들게 되면
자기도 모르게 자기 몸의 원래 주인이 깨어난다

Pase Doble

창문을 활짝 열었다. 싸한 찬바람이 맨 얼굴로 몰려든다. 잠시 겨울 바람에 얼굴을 내맡기고 눈을 가늘게 뜬다. 라틴 음악을 틀어 놓았기 때문에 집 안 가득 열기가 아주 천천히 소용돌이치는 것 같다.

밖에서 밀고 들어온 찬 바람과 금방 갈아 내린 커피의 향기와 룸바의 음악이 서로 엉기어 자기들끼리 춤을 추는 것 같다. 마치 황홀한 꿈처럼, 방금 피어올라 발목을 휘감아 비틀거리게 하는 아지랑이처럼.

이런 시간이면 간혹 예전에 보았던 공연이 스크린에 펼쳐지듯 눈앞에 좍 펼쳐진다. 네덜란드 댄스 시어터라는 현대 무용단의 공연을 보던 도중, 점점 고조되어가는 극에 빠져들어 가는 어느 순간, 나는 내 온몸을 뚫고 굉장한 빛이 빠져나가는 듯한 기분을 느꼈다. 내 영혼이 겪는 엑스터시에 온몸을 덜덜 떨면서 자리에서 벌떡 일어나지 않도록 후들

거리는 무릎을 꼭 감아쥐었다.

그 무용극은 얇은 살색 타이즈로 온몸을 감싼 십여 명의 남녀 무용수들이 뜀뛰기 줄넘기 등의 놀이를 하는 천진난만한 어린 시절을 지나 점점 어른으로 성장해 가는 과정을 보여 주는 것이었는데 어른이 되면서부터는 보다 현실적인 갈등이 드러나기 시작했다.

남녀들은 서로 격한 몸짓을 보여 주기도 하고, 토라져 등을 보이고 무대 뒤로 뛰어들어 가기도 했다. 그러다 극이 중반을 넘어섰다 싶을 때 높은 하늘에서부터 아래로 아주 얇은 비단천이 길게 드리워지기 시작했다.

남녀 무용수가 그 비단 끝을 살짝, 조금만 건드려도 그 떨림이 화르르 천을 타고 하늘 끝으로 올라가는 것이었다. 내 가슴은 서서히 뛰어오르고 뚫어지게 바라보는 눈가로 열기가 몰려드는 것이 느껴졌다. 그 얇디 얇은 비단 천을 휘감고 남녀 무용수는 끊임없이 이리 돌고 저리 돌았다. 여자가 숨겨졌다 드러나면 남자가 천에 가려 보이지 않았다.

두 사람은 아주 가까이 있지만, 아주 얇은 천에 가려 있지만 결코 만날 수 없을 것 같았다. 나는 조바심이 일기 시작했다. 그들은 서로를 만질 수 없었지만 그들의 움직임은 얇디얇은, 예민한 천에 의해 끊임없이 화르르화르르 하늘로 날아오르고 있었다.

두엔데, 옷을 찢고 울부짖게 하는

나는 그토록 아름답고 그토록 에로틱한 천은 처음 보았다. 아주 예민한 살갗이 그렇게 반응할 것이라는 것을 나는 느꼈다. 사랑에 빠진 남자와 여자는 분명 그토록 황홀한 천상의 기쁨을 누리고 있을 것이었다. 이제 무용수들이 천 자락을 잡고 빠르고 강렬하게 빙글빙글 돌기 시작했다. 땅으로부터 하늘로 타고 오르는 미세한 물결과 거센 출렁거림이 뒤섞여 무대에 가득 찼다.

친구들과 나는 목구멍 저 깊은 곳으로부터 감탄을 터트렸고 이 순간 우리가 뛰쳐나가 온몸을 난자한다 해도 아무 이상할 게 없어 보이는 상태에 이르렀다. 정말이지, 과장하지 않고 말 그대로 내 피부 속에 숨은 무언가 뜨거운 것이 살갗을 찢고 뛰쳐나오려 하는 것 같았다. 나를 가두고 있는 이 살갗이 너무나 답답하게 여겨졌다.

이렇게 공연을 관람 중이거나 명상 중에 광란에 가까운 황홀한 정신 상태에 이르는 것을 '두엔데Duende'라고 한다. 이것은 스페인의 안달루시아 지방에서 주로 공연되어지는 플라멩코를 관람하다 보면 무용수 자신이거나 관람객이 겪게 되는 영혼의 광란 상태를 두고 하는 말이다. 두엔데는 플라멩코의 정신이라고까지 말해지는데 플라멩코는 15세기 인도 북부에서 건너온 집시들의 음악과 춤이 전신이다. 그들은 유럽으로 들어와 보헤미아 지방 등지로 흩어졌다.

그리고 그중 하나는 유독 격정적인 성격의 안달루시아 지방에 뿌리를 내리면서 플라멩코라는, 몸으로 허공에 피를 뿌리는 듯한 춤으로 변화했다. 두엔데는 흔히 접신, 신기, 마력 등으로 번역되고 어원적으로는 '원래 주인'을 뜻한다고 한다. 격정적인 리듬과 동작을 반복적으로 되풀이하다 점점 빨라지고 점점 몸짓이 커지면서 춤에 완전히 빠져들게 되면 자기도 모르게 자기 몸의 원래 주인이 깨어난다는 뜻일 것이다.

집시들이 몸을 바르르 떨고 땀방울을 흩뿌리고 붉어진 눈은 하늘을 향해 반쯤 뜨고, 입으로는 굵직한 선율의 노래를 읊조리며 신명에 빠져들게 되면 그것을 보고 있던 관객 역시 같은 상태에 이르게 된다. 그러면 객석에도 신명이 내리꽂히고 그들 역시 뱃구레에서 밀어올리는 거친 한숨을 토해 내며 뜨거운 가슴을 쥐어뜯게 된다. 완전히 매혹된 상태이며 영혼의 폭발을 경험하는 흡사 접신의 경지라고 할 수 있다.

'두엔데'에 대해서 그것을 겪은 가수나 무용수는 "어느 순간 정수리로 내리꽂히는 벼락"이라고도 하고 "맹수가 먹잇감을 덮치듯 우리를 기습한다."라고도 한다.

점점 거세지는 회오리바람에 휘말려 정신없이 돌다 보니 어느 순간, 태풍의 눈 속에 들어와 그 찰나적인 완벽한 무음과 완벽한 차단에 휩싸이고 또다시 영혼을 낚아채는 알 수 없는 힘에 휙 이끌려 온몸을 뒤흔드는 경련에 내던져지고 마는, 그것이 춤이다.

이런 상태는 격렬한 감정을 불러일으키는 상황에서만 일어나는 게 아니라 맑고 고요한 수도처에 앉아 있을 때나 지극히 절제된 예술 공연을 관람할 때 역시 영혼이 순간적인 몰입을 겪으면서 묘한 기운에 빠져들 수가 있다.

　나는 한동안 발레와 현대 무용과 각국의 전통 무용 공연을 보러 다닌 적이 있었다. 한국 춤은 보편적으로 승무나 살풀이를 접하기 쉬운데 나는 그 춤들은 물론이고 본격적으로 '태평무'나 '춘앵전' 같은 궁중 무용을 보러 다녔다. 그리고 불교의식 중의 하나인 '나비춤'과 '영산회상'과 '회향' 등을 보기 위해 절 마당에 앉아 있곤 했다.

　그런가 하면 중국의 고전 무용이나 일본의 '노'가 예술의 전당에서 공연되면 만사 제치고 달려가서 보았다. 일본의 교토에 가서는 일부러 기온에 들러 '가부키'도 보았다. 교토 여행은 사실상 노와 가부키를 보기 위한 것이었다.

　어느 봄날, 예술의 전당의 조그만 홀에서 봄의 꾀꼬리가 부르는 노래로 임금께 태평성대를 지내게 해 주어서 감사하는 내용의 궁중 무용인 '춘앵전'을 보다가 나는 그만 흠뻑 매료되어 버렸다.

　궁중 무용은 아주 질서 정연하고 움직임이 아주 적으며 지극히 절제된 무용이다.

　악공들이 초봄에 새로 돋아나는 버드나무에 관한 곡을 연주하고 무희舞姬 한 사람이 두 손을 곱게 모으고 발이 보이지 않게 걸어나와 무대 앞에 섰다. 연주가 끝나자 홀로 창사唱詞를 불렀다. 오언절구 한자음 그대로 음송을 했다.

　"어여쁜 여인이 달빛 아래 거니는데, 비단 소매 가벼이 바람에 나부끼네, 꽃 앞에 선 자태 어찌나 아름다운지, 군왕은 다정한 마음에 사로잡히네."

　나는 그 목소리를 듣자마자 정말 깜짝 놀랐다. 우리나라 노래에는 민요와 판소리만 있는 줄 알았다. 그토록 맑고 정갈하며 그토록 여성적이고 그토록 관능적인 노래가 있었다니. 왜 피를 한 사발씩 토하고야 얻었다는 창과 민요만 우리 음악으로 알고 있었던지, 왜 정악에서의 창사는 민간에게 전해지지 못했는지, 궁중 무용이라는 형식의 한계에 대한 안타까움과 아쉬움과 그 아름다운 음색을 기억 속에 고이 간직하고 싶은 설렘과 충만함에 나는 몸을 떨었다.

　짧은 노래가 끝나자 몇 줄로 도열해 서 있던 궁중의 무희들이 느리고 우아하게 내뻗는 춤사위에 주위의 모든 것들이 일순 숨을 죽였다. 한자음 그대로 부르는 창사는 몇 소절 안 되기 때문에 아주 짧게 끝나서 더 듣고 싶은 안타까움이 가슴에서 가시지 않았고, 춤이 다 끝나도록 그 노랫소리가 꽃과 나비처럼 살풋이 움직이는 아름다운 기녀들의 몸에 감겨 있는 듯했다.

　그것뿐이 아니다. 절 마당에서 벌어지는 영산회상을 관람하던 중이었다. 일정하게 이어지던 목탁 소리와 요령 소리, 북소리, 스님들이 서로 주고받는 독경 소리가 점점, 점점, 고조되는 어느 순간 나는 내 영혼이 둥실 떠오르는 것을 느꼈다. 나는 기독교인으로 자랐고, 불교 의식을 지켜본 일은 거의 없었다. 그런데 그 순간 종교의 다름은 나에게 아무런 영향을 미치지 않았다. 천주교 성당에서 미사를 볼 때 수도사들의 성가에서 그와 비슷한 정서를 경험한 적이 있었다. 천 년, 이천 년의 세월 동안 집적되어 정수가 모여졌을 종교의 의식은 그 어떤 종교라 해도 머리 끝이 쭈뼛 서고, 등골을 차르르 타고 내려오는 서늘하고도 뜨거운 순간을 경험하게 한다. 종교의 의식이란 아마도 찰나적으로 인간의 영혼을 사로잡기 위해 그토록 장엄하게 진행되는 것인지도 모르겠다.

이렇게 정서적으로 지극한 고양 상태 역시 두엔데라고 할 수 있을 것이다.

라틴 춤을 접하고 몰입하면 간혹, 두엔데에 버금가는 희열 상태를 맛볼 수가 있다. 아마 그것이 그토록 강력하게 사람을 붙잡아 두는 매력의 근원인지도 모르겠다.

내 인생의 마타도어

검은 소가 음험한 눈을 들어 투우사를 노려보고 거친 숨을 뿜어 올린다. 어둡고 붉게 번득이는 소의 눈에 투우사의 눈이 꽂힌다. 투우사는 가슴을 높이 들어올리고 턱을 바짝 끌어당기고 눈빛을 벼려 어둡고 붉게 번득이는 소의 눈에 꽂는다. 둘 사이에 팽팽한 긴장이 맞서면 때를 맞춰 트럼펫이 높고 짧게 울린다. 검은 소는 트럼펫의 울림을 신호 삼아 발굽으로 땅을 긁어 뿌연 흙먼지를 피워 올린다. 그리고 단박에 달려들 태세로 투우사를 향해 위험스러운 뿔을 겨눈다.

투우사는 검은 털투성이 속의 음험한 눈빛을 놓치지 않고 주시하다

무너진 사랑   *Paso Doble*
파소 도블레

가 곧추세운 몸을 서서히 비튼다. 붉게 펼쳐진 케이프가 투우사의 하체를 가리고 천천히 돈다. 그리고 막 달려드는 검은 눈을 향해 칼을 높이 치켜들고 겨눈다.

가슴팍과 팔과 다리에 황금 장식을 단 투우사와 검은 소는 서로를 겨누고 빙글빙글 돈다. 붉은 케이프는 최대한 투우사의 몸 가까이에서 펼쳐진다. 정적 속에서 서로를 겨누다가 검은 소가 확 달려들면 투우사는 슬쩍 비킨다. 트럼펫이 찢어지듯 울리고 함성이 솟구친다.

투우사는 소가 달려들도록 도발하고 유혹해야 한다. 그래서 자신의 몸을 최대한 도전적이면서도 당당하고 유연하게 움직여야 한다. 하체는 엉덩이를 끌어당겨 긴장시키고 골반을 높이 세우고 무릎도 쭉 뻗쳐 세워야 한다. 상체는 가슴을 내밀되 목덜미는 강하게 곧추서야 하며 대개는 소를 향해 정면으로 서지 않고 사선으로 비스듬히 움직여 훨씬 도전적인 자세를 보여 준다. 케이프를 움켜쥔 손과 팔은 커다란 창을 쥔 무사처럼 강하게 내뻗어야 하며 눈은 한시도 소에게서 벗어나면 안 된다.

힘차고 절도 있게 발을 구르며 다가가다가 어느 순간 숨을 죽여야 할 정도로 천천히 서로를 노려보고 돌아간다. 붉은 케이프 한 자락을 사이에 두고 투우사와 소가 대치하는 위험스러운 광경이 펼쳐진다. 투우사는 몸을 비틀어 꼬고 팔을 최대한 넓게 둥글려 소를 유도하고 옆구리를 높이 들어 창을 내리꽂아야 한다. 여자 무용수 또한 검정색과 빨강색의 주름이 풍성한 케이프로 표현되어 속주름이 풍성한 캉캉 스커트를 손에 잡고 들어올려 크게 펼쳤다가 접곤 하면서 다이내믹하게 움직여야 한다.

남성성이 강한 투우사와 붉고 검은 케이프를 상징하여 강렬한 이미지를 주기 위해
프릴이 많이 달린 폭이 넓은 긴 스커트를 이용한다. 그 스커트를 펄럭여서 케이프를 휘둘러 펼치는 느낌을 준다.

파소 도블레Paso-Double는 스페인 안달루시아 지방의 투우와 플라멩코가 결합한 춤이다.

투우는 오래전부터 엄격한 규칙에 따라 행해지고 있는데 최근 동물 학대라는 비난 때문에 투우 경기를 중단한다는 발표가 있었다. 투우사는 크게 네 부류로 나누어지는데, 투우 경기의 가장 중요한 주역으로 투우를 유인해 칼로 찌르는 단 한 사람의 마타도어가 있고, 말을 타고 창으로 소를 찌르는 역할을 하는 두 사람의 피카도르, 소에게 작살을 꽂는 역할을 하는 두 사람의 반데릴레로, 여러 사람의 조수로 구성된 페네오가 있다.

파소 도블레는 힘차고 절도 있는 동작을 가장 큰 특성으로 한다.

남자 무용수가 투우사 역할을 하고 여자 무용수는 투우사가 휘두르는 빨간 케이프(망토) 역할을 한다. 그래서 남자 무용수는 위협적으로 달려드는 검은 소를 이리 끌어당기고 저리 보내야 하는 투우사처럼 턱을 강하게 바짝 끌어당기고 눈을 치켜뜨고, 가슴을 높이 올려 세우고 어깨와 팔을 강하게 부풀려야 한다. 이 자세는 여간해서 익히기 어려운 까닭에 라틴 댄스의 맨 마지막 코스가 된다.

파소 도블레는 투 스텝이라는 뜻으로 4분의 2박자 리듬으로 쿵쿵 울리며 딱딱 끊어지며 진행되는데 음악과 춤이 절정에 이르러 케이프 아래로 이끌려온 소에게 칼을 내리꽂는 퍼스트 하이라이트, 세컨드 하이라이트, 서드 하이라이트가 있다.

우리는 때로 비극을 보면서 카타르시스를 느끼곤 한다. 그게 우리가 슬픈 영화를 보거나, 슬픈 음악을 듣거나, 욕을 하면서도 막장 드라마를 보는 이유일 것이다. 우리는 우리 대신 슬퍼해 줄 사람이 필요하고, 우리 대신 화를 내 줄 사람이 필요하고, 우리 대신 펑펑 울어 주고 돌멩이를 던지며 악다구니를 퍼부어 줄 사람이 필요한 것이다.

투우 경기는 소가 쓰러지면 끝난다.

검은 소의 숨통에 꽃자루가 달린 칼이 다섯 개쯤 꽂히고 검붉은 피가 솟구치는 소는 본능적으로 내달리려 치켜들던 앞다리를 푹 꺾고 무릎을 꿇는다. 그 순간 구경꾼들은 우, 하고 일어나 노랑, 하양, 빨간 카네이션을 던져 소를 애도한다.

자신을 자극하는 사람을 공격했다는 이유로 무참한 죽음을 맞는 소에게, 또 죽음을 품에 안고 춤을 추었던 위태로운 투우사에게 사람들이 꽃을 던진다. 먼지가 잦아드는 투우장에 꽃들이 수북이 떨어지고 투우사는 짙은 땀으로 지워져 가는 화장 사이로 환호하는 무리들을 둘러본다. 그는 무엇을 향해 칼을 꽂았던 것일까.

형체도 없이 달려드는 운명, 언제나 주변을 떠도는 무언지 모를 두려움, 그것을 향해 날카로운 눈을 벼리며 베어 버리고 싶어하는 욕망. 그리고 마침내 그것들을 꺾었을 때의 충만한 기쁨. 내 운명에 대신 바쳐지는 검은 소. 아마도 투우사는 그 누구 못지않게 검은 소를 애도할 것이다. 거기 바쳐진 수많은 꽃들보다 더 많은 꽃을 바치고 싶었을 것이다.

바로 내 인생의 마타도어가 되는 순간이다.

항상 주변인에 머물러 있다고 느껴져서 스스로 소외되고 외로워진 경험이 있을 것이다. 나 역시 그럴 때마다 은밀히 가슴속을 데우곤 했다. 사소하게는, 작은 모임에서의 친구들과의 경쟁 심리에서부터 결정적으로는 자신의 최종 목적에 이르는 성취에까지.

댄스 스포츠 선수들이 한 종목당 무대 위에 서는 시간은 불과 1분 30초에 불과하다. 이 1분 30초를 위해서 선수들은 거의 대부분의 하루를 연습에 투자한다. 대회가 열리거나 큰 파티의 시범이 있을 때 집중적으로 준비하는 시간은 보통 두 달 정도. 시간으로 따지면 백 시간 정도.

대부분의 학원은 낮 동안은 거의 강습으로 쓰기 때문에 플로어가 비는 시간에 연습해야 해서 대개 늦은 밤에 하게 된다. 하루 종일 강습을 하고 또 한밤중에 대회를 준비하는 것이다. 1분 30초를 위해서. 그 황홀한 짧은 시간을 위해서 오랜 연습 시간을 갖는다.

나는 강습생들이 허겁지겁 옷을 갈아입고 신발을 갈아신고 집으로 달려가는 시간에 선수들이 들어와 어두운 강습실 불을 켜고 자정을 넘겨 가며 연습하는 것을 본다. 선수들이 치열하게 연습하는 것을 잠깐이라도 지켜보면 누구라도 감동하지 않을 수 없을 것이다. 하루 종일 목소리 높여 설명하고 온몸으로 회원들을 붙잡고 가르쳐 주고 또 밤을 바쳐야 하는 선수들. 그들을 보면 나는 언제나 감동을 한다.

선수들에게 물었다. 무엇이 당신을 이 밤늦은 시간에 연습실에 오게 하는가, 무엇이 당신을 이토록 깊은 밤 정밀한 연습을 하게 하는가. 선수들은 하나같이 대답했다. 무대에 선 1분 30초, 그 짧은 순간의 희열을 위해서라고. 그 시간만큼은 누가 뭐래도 나는 내 인생의 마타도어라고.

어느 날, 그대 가슴에 피가 흐르고

　눈이 될지, 비가 될지, 스산한 바람을 몰고 올지 모르는 우중충한 구름이 대기를 잔뜩 내리누르는 날, 하늘을 올려다본 사람이라면 그 구름이 무엇이라도 좋으니 어서 그 속에 품은 것을 쏟아 버리기를 바라는 마음이 들 것이다.

　지하철을 내려 계단을 한 걸음 한 걸음 올라와 지상에 우뚝 섰을 때 마침, 눈발이 사위를 가득 메우고 분분히 날리고 있다면, 갑자기 명치 끝에서부터 그리움이 물처럼 차오르고 누군가 저 길 끝에서 기다리고 있을 것만 같은 기분이 들어 걸음을 빨리해서 걷다가, 점차 달리고 있는 나를 본다. 그리고, 걸음을 멈춘 채 어둠 속에 덩그라니 떠 있는 노란 불빛 가득한 넓은 창 아래 서 있는 나를 뒤늦게 발견한다. 느릿느릿 어둠 속 가득히 내리는 눈발은 마치 광막한 세상을 가득 채운 것 같은 뿌듯함과 함께 가슴 저 깊은 곳 어딘가 커다랗게 패여 있는 곳을 상기시켜 언제나 허기를 불러일으키곤 한다.

　내가 눈발을 헤치고 허위허위 달려온 곳이 이곳이었구나, 하는 자각으로 눈발 속의 환한 창을 꿈처럼 올려다본다. 그곳에선 두 팔을 넓게 벌리고 등줄기를 높이 세운 여인이 뒤로 막 미끄러지는 참이다. 치켜들고 있는 내 뺨에 차가운 눈발이 달라붙었다가 내뿜는 숨결에 살포시 날아오른다.

　불현듯 내 가슴 속에 죄책감으로, 후회로, 아쉬움으로 남은 한 친구가 떠오를락 말락 한다. 아니, 되도록 떠올리고 싶지 않다. 그러나 어쩔 수 없이 떠오른다.

　이렇게 사위를 가득 메우는 눈발 속에서 어두운 허공에 떠 있는, 우리가 어둠 속에서 찾아가야 할 단 하나의 안식처일 것만 같은, 저 환한 연습실을 보면 그 친구와 나는 분명 할 말이 무척이나 많았을 것이다. 우리는 서로의 느낌과 말에 깊이 공감하면서 점점 더 대화의 폭이 넓어지고 깊어졌을 것이다. 눈발이 점점 굵어지고 내 머리와 어깨와 등이 흰 눈으로 뒤덮였다.

　발밑으로 눈이 점점 더 높이 쌓이고 한참 만에 걸음을 떼어 연습실의 계단을 올랐다.

　어느 날, 그 친구는 내게 이적과 김윤아의 「어느 날」이라는 노래를 들어봐, 뒤라스의 소설 『모데라토 칸타빌레』에서 모티브를 얻은 거래, 라고 했다. 『연인』이라는 소설과 영화로 유명한 마르그리트 뒤라스는 내가 몹시도 좋아하는 작가이다.

　그녀는 말없이 조인 목 놓지 않고
　그녀는 살며시 내 두 눈을 감기고
　아주 오래전 우리 처음 만났던
　그 어느 날, 잊지 못할 향기가
　너의 뜻대로, 너의 뜻대로

그의 뜨거운 피로 손을 적시고

작은 떨림도 마침내는 멈추고

아주, 오래전 우리 처음 만났던

그 어느 날, 잊지 못할 꿈

나 그대를 사랑하니까,

나 아직 그대만을 사랑하니까

아주 오래전, 우리 처음 만났던

그 어느 날, 잊지 못할 꿈.

나는 어느 날, 그녀의 가슴에 칼을 꽂았다. 내 가장 친했던, 친구에게. 영혼을 주고받는 흔치 않은 사이라고 우리 서로 믿고 있던, 그녀에게 나는 씻지 못할 상처를 주었다. 나는 내가 가해자가 될 수 있다는 것을 깨달았다. 어떤 복합적인 상황에서는, 나도 충분히 가해자가 될 수 있었다. 그리고, 아마도 나는 숱하게 가해자가 되었을 것이다. 절대 가해자가 될 수 없을 것 같은 얼굴을 하고서. 그래서 당한 사람은 냉가슴을 앓아야 했을 것이다.

   그녀는 자가 면역 질환과 조울증을 앓고 있었다. 나와 친하게 지내던 시절에 류머티스 열이 발병했고, 나와 관계가 악화되기 직전에 조울증이 발병했다. 발병했다는 것을 그녀도 모르고 나도 모르던 시기였고, 나는 그녀를 비난했다. 그녀는 잠적해 버렸다. 아는 사람 모두가 그녀의 창을 두드렸지만 한번 닫힌 문은 열리지 않았다.

누가 먼저랄 것도 없이 서로가 서로에게 상처를 주었고 누가 준 상처가 더 큰가 하는 것은 상관없이 서로가 피해자이고 서로가 가해자였었다. 그런데 상처를 극복하고 회복되어 있는 나와 그 상처에서 회복되지 않은 그녀가 다시 만났을 때, 상처를 이겨 낸 내가 가해자가 되어 버린 이상한 계산법을 만났다.

그래서 그 친구가 첫 번째 우울기에서 벗어나 세상에 다시 나왔을 때 내가 가해자가 되어 그 친구에 대한 무한 책임감을 느끼게 되어 버렸다. 암묵적으로 나는 가해자였으니 그 친구는 내게 어떤 화풀이를 해도 내가 다 받아 줘야 하는 상황이 된 것이다.

그러다 점차 이건 해도 해도 너무한다는 생각이 들었고, "너의 병은 너 자신으로 인해 발생한 것이지 내 책임이 될 수 없다. 네가 발병했던 그 시점에 하필 우연찮게도 내가 너에게 상처를 입혔을 뿐, 만약 내 말이 그때가 아니었다면 한두 번 싸우고 해명하고 이해하고 풀어졌을, 이 바닥에서는 누구나 쉽게 내뱉는 말이었을 뿐인, 가벼운 말 한마디였다. 그것 때문에 네가 좌절해서 글을 쓸 수 없는 상태에 이르렀다는 것은 너무나 과장된 피해 의식이 아닐까." 나는 그렇게 말하고 싶었다.

객관적 판단을 할 수 있는 사람이라면 고개를 끄덕일 테지만, 그 당시 그녀는 아픈 상태였다. 객관적 판단을 할 수 없었고, 그저 나에 대한 배신감과, 남에게 상처가 될 말을 쉽게 하지 않을 사람이라 믿었던 내가 그런 말을 해서 더욱 상처가 컸고, 그것이 마치 신탁처럼 들렸다는 그녀.

물론 우울기에서 벗어나서 다시 명랑해졌을 때 그녀는 그 모든 것이 자신의 피해 의식 때문이었다는 것을 인정했지만, 그때 받은 상처는 결코 아물지 않을 거라 했다. 나를 그 누구보다, 이 세상 누구보다 믿었었기에.

나는 그 말을 들으며 한없이 자책했다. 그래, 너에게 그렇게 말한 건, 정말 내 잘못이었어. 그 무슨 객관적 상황이고 나발이고, 너에게는 그런 말을 하면 안 됐던 거야. 너는 내게 의지하고 있었으니.

내가 그녀에게 상처가 될 것이 분명한 비난의 말을 했던 것은, 다른 게 아니라 그녀의 삶에 대한 태도 때문이었다. 오랫동안 가깝게 지내 오면서 그녀는 나에게, 또 다른 이들에게 어리광을 부렸다. 항상 자신은 사랑과 대접을 받아 마땅한 사람이라고 말하고 그렇게 행동했다. 나는 그녀를 다 받아 주었다. 일상적인 상황에서는 못 받아 줄 것이 없었다.

나는 평소 어떤 사소한 관계일지라도 조금이라도 사랑을 받으면 그 이상으로 갚아 줘야 한다는 사고방식으로 살아가는 사람이었다. 내가 속한 조직의 일을 기꺼이 맡아서 하고, 꾸준히 봉사하는 사람이다. 그런데 아무런 기여도 하지 않고 당연히 사랑을 받아야 한다니, 오직 갓난아이만이, 제 어미한테 그럴 수 있었다. 그러니 그것을 당연히 여기는 사람은 내 시각으로는 미성숙한 사람일 수밖에 없었다.

그런데, 그것이 점점 심해져 가서 나중에는 항상 공주 대접을 받지 않는다면 그런 관계는 더 이상 가질 필요가 없다는 태도를 보였다. 그즈음 나는 그런 태도에 염증을 느끼기 시작했다. 그러다 일이 터졌다. 개인적인 관계도 아니고 직업적 현실에서, 정신 똑바로 차려도 시원찮을 작업에서조차 그녀는 어리광을 부렸다. 나는 단호하게 그렇게 해서는 소설을 쓸 수 없을 것이라 말했다. 그녀는 큰 상처를 입고 거꾸러졌다.

그런데 문제의 원인은 내게 있었다. 내가 사람을 대하는 태도가 문제였다. 나는 어떤 사람에게 마음을 주면 아주 오랫동안 아무 불평 없이 요구도 없이, 세심하게 보살펴 주고 깊이 이해해 주고, 말과 표정으로 표현하기 전에 미리 알아서 일일이 맞춰 주곤 한다. 어린아이에게 하듯 지극한 사랑을 주는 것이다. 상대방은 어느새 나에게 길들여져 당연히 언제까지나 그럴 것이라 믿어 버린다. 그녀를 어린아이로 만들어 놓은 것은 나였던 것이다.

우리 강아지가 있다. 아주 소심하고 겁이 많아 물도 혼자서 먹지 못한다. 그릇의 물이 흔들리는 것이 무서워 한 번 홀짝이고 화들짝 놀라 뒤로 도망갔다가 다시 어르고 얼러야 물을 먹는, 그런 강아지다. 나는 십삼 년 동안 하루에도 몇 번씩 일일이 강아지를 안고 물그릇을 들고 먹여 왔다.

우리 아들이 어느 날 내게 말했다.

"사람을 저렇게 키웠으면 아무것도 못하는 바보로 만들었을 거야. 엄마가 저렇게 만들어 놓았어."

천만다행히도 나는 아들을 그렇게 만들지 않았다. 나는 내 익애를 너무 잘 알고 있어서 아들을 무기력한 존재로 만들 수 있다는 것을 아주 일찍 알았다. 정말 일찍 알았다. 나는 내가 어떤 사람인지 이미 중학생 때 알았다. 왜냐면 나와 똑같은 우리 엄마를 보고 컸으니까. 우리 엄마가 그랬듯이 나도 지나치게 자식을 사랑해서 다 자랄 때까지 제 손으로 사과 하나 깎지 못하는 사람으로 만들기 십상이었다.

형제들 중에서 유독 몸이 약한 나와 남동생을 건강하게 만들기 위해 엄마는 언제나 약을 달여서 들고 쫓아다니며 먹였고, 음식을 한 가지라도 더 먹이려고 그릇을 들고 쫓아다녔다. 나의 어린 시절은 언제나 한 번만 먹어 봐라, 응? 이거 한 번만 먹어 봐라, 라고 애걸하는 엄마의 목소리부터 떠오른다.

엄마는 특히 남동생에 대해서 지극정성이었다. 남동생의 저녁 도시락은 엄마가 언제나 따뜻한 상태 그대로 삼 년 내내 학교로 나르곤 했다. 나는 엄마에게 반항을 좀 했지만 남동생은 나보다 성격이 더 순하고 여려서 엄마 말을 한 번도 거스른 적이 없었다. 학교에서 단체 영화 관람을 가는 것도 엄마가 뭐하러 영화 같은 것을 보러 가느냐, 그냥 집으로 오면 안 되겠냐 라고 한마디만 하면 남동생은 단체 관람을 빠지고 집으로 곧장 왔다. 친구들과 어울려 밖에 나가지 말고 친구 데리고 집으로 오라고 하면 그대로 했다. 고등학생 남자애들이 방에서 조용조용 놀고 있었다. 엄마가 엄격하고 강하게 명령해서 그런 것이 아니었다. 엄마의 가장 큰 힘은 자식을 향해 애달파하는 목소리였다. 그 목소리를 듣고는 절대 반항할 수가 없었다.

다행히 독립적인 언니들이 남동생에게 진심으로 충고했다. 너는 엄마 품에서 벗어나야 남자가 될 수 있어. 네가 그렇게 엄마에게 착한 아들이

어서는 너는 절대 강한 남자가 되지 못해. 아, 우리 자매들은 사춘기 시절에 벌써 이렇게 성숙해 있었다. 얼마나 다행한 일인지.

결혼한 뒤 아이도 낳고 서른을 훌쩍 넘겼던 어느 날, 남동생이 이런 말을 했다.

"엄마만 생각하면 아무것도 하지 않아도 좋을 것만 같은 심정이 돼. 엄마 품에 안기면 세상 모든 것이 다 괜찮다고 말하는 것 같아. 하지만 나는 가장이잖아. 내가 책임져야 할 아내와 자식이 있잖아. 내가 엄마를 생각하며 무기력해지면 안 되잖아. 나는 엄마에게서 벗어나기 위해 일부러 엄마에게 못되게 굴었어. 엄마가 내게 실망하고 더 이상 내게 사랑을 주지 않도록 말이야. 내가 엄마에게 더 기대지 않도록 말이야. 내가 독립심을 갖게 해 준 누나들이 너무나 고마워."

동생이 결혼한 뒤에도 엄마는 동생이 퇴근하여 차에서 내리자마자 코앞으로 약그릇을 들고 나가곤 했다. 동생은 엄마의 약그릇을 외면했다. 그러면 엄마는 동생의 처에게 약그릇을 들려 보내 먹게 하곤 했다.

"나는 내 아내와 아들이 슬퍼하면 내 가슴이 미어터져. 세상에서 가장 힘든 것은 내 아내와 아들이 슬퍼하는 거야. 나는 그것을 어떻게든 해결해 주고 싶어."

나는 그렇게 말하는 남동생을 진심으로 존경했다. 남자라면 이래야 하는 거였다. 남동생이 엄마로부터 독립하기 위해 발버둥쳤던 지난날을 나는 아주 잘 안다. 강해지기 위해 한겨울과 한여름에 친구와 단 둘이서 서울에서 제주도까지 국토 종단 자전거 여행을 했던, 그 스무 살 시절을 잘 안다. 그때의 자전거는 그냥 자전거였다. 동네에서 타는 자전거 말이다. 지금처럼 바람을 막아 주고 추위를 차단하는 아웃도어 활동복들도 없던 시절이었다. 나는 남자라면 그러해야 한다고 믿었다.

나는 엄마처럼 밥그릇을 들고 아들을 쫓아다니지 않았다. 결코 그렇게 해서는 안 된다고 다짐했다. 왜냐면 내 아들에게는 엄마에게서 벗어나야 한다고 말해 줄 누나가 없기 때문이었다. 아들이 스스로 원하기 전에 내가 나서서 아들의 길을 만들어 주지 않았다. 아들이 무엇을 하고 싶은지 항상 스스로 생각하게 했다. 그리고 무언가 하고 싶다고 하면 자기 자신의 책임하에 적어도 이 년 동안은 그것을 끌고 나갈 의지가 있는지 없는지 깊이 생각해 보라고 말했다. 기어코 하고 싶으면 이 년 이상 하겠다고 다짐하라고 했다. 그리고 아들 혼자 찾아가서 등록을 하도록 했다. 피아노도 그렇게 했고, 권투도 그렇게 했다. 중학생이 되어 음악을 하겠다고 나섰을 때도 아들은 오직 혼자서 생면부지의 선생님들을 찾아다녔다.

나는 독립심이 없는 사람이었다. 누군가와 깊이 결속되어 있지 않으면 여기서 저기도 혼자 가지 못하는, 나약하기 짝이 없는 인간이었다. 내가 결속감을 갖기 위해 아들을 그렇게 만들 소지는 너무나 다분했다. 그러나 나는 아들만큼은 나로부터 독립할 수 있는 강한 사람으로 키우고 싶었다. 아들을 떠나보내지 못해 눈물짓는 엄마로부터 당연하게 떠나 자신의 선택으로 새로운 터전을 일구는 아들로 키우고 싶었다.

그러니까 나는 아들을 그렇게 만들지 않은 대신에 강아지를 그렇게 만든 것이다. 지금 내가 고양이를 키우는 이유는 이 동물들은 조금은 독립적일 것이라는 선입견이 있었기 때문인데, 고양이조차 지나친 사랑 속에서는 그렇지 않다는 것을 깨달아 가고 있는 중이다.

그런데 독립심이 강하고 자기 주체성이 강한 사람은 내가 그렇게 할 수가 없다. 내 손아귀에 들어오지 않으니까. 나한테 의지해야 할 필요가 없으니까. 나는 소유욕이 강하고 교묘하게 사람을 손에 넣는 타입인 것이다.

그것을 알아차렸을 때는 이미 너무 철저히 나에게 속해 버렸다고 할까. 내가 냉정해지면 상대가 상처를 입게 되어 버렸다. 나는 내가 바친 만큼의 사랑이 되돌아오지 않으면 어느 순간 사랑을 끊었고, 그것으로 상대에게 상처를 입히는 방식을 택하고 있었던 것이다. 아주 비겁하게도.

사랑하는 사이에 서로 상처를 입히고 그 피를 손에 적시는 일은 너무나 쉽게 볼 수 있다.

차라리 거리가 먼 사이였다면 내지도 않았을 욕심을 사랑하는 사이에서는 당연하게 요구한다. 문제는 그것을 줄 수 없다는 점이다. 주기 싫어서 안 주는 것이 아니라 줄 수 없어서, 갖지 못해서 줄 수 없는 것을, 결코 포기하지 못하고 달라고 요구하는 일이 사랑하는 사람 사이에서는 흔히 일어난다. 계속해서 담판을 하고, 계속해서 그것을 내게 달라고 요구하고, 계속해서 싸운다.

나는 언젠가부터 그 모든 싸움을 다 버렸다. 싸우느니 다 가져가라고 두 손을 내젓게 되었다. 몇 차례의 관계 맺기와 좌절을 경험한 뒤로,

몇 년 전부터는 모든 관계에 적절한 거리 두기를 하고 있다. 그리고 더 이상 소유하려고 욕심 부리는 짓을 하지 않게 되었다. 그리고 나를 쥐락 펴락하려는 사람도 내가 먼저 피하게 되었다. 나에게 고통을 주려 하고 닦달하려고 애쓰는 사람들이 있다. 나는 그들에게서 더욱 더 멀리 떠난다.

반복적으로 발생하는 문제는 결코 해결될 문제가 아니며 그저 평생 끌어안고 가야 할 '내 것'이다. 그리고 인생에는 결코 내가 해결할 수 없는 일이 수없이 많다는 것을 인정해야 한다. 인간이기 때문에 불완전하고, 나약하며, 자기조차 자기 자신에 대해 장담할 수 없으므로. 싸우느라 에너지 소모할 시간에 내 본질에 맞게 내가 생산할 수 있는 것에 그 시간과 열정과 에너지를 쏟는 것이 낫지 않을까?

이 년이 지나 그녀는 다시 세상에 나왔다. 그리고 이른 봄, 조선시대의 선비들이 기르던 매화를 찾아 떠나는 여행에 함께 가게 되었다.

스산한 봄의 들녘, 사람들의 발길이 드문 고즈넉한 고택에 한 그루씩 남아 있는 고매古梅. 옹이가 여기저기 돋고 구불텅구불텅 비틀린 검은 가지 끝에 하얀 매화가 한두 송이 피어 있었다. 맑은 술에 매화를 띄워 매화음梅花吟을 하며 옛날 선비와 규방의 규수가 된 듯 고즈넉한 분위기에 잠겼다. 밭두렁의 마른풀이 와스스 흔들리고 그 사이로 아지랑이가 아른거렸다. 마치 먼 길을 걸어온 것처럼 처연한 기분에 젖어 먼지 덮인 구두를 벗고 마루 끝에 걸터앉아 저 먼 곳 어디쯤으로 시선을 주며 말없이 앉아 있었다. 해가 질 무렵 둘씩, 셋씩, 두런두런 얘기를 나누면서 고택을 나섰다.

숙소로 가는 길에 장터에 들러 부침개 좌판에 둘러앉았다. 그녀는 부침개를 신중히 골라 먹었다. 육류가 한 점이라도 섞인 것을 먹으면 안 되는 상태였다. 부침개를 부치는 아주머니에게 야채만 들어갔다는 확언을 받고 그걸 조금 먹었다. 그때 그녀는 이런 말을 했다. "살기 위해서는 이렇게 해야만 하니까, 나는 지금 살아 있는 게 중요하니까."

그 말은 내 심장에 와서 박혔다. 어쩌다가 나는 이런 말을 듣게 되었을까. 차라리 듣지 않았으면 내 죄책감이 조금은 덜하지 않았을까. 두고두고 그 말이 잊히지 않았다.

이런 불편한 점 때문에 그녀는 보통 모임에서 사람들과 함께 식사하는 것을 어려워했었다. 숙소에 들어가 씻고 눕자 그녀는 온몸이 따갑고 가려운 알레르기 반응에 시달리기 시작했다. 밤이 깊어 가면서 증상이 점점 심해졌다. 눈꺼풀 속, 목구멍 속까지 가렵다고 했다. 그녀는 잠을 이룰 수 없었고 바로 옆에 자리를 잡은 나도 잠을 이룰 수 없었다. 그녀의 한숨 소리는 점점 깊어지고, 잠이 든 친구들에게 피해를 주지 않으려고 조심조심 긁어 대는 그녀를 보며 가슴만 아플 뿐 어떻게 해 줄 도리가 없었다.

다른 부침개에서 잘못 튄 돼지고기 기름 한 방울 때문에 온몸에 두드러기가 돋아 밤새 몸을 긁다가 아침이 다 되어서야 죽은 듯이 깊은 잠에 빠져들었던 그녀. 그녀의 잠든 얼굴을 내려다보며 속이 좁아 터진 나를 원망했다. 그녀는 지금 산다는 것보다 중요한 게 없는데, 나는 그까

짓 자존심에 상처 좀 입은 거 가지고 그녀에게 거리를 두고 있다니.

그녀의 깊은 숨소리를 들으며 나는 그 밤을 꼬박 새웠지만 예전처럼 내 모든 것을 내주는 따뜻한 목소리를 낼 수가 없었다. 다시 그녀에게 다가가고 또다시 상처를 줄 수가 없었다. 나는 거의 아무 말도 건네지 않고 그녀를 지켜보기만 했다. 식당에서 음식을 시킬 때 그녀가 불편하지 않게 내가 대신 시켜 주고, 이제 좀 어떠냐고 물어보고, 그것밖에 해줄 수 있는 게 없었다.

그녀도 나도 서로 암암리에 적당한 거리를 두고 있었다. 그녀는 자신의 증상은 담담하게 설명하고 치료 과정은 재밌게 얘기하곤 했다. 우린 원래 그랬었다. 그 무엇을 얘기해도 서로 너무나 잘 이해하고 너무나 잘 통했다.

여행에서 돌아온 뒤, 적극적으로 몸의 병을 치료해 가던 어느 날, 그녀는 다시 세상으로 나오는 문을 닫았다. 친구들이 그녀의 창문을 두드렸지만 그녀는 대답하지 않았다. 그녀가 언제 다시 세상으로 나오는 문을 열게 될지 모른다. 하지만 꼭 다시 그녀를 볼 수 있을 거라고, 나는 믿는다. 세상은 돌고 도니까, 삶은 물결처럼 출렁이면서 폭풍우가 되기도 하고 감미로운 봄비가 되기도 하고, 숲속도 지나가고 벼랑 밑도 지나가고 자갈밭도 지나가고, 풍요로운 들판도 지나가니까.

무너진 사랑   *Paso Doble*
파소 도블레

이별을 준비하며 **폭스 트롯**

왈츠가 큰 물결이라면 폭스는 굴곡이 더 많은 잔물결 같다.
인생사 희노애락이 훨씬 진하게 묻어난다.

Fox trot

• 216　춤추는 사람들의 섬세한 근육을 바라본다.

관절을 가볍게 둘러싸고 갈래갈래 나뉘어, 춤추는 사람이 작은 움직임을 만들어 내면 마치, 그 한 가닥 한 가닥이 스르르 일어나 파동을 일으키며 움직임이 퍼져 나가는 것 같다.

그 많은 갈래의 근육들은 긴 시간의 훈련을 통해서 얻어진 것들이지만 춤을 추기 시작하면 마치 금방 생명을 얻은 것처럼 저 스스로 살아 있고 저 스스로의 감정이 있는 것마냥 다른 근육들과 호응한다.

가끔 나는 근육들만 집요하게 바라보고 있기도 한다. 춤추는 사람들은 몸을 옷으로 가리지 않기 때문에 참으로 다행스럽게도 아름다운 근육들을 볼 수 있다.

발레리나의 머리 위로 감아올리는 가늘고 긴 손동작은 막 사그라드는 연약한 불꽃이 다시 살며시 피어오르려는 것 같다. 마룻바닥을 박차고 뛰어오르는 발레리노의 힘찬 다리는 생명 그 자체를 보는 것 같은 감동을 준다. 무용으로 다져진 근육은 웨이트 트레이닝으로 다져진 몸과는 달리 아주 섬세하며 길고 아름다워 감탄하지 않을 수 없다.

댄스 스포츠 역시 아름답고 섬세한 근육들을 볼 수 있다. 나는 춤추는 여자들의 다리를 볼 때면 황홀하기 그지없어 이런 아름다운 몸을 볼 수 있다는 것에 몹시도 고마워하곤 한다.

폭스 트롯Fox-trot은 4분의 4박자의 춤으로 1910년대 미국에서 시작한 사교춤이다. 폭스 트롯은 사막 여우가 잰걸음으로 사막의 둥근 모래 언덕을 요리조리 달려가는 것 같은 춤이다. 왈츠가 큰 물결이라면 폭스는 굴곡이 더 많은 잔물결 같다. 음악도 대개 재즈풍이라서 조금은 더 세속적인 분위기가 풍긴다. 왈츠가 한층 고상하다면 폭스는 웨이브가 크고 조금 더 빠르고 가벼워 보이지만 인생사 희노애락이 훨씬 진하게 묻어난다. 음악 자체가 재즈 스타일이라 더 그런 것 같다.

나는 폭스 트롯을 좋아하는데 이 춤이 스탠더드 댄스 다섯 종목 중에서 슬픔, 환희, 애증 같은 감정이 가

이현우, 곽자윤 선수의 폭스 트롯. 스탠더드 댄스에서 볼 수 있는
가장 아름다운 피규어 중 하나인 스로 어웨이 오버 스웨이를 보여 준다.

장 복합적으로 녹아 있으면서 볼륨감이 풍부하게 느껴지기 때문이다. 발레와 비교하면 몽환적 신비로움을 보여주는 「지젤」이나 「백조의 호수」가 왈츠 같다면 폭스는 현실적 처절함과 그에 따른 아름다움을 극대화한 「로미오와 줄리엣」 같다.

춤은 이렇게 많은 볼거리와 즐거움을 준다. 같이 일어나 추지 않아도 고요함 속에서 지켜보기만 해도 참으로 많은 감동을 주고, 더불어 춤추는 사람들과 함께 춤을 실컷 춘 듯한 기분을 안겨 주기까지 한다.

비가 온다. 창밖으로 힐긋 눈을 주고 돌렸는데 언뜻 짙은 분홍의 꽃을 본 듯하여 화닥닥 다시 돌아본다. 빗줄기 속의 짙은 분홍은 꽃이 아니라 아파트 난간의 붉은 칠이었다. 잠시 실망과 함께 웃고 만다. 착각이었지만 내 눈 속으로 들어온 것은 짙은 분홍꽃이었으니까 아무래도 좋았다.

삶에는 약간의 환상이 있는 편이 훨씬 좋다. 삶에 환상이 있는 한 우울증 염려는 할 필요가 없다.

내 팔에 안긴 그대

나는 요리를 하는 사람을 보면서 가끔 아름다운 춤을 추는 사람으로 착시가 일어나는 것을 경험한다. 요리하는 사람을 가만히 지켜보면 그의 동작과 그의 표정과 그의 손끝에서 빚어지는 향기가 마치 무대 위에서 펼쳐지는 아름다운 무용극 같다.

내가 아주 좋아하는 친구가 있다.

나는 그에게서 치즈와 커피 맛을 배웠다.

아니, 언제 어디서, 무엇과 함께라도, 어떤 기분이어도, 치즈와 커피를 맛있게 먹는 인생을 배웠다.

그가 오래전, 이탈리아로 출장 갔을 때의 에피소드를 얘기해 주었다.

출장을 마치고 한국으로 돌아가기 전에 그는 일을 도와준 친구에게 대접을 하고 싶었다. 스위스에서 기차를 타고 밀라노에 내렸을 때 마중 나와 주었으며 낯선 곳에서의 일을 아주 세심하게 도와주어서 편안하게 일을 잘 마쳤기 때문에 그 고마운 마음을 꼭 전하고 싶었다. 먼저 꽃을 한 아름 안겨 주고 멋진 레스토랑으로 그녀를 데리고 갔다. 그녀가 먹고 싶어 하는 요리를 먹으며 이런저런 이야기를 나누는데 두 사람의 대화는 이가 맞물리듯 부드럽게 흘러갔다. 출장은 끝나고 여행도 끝나가고, 기분은 묘하게도 들뜸과 가라앉음 사이를 오갔다. 요리를 다 먹고 나서도 자리를 뜨고 싶지 않았고 와인을 더 마시고 싶어서 와인과 치즈를 시켰다.

커다란 접시에 열두 개의 치즈 조각들이 동그랗게 배열되어 있었고 그 사이로 꿀이 S자 모양으로 토핑되어 있었다. 종업원은 시계 방향으로 한 점씩 천천히 먹으라고 알려주었다.

와인을 한 모금 마시고 1시의 치즈를 먹었다. 맛은 평범했고 흔히 말하듯 마일드했다. 3시의 치즈는 매력적인 여자를 만나 홀려 있느라 창고 속에서 며칠은 잊혀졌다가 문득 꺼내 온 것처럼 조금 더 깊은 맛이었다. 5시의 치즈는 사랑에 빠져 창고를 까맣게 잊은 만큼 더 곰삭아 있었고, 7시의 치즈는 사랑의 도피행을 떠나 마을을 비운 날들만큼 진해져 있었다.

그녀와 와인을 마시고 이야기를 나누느라 시간이 지날수록 치즈의 맛이 진해졌고, 마치 그래서 그렇다는 듯 안타까운 마음도 진해졌다. 치즈는 점점 깊은 맛을 냈고 기대를 채우며 11시까지 먹었다. 12시의 치즈는 홍어애탕처럼 혀를 찌르르하게 울려 눈이 번쩍 뜨이리라 기대하며 마침내 송로버섯을 넣었다는 12시의 치즈를 먹었다.

아, 천만 뜻밖에도 12시의 치즈는 아주 플랫했다. 코를 쏘고 입천장을 홀랑 벗기는 듯한 홍어애탕이나 삭힌 홍어의 맛일 줄 알았는데 인생 뭐 있나 하는 듯 다시 마일드한 맛으로 돌아갔다. 그는 한참을 고개를 끄덕이며 앉아 있었다. 뭔가 알 것 같았다.

내일이면 한국으로 돌아간다. 청계천 같은 길을 건너 갈림에서 그녀와 헤어졌다. 그리고 다음 날, 그녀가 그를 배웅하러 차를 가지고 나왔다. 쭉 뻗은 길을 달리는데 비가 내리기 시작했고 마음은 점점 더 애틋해졌다. 말펜사 공항으로 가는 길에 베네치아로 빠지는 길이 보였다. 그녀가 잡고 있는 핸들을 확 꺾으며 그 길로 가자고 하고 싶었다. 그러나 아무 말도 하지 못했다. 공항으로 갈 수밖에 없었다.

한참을 달리던 그녀가 갑자기 급하게 핸들을 꺾었다. 빗길에 미끄러져 바퀴 한쪽이 45도 정도로 떴다. 차가 뱅그르 돌았다. 아찔했다. 어제 먹어보지 못한 홍어애탕 맛이 이제 입안을 찌르는 듯했다. 그러나 잠시 뒤, 네 바퀴가 다시 땅에 닿았고 완전히 한 바퀴를 돈 차는 가던 길로 달렸다. 비는 점점 더 거세져 이제 공항 표지판조차 보이지 않았다. 그래도 그들은 아무 말 없이 길을 달렸다. 차츰 마음이 가라앉았다. 한국으로 가야 하고 일상으로 돌아가야 하는 것이다. 평범한 치즈의 맛으로 돌아가는 게 인생이다, 싶었다. 강렬한 치즈만 먹고 살 수는 없었다.

그는 지금 말기암 엄마를 돌보고 있다. 췌장암 진단을 받고 수술한 지 일 년 반이 지났다. 그는 말기암 진단을 받자 한 가지 결심을 했다. 지금까지 엄마의 밥을 먹고 살아왔고, 엄마의 손으로 일상적인 보살핌을 받으며 살아왔다. 이제 내가 엄마에게 밥을 돌려드려야겠다, 라고.

그의 엄마는 워낙 밥을 잘 안 먹는 분이어서 아무리 새로운 것을 해드려도 젓가락으로 몇 번 집어먹고 끝내서 평소에도 몸이 약해 그의 속을 상하게 했었다. 그런데 큰 수술을 한 뒤였고 항암 치료를 앞두고 있는 상황이었다. 엄마는 형편없이 마르고 왜소해서 그가 보기에는 수술만으로도 얼마나 버틸 수 있을지 가늠할 수 없을 정도였다. 도저히 그 상태로는 항암 치료를 견딜 수 없을 것 같았다.

그래서 엄마를 위해 특별한 일이 없는 한 퇴근 후의 일정을 모두 정리했다. 아침과 저녁 매번 돌솥에 밥을 새로 지었다. 그리고 퇴근할 때 매번 싱싱한 안심을 딱 한 조각씩 사갔다. 그동안 엄마는 고기를 거의 먹지 않았다. 가족들도 대체로 채식을 하는 편이어서 고기는 먹지 않았지만 그는 고기를 억지로 먹이기로 했다. 다른 자식들은 아무리 먹으라고 권해도 듣지 않았지만 한국 엄마에게 큰아들의 위력은 얼마나 큰가. 엄마는 아들인 그가 손수 차려 먹으라고 하면 억지로라도 조금씩 먹곤 했다.

사람들은 암 환자에게 고기는 먹이지 말라고도 한다. 그러나, 천하의 스티브 잡스도 속절없이 세상을 떠났는데 칠십인 어머니가 온몸으로 번진 췌장암을 이겨 내고 건강해지리라고는 기대할 수 없었다. 그래서 조금이라도 더 살려면 항암 치료를 받아야 하고 항암 치료를 받으려면 버틸 힘이 있어야겠다고 생각한 것이었다. 그는 엄마와 나눌 것이 아직 더 남아 있다고 말했다.

엄마는 암 수술을 하기 전보다 얼굴이 좋아졌다. 항암 치료도 여섯 차례나 무사히 넘겼다. 그렇다고는 해도 마음을 놓을 수는 없었다. 처음 진단 받을 때 수술을 하거나 안 하거나 육 개월 정도 사실 거라고 했고 췌장암이라는 게 예후가 좋지 않다는 것을 알고 있었기 때문이다.

그는 꾸준히 엄마의 식사를 챙겼다. 그렇게 일 년 육 개월을 넘겼다. 엄마의 얼굴은 좋았지만 뱃속의 거의 모든 장기에 암이 번졌다. 또 한 번의 수술을 하겠는가, 항암 치료만 하겠는가 결정해야 하는 시점이 왔다. 더 이상의 수술은 무리라고 결정하고 연명 치료를 위해 입원시켰다.

사람이 꺾이는 것은 한순간이었다. 급박하게 상태가 나빠지더니 순식간에 치매가 왔고 치매가 왔나 싶었는데 며칠 사이에 자식을 알아보지 못할 만큼 진행이 되었다. 그가 어느 날 병원에 갔을 때 엄마는 그를 보고 "삼촌이 오셨네."라고 했다. 그를 바라보는 엄마의 표정과 말씨, 그

걸 뭐라고 표현해야 할까. 무표정 속, 현재에서 아주 먼 과거로 떠났으나 낯선 곳에 도착한 사람, 다시 돌아올 길을 알지 못하는 사람, 그런 사람의 얼굴이었다. 다시는 그 과거 속에서 현재로 돌아올 수 없는 사람을 보는 기분은 막막함 그 자체였다.

이렇게 되리라고 짐작했었다지만 막상 그 상황에 맞닥뜨렸을 때의 황당함과 절망감은 이루 말로 표현할 수가 없었다. 의식과 무의식을 오가고 의식이 돌아왔을 때조차 현실을 알지 못하는 엄마. 그런 엄마의 마지막 가는 길을 또렷이 지켜봐야 하는 아들.

어느 날, 의식이 돌아온 엄마가 아들을 보고 아들이라고 부르는 대신 먼 기억 속의 누군가로 바꿔 부르다가 설사를 하기 시작했다. 며칠 동안 전혀 변을 보지 못했는데 설사를 크게 해서 침상을 정리할 겸, 그가 엄마를 씻겨 주기 위해 욕실로 데려갔다. 샤워기를 대고 엄마를 씻겨 주는데 엉거주춤 서 있는 엄마에게서 계속해서 설사가 쏟아져 나왔다. 엄마는 그저 서 있을 뿐 무슨 상황인지 알아차리지도 못했고, 그는 샤워기로 계속해서 엄마를 씻겨 주고 있어야 했다. 마치 샤워기를 통해 그의 눈물이 쏟아지는 것 같았고, 그는 가슴을 쥐어짜는 아픔으로 눈물을 흘리고 있었다. 마침내 설사는 그쳤고 따뜻한 물로 엄마를 씻긴 뒤에 침상에 눕혔다. 아무것도 모르는 엄마는 웬 낯선 남자가 이렇게 우는지 모르겠다는 얼굴이었다.

그는 병실을 나와 병원 뒤편 벤치로 갔다. 밤은 어두웠고 겨울 하늘에는 몇 안 되는 차가운 별이 가까스로 반짝거렸다. 담배를 한 모금 깊이 삼켰다가 어둠 속으로 내뱉었다. 담배 연기가 별빛을 가렸다. 아무 생각도 하고 싶지 않았고, 그저 숨만 크게 들이쉬었다가 내뱉고 싶었다. 한참 동안 담배 연기가 그의 가슴속으로 들어갔다가 쏟아져 나왔다. 한참을 그렇게 해서야 비로소 평범한 일상으로 돌아왔다.

깊은 슬픔, 깊은 맛, 그것을 통과한 뒤에 일상의 아름다움을 깨닫는 것, 일상의 소중함을 깨닫는 것, 그것이로구나, 인생은.

그는 내게 말했다. 엄마의 설사가 없었다면 평온한 일상이 이토록 소중한 것인지 몰랐을 거라고. 고통스러우리만치 혀를 아리게 하는 맛이 없다면 마일드한 치즈 맛이 그토록 깊은 맛인지 몰랐을 거라고. 그는 그것을 이해할 수 있었다. 절망적이며 가슴이 메어지는 현실과 그래도 혀에 감기는 각각의 맛이 있는, 오래 곰삭은 치즈를.

그의 엄마는 중환자실로 옮겨졌고, 얼마 뒤에 간성 혼수에 빠졌고, 의식을 잃었다. 그리고 얼마 뒤에 세상을 떠났다.

이 글을 쓰는 동안 나 역시 엄마가 돌아가시는 과정에 있었고, 얼마 전에 엄마를 끝내 하늘로 보내드렸다.

막내 이모가 와서 역시나 늙어 가는 자신의 설움을 듬뿍 담아 엄마의 긴 인생을 늘어놓으며 통곡을 했다.

"언니야, 바보 같은 언니야. 밥도 잘 안 먹고, 그렇게 먹으라고 해도 안 먹고, 하늘나라 가면 뭐 하나, 그래도 살아야지. 밥 잘 먹고 잘 살아야지, 죽으면 뭐하나. 죽으면 다 끝이다, 끝이야. 다시 볼 수 없다, 다시 볼 수 없어."

이모는 욕심도 많고 현세적이고 에너지가 많은 분이었다. 그러기에 엄마와는 많이 달랐다. 우리 엄마도 저렇게 욕심도 있고 삶에 대한 애착도 있었으면 자식들에게 이것도 달라, 저것도 달라, 이렇게 해 줘라, 저렇게 해 줘라 했을 테지. 엄마는 흔히 노인들이 "끝까지 통장 쥐고 있어라, 자식에게 다 주면 절대 안 된다." 하는 말을 전혀 듣지 않았다. 그런 말하는 사람과 어울리기 싫어서 엄마는 혼자 있었다.

이모의 사설은 끝이 없이 이어졌다. 우리는 이모의 회상을 들으며 통곡에 통곡을 거듭했다. 그중 한마디가 내 영혼을 때렸다. 내가 죽는 날까지 잊지 못할 말이 될 것 같다.

"언니야, 당신을 이제 언제 볼까, 언제 볼까. 내가 안다, 언니가 얼마나 외로웠는지. 언제나 오솔하니 마음에 외로움이 깃들어 있어서."

엄마의 외로움. 그것만큼 자식에게 죄책감을 주는 게 없다. 엄마에게 사랑을 돌려주려고, 엄마의 외로움을 가시게 해 주려고 우리 형제들은 애를 많이 썼다. 엄마의 얼굴을 어루만지고 온몸을 씻겨 주고 마사지해 줬지만 엄마는 외로웠다.

엄마는 자식에게 다 주는 것이지, 엄마가 자식에게 뭘 달라고 하느냐, 하는 게 우리 엄마의 평생 마음이었다. 자식에게 살과 피를 다 주고 뭐 하나 해 달라고 할 줄 모르던, 바보같은 우리 엄마. 행여 자식들 사이에 우애가 상할까 봐 서운한 맘 자체를 갖지 않았던 엄마. 엄마는 행여 실수로라도 서운함이 내비칠까 봐 입을 다물어 버렸다. 자식이 무언가를 해 주었다고 해서 좋아하는 모습을 보이면 그것을 위해서 자식이 또 무리를 할까 봐서 좋아하는 모습조차 내색하기를 조심스러워했다.

그렇게 모든 것에서 관심을 거둬들이고 타인과의 관계를 끊고 자신 속으로 움츠러든 엄마. 그렇게 하기 위해 모든 욕망을 버렸다. 웃음도 울음도 다 버렸다. 그래서 텅 비어 버렸다. 엄마의 외로움은 그런 것이었다.

이 세상에 그런 엄마가 또 있을까. 엄마는 엄마만이 줄 수 있는 모성을 다시 없을 만큼 듬뿍 주고 가셨다. 엄마가 준 만큼 사랑을 되돌려 주지 못해서 우리는 슬프다. 욕심 많은 엄마로 살지 않은 것이 우리는 안타깝다. 원망할 게 아무 것도 없는 만큼 우리는 엄마에게 죄스럽다.

나는 종교가 없는 탓에 엄마를 다시 만날 거라고 말하지 못했다. 그것이 너무나 가슴이 아팠다. 언니들은 "엄마, 하늘나라에 먼저 가 계세요. 우리들도 곧 엄마 만나러 갈게요." 그렇게 말하는데 나는 엄마를 언제 다시 불러 볼 수 있을까. "엄마, 안녕히 가세요."라고밖에 말하지 못했다. 남동생은 엄마 얼굴을 어루만지며 말했다.

"엄마 때문에 행복했어요. 엄마 때문에 좋은 추억이 있어요. 엄마 닮은 딸을 낳게 해 줘서 정말 고마워요."

늙음과 죽어 감은 그 무엇으로도 이해 불가능하고 그 누구와도 소통 불가능한 것인지도 모른다.

늙는다는 것은 무엇일까. 외로움과 늙음에는 어떤 상관관계가 있는 것일까. 노년의 가장 큰 문제가 외로움이라고 한다. 흔히들 늙으면 외롭다고 한다. 단순히 배우자와 사별하고 자녀들과 따로 살게 되는 것만을 두고 하는 말은 아닌 것 같다. 자녀들과 함께 살고 친구들과 자주 어울리는 노인들 역시 외롭다고 하니까 말이다. 노인들의 가장 큰 병은 섭섭증이라고 하니, 그것은 무엇이 원인일까.

나는 엄마를 보내고 난 뒤 사람들을 만나면 노년의 외로움의 원인은 무엇이라고 생각하는가, 하고 묻고 다녔다. 사람마다 달리 대답했다. 아마도 각자의 현실이 반영되었으리라.

어떤 사람은 늙는 것 자체가 외로움이라고 한다. 생물학적 변화는 원래 사람마다 차이가 있지만 한 사람 안에서도 세월에 따라 변화가 일어난다는 것이다. 그래서 대체로 모든 감정이 약화되면서 겪는 자연스러운 현상이라는 것이다. 그중에서도 스스로 즐거워하는 감정이 가장 먼저 약화된다고 한다. 그래서 상대적으로 외로운 감정이 가장 커지기 때문이라고 한다.

어떤 사람은 늙어서의 자신과 타인과의 기대치가 다르기 때문이라고 했다. 세월이 가면 자신이 가질 수 있는 것이 예전과는 다른데도 그것을 인정하지 않아서 자신의 욕구는 높은 채로 있고 타인이 줄 수 있는 것과는 차이가 난다는 것이다. 그 욕망의 차이가 외로움이 되는 것 같다고 했다.

어떤 사람은 명백히 가까운 관계가 멀어지거나 사라지기 때문에 외롭게 된다고 했다. 그거야 당연하지만 그렇다면 새로운 관계를 만들 수

이현우, 곽자윤 선수의 폭스 트롯 공연. 물이 불어난 강물의 경쾌한 웨이브가 느껴지는 춤이다.

는 없는 것일까? 새로운 관계에서 예전처럼 밀접하게 교감할 수는 없는 것일까?

혹시, 늙는다는 것은 절대적으로 타인과 교감이 어렵다는 것이 아닐까? 늙음의 생물학적 변화가 타인과의 교감을 어렵게 만드는 것이 아닐까? 특히나 질병을 겪었다거나 위기를 겪은 경우, 내 가까이 있는 자녀, 친구, 배우자의 생각이나 느낌, 정서와의 교감에는 둔감해지고 자기 자신의 생각과 감정에만 몰입하게 되는 것, 혹시 그런 것이 아닐까? 늙음은 혹시 상대방의 감정에는 관심을 기울이지 않고 내 감정에만 관심을 요구하는 게 아닐까.

나는 어떤 문제와 마주치면 그것을 나 혼자만 겪는 고통이라고 생각하지 않고 대부분의 인간이 겪는 일이라고 본다. 그리고 비슷한 문제를 겪는, 혹은 겪었던 사람들의 문제 해결 과정을 지켜보는 편이다. 그래서 대체로 내 문제에서도 객관화가 가능했고, 타인의 고통에 교감할 수 있었다. 그런데, 엄마에 대해서만은 아무리 해도 냉정해지지가 않는다. 나만 엄마를 가진 게 아닐 텐데 말이다.

엄마에 대해 회상하자면 끝이 없을 것이다. 아마 내가 자라 온, 내가 살아온 세월을 다 펼쳐 놓아야 할 테지, 그러니 여기서 이젠 접어야겠지. 그리고 다른 책을 펼쳐 들어야겠지.

나는 작년에 폭스 트롯을 열심히 배웠다. 그것을 배워야 춤의 맛을 제대로 알 수 있을 것 같았다. 처음 배우는 춤이어서 호기심도 컸고, 배우는 데도 열심을 냈다. 그러다보니 성취감도 컸다. 그래봐야 일주일에 단 한 번이었고, 다른 사람과 비교하면 아무것도 아닐 수 있지만 나로서는 새로운 세상 하나를 만난 것 같았다. 나이가 얼마나 더 많아지더라도 새로움을 받아들일 줄 알게 되면 외로움이 조금이라도 덜어지지 않을까. 열정이 그 외로움을 이길 테니까 말이다. 아니 열정이 있다면 덜 외로울 테니까 말이다. 나는 그렇게 되기를 소망한다.

계속해서 새로운 사람을 만나고 그들의 감정 속으로 내가 기꺼이 들어가고 새로운 일, 새로운 취미를 만나고 그것에 열정적으로 반응하고, 그것을 통해서 새로운 세상으로 나가고.

그럼으로 나는 춤을 만난 것을, 아주 큰 행운이라고, 춤을 통해서 새로운 세상의 문 하나를 열고 환하게 쏟아지는 빛 속으로 나갔듯이 앞으로 새로운 어떤 것을 통해서도 나는 또 다른 세계로 나가리라, 이것은 아주 큰 행운이라고, 나는 감히 말한다.

나와 함께 춤추실래요? **댄싱 위드 더 스타**

몸속에 음악이 한 번도 흐르지 않았고,
음악이 한 번도 내 몸을 움직이게 하지 않았다면,
아, 얼마나 삭막한 일인가!

Dancing with the Star

　　얼마 전에 어떤 아이돌 그룹이 이런 말을 했다. 21세기에 춤을 못 추는 사람은 괴물이다, 라고. 나는 한동안 댄스에 대해 이야기할 때면 이 말을 써먹었다.

　　어떤 특별한 장르의 춤을 말하는 게 아니라 그저 자기 몸속에서 흐르는 음악에 맞춰 몸을 움직이는 행위, 그 전반적 의미로 썼다.

　　생각해 보라, 자기 몸속에 음악이 한 번도 흐르지 않았고, 음악이 한 번도 내 몸을 움직이게 하지 않았다면, 아, 얼마나 삭막한 일인가!

　　몇 년 전 「쉘 위 댄스?」라는 일본 영화가 상영된 일이 있었다. 그 영화는 아주 평범한 샐러리맨이 회사 생활에 지쳐 있던 시기에 아름다운 여인이 왈츠를 추는 모습을 보고 댄스 스포츠를 배우게 되는 이야기였는데, 보통 사람들이 일상적으로 겪는 상황이 뒷받침되어서 상당히 공감을 얻은 것이었다. 그 영화의 테마는 미국 영화까지 만들어 내서 리처드 기어와 제니퍼 로페즈가 주연을 했다. 내 눈에는 두 사람은 정말 안 어울리는 커플이었지만 미국 사람들 눈에는 잘 어울렸을지도 모른다.

「백야」, 「탱고 레슨」, 「더티 댄싱」, 「그리스」, 「토요일 밤의 열기」, 「플래쉬 댄스」, 「댄싱 히어로」, 「스텝 업」, 「풋 루즈」 등 발레리나나 발레리노를 소재로 한 영화에서부터 브로드웨이로 무작정 상경한 시골 출신 여자가 춤으로 인생 역전을 이루는 이야기에, 「탱고」, 「플라멩코」처럼 탱고와 플라멩코 무용수들의 사랑과 증오, 야망을 직접 보여 주는 영화도 있다.

그러고 보면 춤이란 춤은 죄다 영화로 만든 것 같다. 꼭 춤으로 영화의 주제를 삼지 않았어도 영화 사이에 삽입되어 그 영화의 분위기를 배가 시키는 경우는 훨씬 많다. 춤이 인간의 감정을 드러내는 가장 원초적인 활동이어서 그럴 게다. 그런 분위기에 빠져들 수 있는 영화로는 「여인의 향기」, 「고래와 창녀」, 「그녀에게」 등이 있다.

라틴 댄스는 스페인인의 체취가 많이 녹아 있어서 그런지, 우리나라 사람들 성격이 스페인인처럼 열정적이고 흥분하기 쉽고, 다혈질이어서 그런지, 라틴 음악과 라틴 댄스는 비교적 우리나라 사람들과 잘 맞는 경향이 있다.

얼마 전에는 텔레비전 방송에서 댄스 스포츠 선수와 영화배우, 가수, 운동선수들이 파트너가 되어서 대회를 치르는 「댄싱 위드 더 스타」라는 프로그램이 방영된 적이 있었다. 물론 이전에도 댄스 스포츠를 일회

성 기획 프로그램으로 만든 적은 많이 있었다. 무한도전에서부터 아이돌 가수들이 대거 출연한 설맞이 프로그램 등. 그런데 「댄싱 위드 더 스타」는 서바이벌 게임으로 진행되어서 매 회마다 꼴찌가 탈락하는 형식이었다.

이 프로그램은 몇 년 전에 영국에서 선보이면서 전 세계적인 열풍을 불러일으킨 프로그램을 모델로 만들어졌다. 마침 요새 모든 방송 채널들이 오디션 프로그램을 경쟁적으로 방영하고 있어서 시청자로서는 새로운 형식의 프로그램들에 마냥 신이 날 뿐이었다. 서바이벌 게임이라는 게 워낙 하는 사람이나 보는 사람이나 손에 땀을 쥐는 것이기 때문에 더욱 긴장감과 흥미를 배가시킨 것 같다. 그 프로에서 우리는 전혀 예상하지 못한 스타들을 만날 수 있었다.

마라토너 이봉주, 테너 김동규, 중견 탤런트 김영철이 그들이다.

난생 처음 춤을 배운다는 마라토너 이봉주와 얌전하고 소심한 아나운서 오상진은 댄스의 기초부터 배우는가 하면 춤을 조금이라도 접해봤던 테너 김동규, 탤런트 김영철도 있었고 김규리나 제시카 고메즈, 문희준처럼 거의 전문가 수준으로 배웠던 경우도 있었다.

그중 이봉주의 연습 장면이 생생하다. 이봉주는 난생 처음 댄스 슈즈를 신고 음악에 맞춰 어설프게 발을 떼고 손을 늘렸다 잡아당겼다 해야 했는데, 손과 발이 따로 놀기도 했거니와 그것보다 먼저 선수들처럼 엉덩이를 씰룩거리고 싶어 해서 민망하기만 한 자세가 연출되었지만 시청자들에게 그건 비웃음거리가 아니라 속이 시원한 폭소를 자아냈다.

춤에 소질을 타고 난 사람이 아닌 바에는 모든 사람들이 다 겪는 장면이었는데 원체 수줍어 보여서 당췌 춤이라고는 출 수 없을 것 같았던 이봉주가 그토록 몰입해서 그토록 신이 나게 연습을 했기 때문에 나는 열렬히 응원하곤 했었다.

이봉주는 운동을 했던 사람이라서 그런지 한번 시작한 뒤로는 주저하지 않았고, 남의 눈치를 보지도 않고 목표를 향해 신명나게 달려가는 모습이 더욱 매력적이었던 것 같았다.

워낙 타고난 춤꾼인데다 발레를 전공했던 김규리와 그룹 활동을 하면서 춤을 췄던 문희준 같은 경우는 무대 경험이 워낙 많으니 연출력도 훌륭하고 춤도 빠르게 익혀서 멋진 솜씨들을 보여 주어서 볼거리가 풍부했고, 탤런트 김영철이나 테너 김동규의 경우는 멋진 중년 신사의 중후함과 함께 세련된 몸가짐과 익숙한 매너를 함께 볼 수 있어서 춤에 거부감을 가졌던 사람들도 저런 춤이라면 한번 추어 볼 만하다는 생각을 갖게 해주었다.

샤리권 학원 강사인 정아름 선수가 가수 김장훈과 함께 스탠더드 댄스를 추었었다. 정아름 선수는 라틴 선수로 키도 크고 가냘픈 몸매가 꼭 바비 인형같은 선수여서 많이 보고 싶었는데 불행히도 김장훈 씨가 부상을 입는 바람에 일찍 하차하게 되어 그만 아쉬움을 남기고 말았다.

출연했던 스타들은 자기 분야가 아니어서 딱히 타이틀을 따야 하는 건 아니었지만 누구나 한 번 하고 나면 굉장한 호기심과 함께 신나는 기분을 느끼고 두 번 하면 빠져들고 세 번 하면 투지가 생기고, 그 이상

하면 할수록 더욱더 열정이 불타오르는 것을 느끼는 것을 볼 수 있었다. 자기 분야가 아닌 곳에서조차 치열하게 몰입하는 모습을 보고 나 역시 내부에서 생동하는 힘을 느낄 수 있어서 아주 좋았다.

스타들에 더해서 심사위원들의 춤도 볼 수 있었는데, 황선우 댄스 스포츠 연맹 회장의 정통 스탠더드 복합 댄스와 김주원 프리마 발레리나의 발레와 탱고를 결합한 환상적인 댄스와 뮤지컬 배우 남경주가 엘비스 프레슬리 역할을 한 뮤지컬의 한 장면이 있었다. 정통 스탠더드 댄스 중에서 폭스 트롯과 탱고, 왈츠를 결합시키면 특별히 화려하고 경쾌한 춤이 되어서 가끔 각종 대회 오프닝 무대에서 선수들이 시범을 보이기도 한다. 발레와 탱고가 어울리기도 한다는 것을 알게 해 준 김주원. 게다가 현장에나 가야 접할 수 있는 뮤지컬까지 볼 수 있어서 큰 축제의 한마당 같았다. 간혹 뮤지컬 배우가 어찌 댄스 심사위원이 되었는지 묻는 사람들이 있었다. 뮤지컬은 춤과 떼려야 뗄 수 없는 관계여서 배우들은 기본적으로 체계적인 무용 수업을 받는다. 게다가 노래를 잘하는 사람들이니 음율에 몸을 싣는 것을 천성적으로 타고났다고 봐야 할 것이다. 뮤지컬 배우 남경주는 스타일이 멋져서 정통 댄스를 익혀서 무대에 서면 그 어떤 선수 못지않을 거라 상상할 수 있다.

이제 「댄싱 위드 더 스타」 시즌Ⅱ가 시작될 거라 하니 한동안은 또 축제를 함뿍 즐길 수 있으리라.

한 가지 미리 알아두어야 할 것은 텔레비전이나 쇼 프로그램, 선수권 대회에서는 보여 주기 좋은 포즈, 그림이 되는 포즈, 또는 테크닉이 강조된 안무로 짜다 보니 실제 강습생들이 학원에서 배우는 춤과는 상당한 거리가 있다는 것이다. 쇼 프로그램에서는 아무래도 화려한 춤사위를 보여 주기 위해 선수들의 피규어를 구사하게 되는데 현실적으로는 아주 고된 훈련을 한 사람만이 그런 춤사위를 구사할 수 있다는 것을 알아두어야 할 것 같다. 흔히 댄스에 관심을 갖고 물어보는 사람들은 그것으로 보고 너무 어려울 것 같다든지, 너무 야하다는 반응을 보이는 경우가 종종 있다.

보통 일반인이 그런 테크닉을 구사하려고 하면 몸이 상할 수가 있어서 상급 과정이 따로 개설되어 있다.

댄스 스포츠는 단계별로 무척 상세하게 나뉜 프로그램에 따라 배우고 즐기는 스포츠이다. 그래서 입문하는 사람들은 자기 몸과 취향에 맞는 프로그램을 얼마든지 선택할 수 있을 만큼 다양한 과정이 개설되어 있다.

샤리권 학원에는 선수 출신 강사와 현재 선수인 강사들이 많이 있다. 그들은 한결같이 무대 위에 선 그 짧은 시간, 그 순간의 황홀감 때문에, 그 순간의 성취감 때문에 피땀을 흘려 훈련에 훈련을 거듭한다고 했다. 1분 30초, 그 시간을 위해 평균 100시간을 연습한다. 물론 매일이 훈련이지만 대회나 시범을 앞두고 특별히 몰입하는 시간이 그렇다. 일반 회원들도 아마추어 대회에 참가하기도 하고, 연말 파티 같은 큰 파티에서 시범을 보이기 위해 훈련을 하기도 한다.

마라토너들이 일정한 속도로 일정한 거리 이상을 뛰게 되면 뇌에서 모든 통증을 잊게 해주는 화학물질이 분비되어서 그것에 취해 자칫 목숨을 잃을 정도로 뛰게 된다고 하는데 이것을 러너스 하이Runner's high라고 한다.

그런데 춤을 추게 되어도 똑같은 현상이 일어나는 것 같다. 원시 부족의 축제 현장이나 현대의 세계 각국의 축제 현장을 보아도, 수많은 클럽을 보아도, 그런 현상을 볼 수 있으니까 말이다. 우울증에는 춤이 아주 좋다고 하는 의학적 보고도 있는 것을 보면 그것은 사실인 것 같다. 그저 몸만 많이 움직여도 좋다고 하는데 음악에 맞춰 춤을 춘다면야, 어찌 행복 호르몬이 분비되지 않을 수가 있겠는가.

유럽이나 라틴 아메리카는 대부분 커플 댄스이고 사람들이 서로 교류하기 위해서는 파티 댄스를 배우며 상대방에 대한 예절 교육을 받곤 했다. 그래서 단지 춤만 추는 것이 아니라 파티를 통해 춤이 보여지고 상호간에 교류가 이루어지기 때문에 댄스 학원이나 동호회는 대개 정기적으로 파티를 열고 있다. 파티 전이나 강습 시간에는 수시로 춤추는 사람들이 지켜야 하는 매너를 가르친다.

학원 안에서 열리는 파티는 그 학원 내의 회원들뿐만 아니라 교류하고 있는 단체들 모두가 자유롭게 참가할 수 있다. 요리는 강사님들과 회원들이 준비하는데 여러 사람이 함께 요리를 만들고 대접하는 것도 기분 좋은 이야기가 된다. 그리고 가끔 야외의 갤러리나 카페를 빌려 오픈 파티를 하기도 하고 호텔에서 열기도 한다. 멋진 갤러리에서 파티를 열면 그야말로 영화가 안 부럽다.

지금 샤리권 스쿨에는 외국인들과 그들의 자녀가 파티 댄스를 배우는 강습이 따로 개설되어 있다. 대체로 외국인 부모들이 아이들의 손을 잡고 나와서 춤을 배우게 하고 부모들도 함께 추곤 한다. 외국에서는 파티가 있으면 당연히 춤을 추는데 우리나라에 와서는 그게 드물어서 학원에 와서라도 추는 경우가 있는 것이다.

그런데 우리나라를 비롯한 동양은 거의 홀로 추는 춤이고, 그것조차 춤추는 사람은 따로 있었으며 대개 구경하는 입장이어야 점잖은 사람이라 여겨졌다. 그러면서 귀족 계급은 기방에서 남들 눈을 피해 기생들과 춤을 추었다.

그래서 남자가 여자와 춤을 추는 것은 어두운 곳, 클럽이거나 노래방이거나, 어찌됐든 남의 시선이 쉽게 닿지 않는 곳에서나 추는 거라고 생각했다. 어째서 춤은 그렇게 남들 눈을 피해서 어두컴컴한 곳에서나 추는 것이라고 생각하는지 모르겠다. 혹시 그것이 춤이 아니라 오락이어서 그런 게 아닐까. 나는 그렇게 노는 것은 춤추는 것이 아니라고 분명히 말하고 싶다.

조명이 은은한 카페에서 추는 춤이 좋은 것과 마찬가지로 춤은 시원하게 펼쳐진 푸른 들판에서 추어도 좋고, 파도가 부서지는 바닷가에서 추어도 좋고, 햇빛 쏟아지는 길거리에서 추어도 좋은데 말이다. 연습실 한쪽이 모두 창문이어서 한낮에는 환한 햇살이 들이치는 강습실에서 추는 것 또한 무척이나 행복한 일이다. 늦은 저녁에 환한 불빛이 쏟아지는 강습실의 맑은 마룻바닥에서 추는 것 또한 특별한 기분을 안겨 준다.

눈발이 사위를 가득 메우고 쏟아지는 저녁, 저 앞에 떠 있는 환한 연습실, 가벼운 옷을 입고 두 팔을 날개처럼 펼치고 미끄러지듯 우아하게 춤을 추는 여인. 상상만으로도 영혼의 평온함이 느껴지지 않는가?

물론 춤을 별로 좋아하지 않는 사람도 많다. 운동을 좋아하지 않는 사람과 마찬가지로. 그런데 운동을 숨어서 해야 한다고 생각하는 사람은 별로 없다.

많은 사람들이 외국으로 여행 다닐 때 외국인들이 길거리에서 꽉 끌어안고 아르젠틴 탱고를 추는 것을 보면 감탄한다. 그렇지만 한국 사람들이 춤을 추는 것은 이해하지 못한다. 외국인은 자기 자신과 거리가 있으니 멋지게 봐줄 수 있지만 나 자신과 내 여자 친구, 내 남자 친구에게는 금방이라도 무슨 부정한 일이 저질러질 것 같은 불안을 느낀다. 자기 내면의 에로티즘을 인정할 수 있다면 훨씬 건전하게 그것을 발산할 수 있을 텐데 말이다.

그런데 의외로 춤추는 사람들 중에 나이든 연령층이 젊은 연령층 못지않게 많은 것을 어떻게 설명해야 할까. 춤추고자 하는 사람들은 나이를 불문하고 항상 일정한 분포를 이룬다고 하면, 우리나라 사람들은 그동안 남의 눈을 의식해서 춤추고자 하는 욕망을 억제하며 살아왔던 것이지, 춤추는 것을 싫어하는 사람들이 절대다수가 아니었다는 것을 반증하는 게 아닐까?

일흔이 넘은 분들이 학원에 와서 춤을 배우는 모습을 보면 그 나이가 되어야 편견에서 자유로워질 수 있는 것인가 하는 생각이 들어 서글픈 마음이 되기도 한다.

　나는 아마추어 대회에 나갈 만큼 열심히 춤을 배우는 중년층의 자녀가 춤을 전공하고 있는 것을 많이 보았다. 예전에는 춤을 공공연하게 추는 것 자체가 받아들여지지 않았던 것뿐이지, 결코 사람들 대다수가 춤을 싫어했던 것도, 춤을 못 추었던 것도 아니었다는 것을 증명하는 것일 게다. 우리나라에서 전통 무용을 했던 사람들은 천민층이었으니까 말이다. 지금은 그저 자기 열정을 충실하게 추구할 수 있는 개방된 사회가 된 것뿐이고.

　춤추고자 하는 것은 인간의 기본적 욕구에 속하는 것이다. 운동하고자 하는 욕구와 마찬가지로. 지하도에서 브레이크 댄싱을 하거나 힙합을 하는 소년들을 보면서 마치 위험한 사람은 피해 가듯이 조심했던 몇 년 전과 비교하면 지금은 그런 축제를 벌이는 소년들을 즐겁게 바라보는 분위기가 형성되었다.

　같은 동양권이지만 중국은 동네마다 공원과 공터에서 댄스 스포츠를 즐기는 사람들이 수두룩하고, 일본은 동네에 나와서 추지는 않지만 댄스를 즐길 수 있는 장소가 충분하고 사람들의 인식 또한 특별한 눈으로 바라보지 않을 정도이다. 그런데 아직도 우리나라는 '춤추는 사람'이라고 하면 특별한 사람으로 바라보거나, 비하하는 눈으로 바라보는 경우가 많다.

　예전 학생 때 한국 무용을 전공하는 남학생에게서 한국 무용 한다고 하면 사람들의 시선이 달라진다고 해서 모르는 사람에게는 전공을 말하지 않는다는 말을 들었다. 그러면서 덧붙이는 말이 발레를 한다고 하면 또 다르다는 것이다. 그의 얼굴이 자조적으로 일그러지던 것을 기억한다.

「댄싱 위드 더 스타」를 통해 그런 편견이 사라지기를 기대해 본다. 댄싱 위드 더 스타. 내가 춤을 추면 나는 이미 능동적으로 나를 표현하고 있고, 그 순간 나는 스타일 수밖에 없다. 여자 아이돌 그룹 트웨니원[21]의 노래도 있잖은가. 내가 제일 잘 나가!

나는 춤을 추러 슈즈를 갈아신는 모든 사람들의 귀에 속삭이고 싶다. "당신이 제일 잘나가요!"

최근 무용계에서는 색다른 움직임이 눈에 띈다. 전문 무용인이 아닌 일반인들, 학생, 회사원, 의사, 교사 등이 무용을 공연하고 직접 제작 과정에 참여하는 현상이다. 사회적으로 다양한 공동체에 속한 사람들이 춤을 통해 자기가 속한 커뮤니티의 정체성을 표현하고 자아를 실현하는 한편 삶의 즐거움을 얻고 있는 것이다. 현대무용, 재즈 댄스, 방송 댄스, 댄스 스포츠 등이 총 망라되는데, 익숙하지 않은 동작에 온몸의 근육을 써서 내면을 표현해야 하는 무용극을 무대에 올리기 위해 플로어 위에서 구르고 뛰고, 리듬에 맞춰 몸을 움직인다. 오랜 시간 몰입하여 춤을 추다 보니 숨은 턱까지 차오르고 비오듯 흘린 땀으로 옷은 흠뻑 젖는다. 하지만 밤이 깊어가도 춤에 대한 열정은 식을 줄 모른다.

안무가는 쌍방향의 소통을 통해 신선한 아이디어를 얻고 참여자는 춤을 춤으로써 그동안 방관자였던 입장에서 벗어나 직접 참여함으로써 무용예술에 대한 이해와 함께 자신의 신체에 대한 깊은 이해와 사랑을 찾게 된다고 한다.

이렇게 요즘은 다양한 사람들에 의해 다양한 무용예술이 향유되고 있어서 보고 즐길 뿐만 아니라 직접 즐길 수도 있게 되었다.

여가 활동이 다채로워진 만큼 등산같이 온 국민이 가장 쉽게 하는 것 한 가지만 해야 하는 시대는 아니다. 자기에게 잘 맞는 것을 찾아서 적극적으로 시도해 보는 것이 좋다.

겁이 많아서 거의 아무것도 시도해 본 적이 없는 나는 이제 죽기 전까지 안 해 본 것을 해보려고 한다. 나만의 버킷 리스트에는 스쿠버 다이빙, 패러글라이딩, 세일링 같은 것들을 적어 놓았다. 남편 따라, 친구 따라 마지못해 다녔던 등산 같은 것은 이제 하지 않겠다. 올라가야 한다면 남미 어디였던가, 활화산이 아직도 김을 숭숭 내뿜고 있는 검은 돌투성이 산등성이를 오르겠다.

<u>그 남자, 그 여자에게로의 여행</u>

여행, 그 짧은 단어는 신비롭게도 혀끝에 올리기만 했을 뿐인데 금세 기분을 새롭게 만든다. 똑같은 날씨가 이어지고, 똑같은 사람을 만나, 똑같은 일을 하고, 똑같은 문제에 시달리다 보면 권태가 영혼을 잠식해 오고, 그럴 때면 누구라도 여행을 떠나고 싶어 한다. 색다르고 낯설어서 눈길을 강하게 끌어당기는 것을 찾아 우리는 여행을 떠난다.

그리고, 우리는 낯선 여행지에 매혹당하기를 원한다. 예상치 못했던 것을 만난 영혼의 강렬한 끌림, 그것을 경험하고 나면 우리는 조금 변해 있을까. 다시 일상으로 돌아오면 똑같은 날씨도, 똑같이 지긋지긋한 사 람도, 똑같이 두통을 일으키는 문젯거리도 보다 의연하게 맞이할 수 있게 될까.

누구나 그렇듯이, 나 역시 여행을 좋아한다. 그런데, 나는 다른 사람들의 여행과는 조금 다른 여행을 한다. 내가 가는 곳은 '사람'이라는 한 세계다. 그러니까 나는 '한 사람의 세계'로 여행을 떠나곤 한다. 내게로 수많은 사람들이 오고 가고 지나쳐 간다.

마치, 놀이공원 안, 사람들이 그냥 스쳐지나가기 쉬운 후미진 곳에 조그맣게 휘장을 치고 그 안에 들어앉아 손금을 봐 주는 사람 같다. 손을 잡고 그 사람의 이야기를 읽기 시작하면 그 사람은 바짝 다가앉아 내가 놓친 이야기를 들려준다.

홍이라는 여인은 엄지손가락 아래 오목한 곳에 숨은 그녀만의 슬픈 사연을 이야기하고, 김이라는 남자는 차가운 손가락 끝에 모인 그만의 고독을 이야기한다. 내가 잡은 것은 그들의 손일 뿐이지만 그 손을 타고 한 사람의 이야기가 전해져 온다.

춤은 몸과 몸이 움직이는 것, 몸은 그 사람의 일생을 담고 있는 것.

몸은 오직 그 사람만의 희열과 서글픔과 눈물을 내비치는 것.

그들의 손을 타고 몸을 타고 그들의 삶이 흐른다.

사람들은 그 누군가 내민 손을 거절하지 않는다. 오히려 망설이며 머뭇머뭇 내민 손을 따뜻하게 잡고 이끈다. 나는 그들의 세계로 들어간다. 한 사람이 품은 세계, 그 사람이 두 발로 걸어온 세계, 그의 살 냄새가 묻어 있는, 다른 누구도 아닌 그 사람만의 온전한 나라, 그 특별한 세계로 나는 여행을 떠난다.

.

오늘의 슬픔을 가볍게, 나는 춤추러 간다

1판 1쇄 찍음 2012년 4월 17일
1판 1쇄 펴냄 2012년 4월 23일

지은이 | 방현희
발행인 | 김세희
편집인 | 이현정
책임편집 | 김혜원
펴낸곳 | ㈜민음인

출판등록 | 2009. 10. 8 (제2009-000273호)
주소 | 135-887 서울 강남구 신사동 506 강남출판문화센터 5층
전화 | 영업부 515-2000 편집부 3446-8774 **팩시밀리** 515-2007
홈페이지 | www.minumin.com

ⓒ 방현희, 2012. Printed in Seoul, Korea

ISBN 978-89-6017-415-3 03810

㈜민음인은 민음사 출판 그룹의 자회사입니다.